아름다운 상처의 시학

李相玉 시론집

국학자료원

책머리에

최근, 시를 읽고 비평하면서 시야말로 불의한 시대에 고착된 형식, 낡은 사상, 일상적인 정서 따위와 불화하는 가장 아름다운 맞섬의 양식이라는 생각을 하게 되었다. 시대와 불화하는 시인들은 상처를 입게 마련이다. 뉴 밀레니엄 시대에는 유전공학, 생명공학 같은 첨단과학지식의 발달로 인공장기이식, 인간복제 문제 등이 야기되면서, 인간정체성의 혼란이 가장 심각한 국면으로 드러날 것이다. 많은 시인들은 이 문제와 맞서면서 또다시 깊은 상처를 입지 않겠는가. 그러나 그 상처는 지상에 가장 아름답고 순결한 것이기에 서러울 것 없다.

이 책은 96년말 이후, 문예지, 시집, 세미나 등에 발표한 시에 대한 생각을 엮은 것이다. 이는 시대와 불화하여 생긴 아름다운 상처의 시학이다.

2부로 나누었다. 1부는 현대시에 대한 일반론, 2부는 개별 시인이나 시집에 대한 구체론이다. 2부의 글들에서 시인론이라고 부제를 붙였지만, 그것은 한 권의 시집을 통해서 본 한 시인에 대한 탐색인 경우가 대부분이다. 1부나 2부를 구분할 것 없이, 여기 수록된 글들은 모두 시란 무엇인지에 대한 탐색이기 때문에 넓은 의미에서 시론이라 볼 수 있을 것이다.

어려운 시대에 선뜻 출판을 맡아준 국학자료원에 감사한 마음을 드린다.

1999년 10월

李 相 玉

차 례

책머리에

제 1 부

제 2 부

제 1 부

90년대 한국문학의 핫 이슈

뉴 밀레니엄의 시대가 이제 곧 도래하려 한다. 엄청난 연대기적 변환기에서 90년대 문학은 어떤 의미를 지니는 것일까. 밀레니엄이라는 용어 앞에 10년 단위는 매우 왜소하기 보이기까지 하지만, 90년대가 단순한 세기말이라는 개념보다 한 단위의 밀레니엄이 끝나고 또 하나의 밀레니엄이 시작되는 경이로운 끝자락이라는 것을 상기하면, 그 의미는 매우 심각성을 띤다. 90년대 한국문학에 있어서 핫 이슈[1] 중에서 몇 가지를 추출하여 검토하고, 그것을 바탕으로 한국문학이 나아갈 길을 모색해 보고자 한다.

뉴미디어 시대의 새로운 글쓰기 환경

90년대 한국문학은 멀티미디어라는 뉴미디어와 분리될 수 없다.

---

1) 정신주의, 해체주의, 영상문학, 사이버문학, 생태주의, 페미니즘, SF문학 등은 90년대 문학적 속성을 잘 드러내는 용어들이다. 물론 이 중에는 서로 겹쳐지거나, 층위가 엇갈리는 것, 또한 90년대 이전에도 운위되었던 것일 수도 있지만, 이들 용어는 분명히 90년대의 포스트모던한 속성과 직·간접으로 연결되어 있다.

90년대 한국문학의 속성을 가장 잘 드러내는 것은 새로운 글쓰기의 환경에 직면하면서 전 시대의 문학과 변별성을 띄게 되었다는 것이다. 정확하게 언제부터라고 꼬집어 말할 수 없지만, 90년대에는 많은 사람들이, 특히 젊은이들이 멀티미디어 컴퓨터로 전화걸기, 영화보기, 텔레비전보기, 책읽기, 글쓰기, 원고보내기 등을 하는 것이다. 이런 와중에서 시집이나 소설집이 CD-롬인 영상책으로 대체되고 있는 것이다. 99년 문학사상 4월호에 김종욱이 특별기고한 「<한국 현대문학 100년> CD-롬 제작의 뒷이야기」는 오늘의 문학적 환경이 급격하게 변모하고 있음을 시사하고 있다. 이 CD-롬은 서울대 인문정보연구소가 한국 현대문학 100년의 흐름을 한눈에 알아볼 수 있도록 현대문학사의 연표 및 문인 4천 명의 작가별 작품활동 해설, 작품목록, 참고서지 자료를 비롯하여 관련자료 5천여 점, 시 1천여편, 소설 2백여 편의 방대한 자료를 입력하고 있다.2) 월간 현대시도 최근 「영상으로 보는 한국의 시인들」이란 CD-롬을 제작하여 판매에 들어갔다. 이 CD-롬은 한국대표시인들의 영상시집이다. 월간 현대시 같은 기존의 문예지들도 전자언어에 새로운 관심을 가지고, 문학지형의 변모에 발빠르게 대처하고 있다. 한편, 월간 현대시는 '신인추천작품상' 응모분야를 확대하고 있다. 과거 문예지에서 시도한 적이 없었던 음유시인(가창력이 뛰어난 분으로 시와 노래 각 5편 이상), 작곡가(시를 곡으로 만든 5편 이상), 구성작가(시인의 세계를 영상대본으로 작성한 40분물 1편 이상), 영상음악가(미디 전문가로 5편 이상), 시낭송가(시낭송 5편 이상) 등을 새롭게 신설한 것이다.

90년대 문학이 전 시대와 변별성을 드러내는 가장 두드러진 특징이 바로 뉴미디어의 글쓰기 환경에 처음 놓이게 되었다는 것이다. 따라서 90년대는 문학이란 무엇인가를 새롭기 정의해야 하는 변환기적 국면을 드러내기 시작한 것이다.

---

2) 문학사상, 316호, p.266.

게다가, 90년대는 독자의 층위에서도 대중매체의 세례를 받은 키취세대가 본격적으로 등장했다. 만화, 광고, 영화, 티이브이쇼, 대중음악, 그리고 컴퓨터 모니터 속에서 이루어지는 사이버문화를 향유하는 신세대는 내면세계의 깊은 성찰이나 반성보다는 감각적 사유를 추구하고 있다.3) 기존의 문학정전의 권위는 흔들린다. 문학이 진지한 것, 혹은 인생의 비의를 캐는 것, 혹은 보다 심각한 무엇인가를 들추어내는 것이라는 고급문화의 영역에서 급속히 이탈하고 있는 것이 아닌가.

해체주의와 정신주의, 그리고 생태주의

90년대는 뉴미디어라는 충격적인 문학적 환경이 대두하게 되었다는 사실 앞에서 작가나 독자 모두 새로운 환경에 적응해야 하는 것이다. 그런데, 90년대의 한국문학은 내·외적으로 또 다른 변화환경에 직면했다는 점을 간과할 수 없다. 널리 알려진 것처럼, 90년대는 획일적이거나 단선적인 거대담론이 퇴조하는 자리에 파편화되는 미시담론이 자리하기 시작한 것이다. 전시대를 지배했던 정치적 상상력과 사회과학적인 방법론에 입각한 현실문제가 문학의 전면에 놓였던 것이, 90년대에는 탈정치적인 예술적 상상력과 방법론이 새롭게 자리잡기 시작했다. 정효구는 지난 시대를 회고하면서, 80년대는 정치전쟁의 시대였다고 전제하고, 정치문제가 이 땅의 중심문제이며, 왜곡된 정치현실 때문에 사람들은 흥분하고, 이같은 정치전쟁의 시대에 시인들은 집단적 데모대, 나아가 진리전파의 사도 혹은 전열을 바로잡으려는 영웅적인 장교, 혹은 비행 청소년을 혼내주려는 교사, 혹은 정부를 아예 통째로 바꾸려는 혁명가 같았다는 것이다. 그래서 그들의 태도는 당당했고, 그들의 목소리는 우렁찼으며, 그들의

---

3) 졸저, 『역류하는 시학』, (보고사, 1996), p.10.

언어는 외향적이었다는 것이다.[4] 이같은 지적은 정효구의 독특한 논리라고 할 수 없다. 이미 공론화되고, 통념화되었다고나 할까. 어쨌든, 90년대는 80년대와 다른 목소리를 내기 시작한 것이다. 그것은 국외적으로 동서냉전 체제의 붕괴와 아울러 국내적 정치상황의 변화가 함께 맞물려 문학에서 현실정치 문제가 약화 내지 퇴조하면서 나타난 뚜렷한 징후를 반영한다.

90년대는 정치현실적 상상력보다는 예술적 상상력이 주도하게 되었던 것이다. 그것은 문학이 극복해야 할 주된 대상을 상실한 것을 의미한다. 작가가 데모대처럼 싸우는 혁명가나 비행청소년을 혼내는 교사의 역할을 해야할 당위이나 명분이 없어졌다는 것이다. 다시 말해, 90년대는 적의 부재 시대이고, 중심의 부재 시대이다. 적의 부재, 중심의 부재에서 오는 혼돈은 정신적 위기와 탈중심주의 시대를 열었던 것이다. 여기서 나타나는 것이 해체주의이고, 정신주의이다. 이런 측면에서 96년 문학사상 10월호부터 시작된 해체주의와 정신주의의 논쟁은 90년대적 속성을 가장 잘 드러내는 것이 아니었던가. 해체주의가 탈중심적인 변화와 분열의 세계관과 미학에 입각한 것이었다면, 정신주의는 중심주의적인 동양적 지속과 통합의 세계관에 기인한 것이다.[5] 해체주의와 정신주의 논쟁이 90년대의 중요한 이슈로써 80년대식의 정치현실의 독재/반독재, 민주/반민주, 억압/자유 같은 민중문학적 논쟁과는 변별성이 드러난다. 그것은 탈정치적인 예술적 상상력의 논쟁이었던 것이다.

90년대는 예술적 상상력이 주도하는 시대임이 분명하다. 그러나 정치현실문제는 아니지만, 환경오염으로 인한 생태계의 파괴문제는 90년대의 또 다른 심각한 현실문제로 부각되었다. 생태계 파괴로 인한 위기의식에 대하여 90년대 이전에도 개별적 논의는 있었지만, 그

4) 문학사상 318호, p.251.
5) 김준오, 「문학에 있어서의 정신주의」, 제9회 경남문학 세미나 자료집, p.7.

것이 본격적으로 논의된 것은 90년 창작과 비평 겨울호에서 「생태위기와 민족민주운동의 사상」란 테마의 좌담과 90년 외국문학 겨울호에 게재된 이동승의 「독일 생태시」는 한국 생태주의문학의 본격적 논의의 출발로 본다. 정치현실이 퇴조한 자리에 거의 같은 무게로 새롭게 자리잡은 현실문제가 있다면, 그것은 생태환경문제일 것이다.

상업주의와 성담론, 그리고 페미니즘

해체주의와 정신주의 같은 예술적 방법론의 논쟁, 정치적 현실이 퇴조한 자리에 새로운 현실문제로 부각한 생태주의는 뉴미디어 시대라는 이슈와 함께 90년대 문학의 가장 중요한 담론이다. 그러나 여기서 또 하나 간과할 수 없는 것이 문학에 있어서 상업주의이다.

흔히, 90년대 들어서는 문사적 전통이 소멸되었다는 얘기를 자주 듣는다. 이는 포스트 모더니즘과 결부되어 있는 것이기도 하다. 고급문학과 저급문학의 경계가 엷어지거나 지워지는 것이다.

작품성이나 예술성을 추구하던 자리에 상업성이 놓이기 시작했다. 오늘날 문학은 상품성이 있느냐, 시장성이 있느냐가 작품성이나 예술성보다 더 중시되는 현상을 외면할 수 없다. 80년대까지만 해도 작가들은 자신의 예술성을 추구하기 위해서 배가 다소 고프더라도 견딜 수 있었다. 작가는 비록 배고픈 직업이라도 정신세계를 추구하는 문사로서의 자부심을 가질 수 있었고, 일반 대중들도 그것을 인정하면서 민중의 교사로 대우하기도 했다. 이는 앞서 지적한 것처럼 80년대가 광포한 정치현실 속에서 작가가 시대의 전위에서 민중의 교사로서의 제 역할을 하고 있었기 때문이다. 그러나 적이 사라진 현실 앞에서 작가가 더 이상 혁명가나 교사로서의 역할을 담당할 당위성이 사라져버렸다. 이런 와중에 소비시대가 도래하면서, 모든 것을 상품으로서 판단하게 된 것이다. 그리고 신세대로서 키취세대들은 더 이상 진지함이나 숭고함을 추구하기보다 가벼움이나 감각적 쾌락 쪽으로 치달은 것 아닌가. 작가는 이전처럼 심층을 울리는 작품으로써 독자의 교사가 되기보다 그들의 감각적 기호에 맞는 인스턴트 문학을 생산해야 할 입장에 놓이게 된 것 아닌가. 이같은 인식으로 보면, 90년대 문학에 있어서 가장 맹위를 떨치고 있는 것이 성담론일 것이다.

성담론은 물론 단순한 상업주의적 발상에 의해서만 90년대의 화두가 되었다고는 말할 수 없을 지도 모른다. 적이 사라진 시대, 중심이 붕괴된 자리에 80년대의 금욕적 사유에 의해 억압된 욕망을 풀어내는 행방의 새로운 매카니즘으로 드러난 것이기도 하다. 장정일의 「아담이 눈을 뜰 때」, 하일지의 「경마장 가는 길」 등은 90년대 초중반의 중요한 성담론이다. 한편 마광수는 「나는 야한 여자가 좋다」, 「가자 장미여관으로」, 「즐거운 사라」 등 야한 것, 즉 진한 성담론으로 줄곧 화제를 뿌렸는데, 그 결과 지난 92년 <즐거운 사라>가 외설시비에 휘말리면서 구속, 집행유예, 교수해직 등의 파란을 불러일으켰다. 마광수를 둘러싼 외설시비 논쟁은 그 본의와 상관없이 그의 성담론은 상업주의적 성격을 띠면서 베스트셀러가 되었다. 어느 시대나 마찬가지겠지만, 성담론은 상품적 가치가 있다. 성담론이 상품화된다는 것은 남성중심주의적 사고가 그 이면에 깔려 있다고 볼 수 있다.

그런데 90년대는 탈중심적 사고로 인하여, 기존의 남성중심주의가 현저히 위축되거나 붕괴되고 있다. 그런 측면에서 90년대는 남녀의 위계질서를 전복시키기에 충분한 페미니즘이 맹위를 떨쳤던 것이다. 양귀자의 「나는 소망한다. 내게 금지된 것을」이 대표적인 경우이다. 이 작품은 남녀 위계질서의 전복을 꾀하는 사고를 반영한다. 양귀자를 필두로 공지영, 신경숙, 은희경, 공선옥, 김형경, 전경린, 배수아

등의 일련의 여성작가들이 90년대 소설문단을 주도하고 있는 것은 성담론이 더 이상 남성의 쾌락적 논리 속에서 운위되는 것을 거부하고, 여성중심에서 성을 담론화하는 것이다. 그러나 90년대에 있어서 최영미나 신현림 등과 같은 여성시인들이 성담론을 주도적으로 풀어나간 것이 페미니즘적 인식 가운데서였지만 약간의 상업주의적 냄새를 풍겼던 것은 간과할 수 없다. 90년대는 문학의 지사적 전통이 붕괴된 자리에 상업주의가 두드러지면서 성담론이 무성했고, 그것은 페미니즘과 연계되면서 더 가속화한 것이다.

위기시대의 한국문학

90년대 문학은 혼돈의 시대를 거치고 있다. 전 시대와 다른 문학적 환경 속에서 혼미와 방황을 거듭하고 있는 것이다. 90년대는 위기시대임이 분명하다. 앞서 논의한 것을 토대로 위기시대에 놓인 한국문학에 투영된 몇 가지 지적할 수 있다.

첫째, 뉴미디어 시대에 활자매체에 의존하던 문학이 영상매체의 득세로 혼돈국면을 맞이하면서 기존의 문학이 누리던 기득권이 흔들리고 있다.

둘째, 해체주의의 득세로 중심이 붕괴된 자리에 무정부주의적 혼미의 국면이 지속되고 있다. 기존의 가치나 체제는 무너지고, 새로운 가치체계는 선뜻 드러나지 않는 것이다. 이런 와중에 생태환경마저 훼손되면서 더욱 심각한 국면을 드러낸다.

셋째, 전시대까지 견고하였던 문사적 전통 또한 붕괴되면서 상업주의가 득세했다. 성담론은 상품화되고, 이에 반발하는 여성작가들이 남성중심주의적 사고에 반발하는 또 다른 성담론을 생산하면서, 이래저래 상업주의가 가속화되고 있다.

넷째, 90년대 중반에 IMF 체제로 편입되면서, 경제위기 국면이 도래한 것이다. 많은 사람들이 경제위기 속에서 실업자로 전락하고, 실업상태에서 기본적인 생존권을 확보하지 못하여, 자살이 속출하는 사태 발생하는 가운데 전업 작가들의 입지는 더욱 위축되고 있다.[6]

한국문학은 지나치게 서구추구주의적인, 문학적 식민지화된 것 아닌가. 서구문학 이론을, 변통과 신기로써 도입하고 그것이 개성이고 독창성인양 너나 할 것 없이 앞다투었던 것이다. 그래서 한국문학이 국적불명의 잡탕주의가 된 것 아닌가. 그래서 한국문학의 기본과 토대가 부실해진 것이 아닌가. 한국문학은 연암이 주창한 법고창신[7]의 정신으로 위기시대의 한국문학을 재건할 방안을 마련해야 할 시점이다.[8]

짧은 지면으로, 90년대 한국문학의 흐름을 일별하고 진로를 모색하기에는 애초부터 한계가 있었다. 다만, 이런 논의를 바탕으로 새로운 밀레니엄 시대에 한국문학이 세계문학의 중심에 설 수 있는 방안을 모색하는 계기가 되었으면 한다.

---

6) 본고에서는 구체적으로 살펴보지 못했지만, 경제위기는 90년대 후반기 한국문학에서 중요한 국면을 드러낸다.

7) 김영민(한일장신대 교수)은 중앙일보의 「세기말에 서서」란 코너에서 연암 박지원의 법고창신(法古創新)의 정신인 "옛 것을 본받으면서도 변통할 줄 알고 새로운 것을 만들면서도 법도가 있어야 한다"라는 말을 인용하면서, 변통과 신기만 좇으면 매사 기본과 토대가 부실해지고 법도와 원칙만 고집하면 활기를 잃고 마침내 미라화하고 만다는 의미가 와 닿는다고 지적했다. 이 말은 90년대의 한국문학에도 적용된다. 중앙일보, 99년 4월 5일.

8) 뉴미디어 시대에 한국문학은 음성언어에 의존했던 구전문학이 문자언어를 받아들여 기록문학으로 지평을 확장했듯이 음성언어와 문자언어에다 영상언어까지 포괄하는 새로운 영상문학 시대를 한국문학이 발 빠르게 구축하는 것, 가장 화급한 현실문제인 경제적 위기뿐만 아니라 정신적 공황상태를 극복하는데 한국문학이 주도적으로 참여하여 저급한 상업주의를 극복하는 계기를 마련하고 다시금 한국문학의 진정성을 회복해야 하는 것, 한국문학은 정치적 상상력과 예술적 상상력이 서로 조화를 이루지 못하고 충돌하거나 상극관계에 놓였던 점을 반성하면서 이를 극복하는데 심혈을 기울려야 하는 것 등등, 그 과제는 산적해 있다.

뉴 밀레니엄과 시

1

새 세기라는 용어도 무거운데, 새 천년이라는 것은 더욱 무겁고 아득하다는 느낌이다. 시간을 연속선상에서 파악할 때, 새로운 세기나 새로운 천년에 대해서 특별한 의미를 부여하기 힘들다. 그러나 세계 곳곳에서 새 천년을 맞이하고 조명하는 작업들이 활발하게 이루어지고 있다. 인간은 불과 언어를 개발하여 새로운 문명을 발전시킨 것과 버금갈 만큼, 새 천년의 길목에서 또다시 인간은 컴퓨터를 중심으로 한 새로운 문명의 이기들을 소유하게 됨으로써 인류 문명사에서 하나의 크다란 전환점을 맞이하고 있다고들 말한다. 그리스의 철학자 아리스토텔레스가 "한 인간은 한 인간을 낳는다"라고 말했다. 이 말은 생물학적, 문화적, 언어적, 사회적 의미까지 포함하는 것으로 인간은 인간에 의해 태어날 뿐 아니라, 인간을 통해 그 다음 세대까지 문화나 언어 등 기본 속성을 이어간다는 것이었는데, 이 명제는 뉴 밀레니엄 시대에는 수정되어야 할 운명을 맞고 있다. 유전공학, 생명공학 기술의 발달로 인간복제의 실현이 가능해지게 됨으로써 인간 개념 자체가 혼란이 야기될 수 있다는 우려를, 지금 하고 있다. 이제까지는 인간은 피조물로서 신이나 자연의 섭리에 의해 태어난다는 것이었다. 생명복제가 실현된다면, 인간이 신처럼 인간 스스로 새 인간을 창조할 수 있다는 데까지 나아가는 것이다.

이런 대 전환기에 시란 무엇인가. 시를 포함하여 문학에 대한 최초의 이론서가 아리스토텔레스의 『시학』이라고 본다면, 지금까지 시에 대한 수많은 논의는 『시학』을 토대로 발전한 것이다. 그러나 뉴 밀레니엄 시대에 새 인간이 인간에 의해 창조될 수 있는 형국이 벌어진다면, 더 이상 『시학』은 시학의 토대가 되지 못할 것이고, 시라는 예술도 더 이상 존립 근거를 상실하고 말 것이다. 무릇, 예술은 인간을 토대로 형성된 것이기에 인간이라는 개념 자체가 변해버린다면, 더 이상 예술이라는 개념이 존립할 수 있을 것인가. 만약 새로운 인간이 탄생된다면, 그 때에 시가 무엇인지는 그들이 운위할 문제이고, 더 이상 우리의 문제가 아닐 것이다.

새 천년기에 대해 수많은 우려들이 있는 것이 현실이다. 그러나, 인간은 인간의 정체성을 유지하는 방향으로 나아가야 하고, 그렇게 되어야 한다. 유전공학, 생명공학이 발달하여 설령, 유전자 조작으로 신종-그것이 제아무리 우량종이라도-을 개발할 수 있다손 치더라도 그것은 통제되어야 마땅할 것이다.

2

뉴 밀레니엄 시대에 시는 어떤 모습일까, 아니 어떤 모습이어야 하는가. 이를 알아보기 위해, 시란 무엇인가를 다시 물어야 한다. 수많은 대답이 있고, 있을 수 있겠지만, 나는 시가 미적 투쟁양식이라고 본다.

범박하게 말하면, 우리시는 세 가지 투쟁양식으로 나타난 것 같다. 식민지 시대, 분단시대, 그리고 산업화와 독재정권의 80년대까지, 아니 현재까지, 왜곡된 시대에 항거하는 시는, 그것이 저항시든 프로시든 민중시든 노동시든 간에 당대의 불의한 현실에 저항하고 투쟁하는 현실참여시 계열이다. 식민지 시대, 일제의 부당한 주권침탈 행위에 대하여 투쟁한 한용운, 이상화, 임화, 이육사, 윤동주 같은 시인들로부터 근자의 정통성 없는 권력집단 혹은 왜곡된 경제체제 등에 저항한 김지하, 신경림, 백무산, 김정환, 박노해 등에 이르기까지 한국시의 중요한 계보의 하나는 현실참여시였다. 여기에 거론한 시인들 외에도 많은 시인들이 현실참여시 계열의 시를 창작해 왔다.

> 들국화 피어
> 가을,
> 속절없이 찾아드는 농촌에
> 서리 까마귀 까욱까욱 제 몫 타령 지치면
> 타작도 끝나간다 우루과이 마당 끝에서
> 외상값으로 가리쨰 넘기고 나면
> 애매한 횃불만 돋우며 지칠대로 지친 삶이여
> 흙모래까지 쓸어모았지만
> 황소를 닮아 너무 큰 눈망울 껌뻑인다
> 쭉정이처럼 딩구는
> 농민의 통곡을 소가 운다.
> ― 「농민」 전문(정규화 시집 『지리산과 인공신장실과 詩』)

이 작품은 시가 불의한 현실에 저항하고 투쟁하는 양식이라는 인식에 부응하고 있다.

시가 미적 투쟁양식이라는 정의가 현실참여시 계열의 작품에만 해당하는 것은 아니다. 모더니즘시나 전통서정시도 미적 투쟁의 양식이라고 볼 수 있다. 광의의 모더니즘 계열에 속하는 이미지스트인 정지용, 자동기술법의 이상, 무의미시의 김춘수, 비대상시의 이승훈, 해체시의 황지우 같은 시인들은 기존의 미적 형식에 저항하고 투쟁했다. 시라는 기존의 합의를 묵살하고, 폐기 처분함으로써 기존의 시적 전통에 저항하고 투쟁했던 것이다. 황지우는 시라는 형식적 틀을 해체함으로써 시 자체를 병들게 만들어버렸다.

> 예비군편성및훈련기피자일제자진신고기간
> 자: 83. 4. 1. ─ 지: 83. 5. 31.
> ─「벽 1」전문(황지우 시집 『새들도 세상을 뜨는구나』)

이같은 유형의 작품을 흔히 해체시라고 일컫는다. 해체시도 일종의 당대에 대한 저항이고 투쟁적 의미를 지닌다. 민중시 계열이 선명한 메시지로써 시대의 부당성을 증언했다면, 해체시는 시 자체를 황폐화시킴으로써 병든 시대를 병든 시로서 맞섰던 것이다. 그러면, 전통서정시는 어떻게 투쟁양식이 되는가. 민중시나 모더니즘 계열의 시보다 과격하지는 않지만, 전통서정시도 일상적 정서에 대하여 저항하는 것이라고 볼 수 있다. 서정시가 보편적 정서에 호소하는 것이지만, 일상적 정서의 표출에 그치는 대중가요와 대립하는 것이다. 그것은 보다 고급스럽고 심층적인 깊은 울림을 담지하고 있는 것이다.

> 마음도 한자리 못 앉아 있는 마음일 때,
> 친구의 서러운 사랑 이야기를
> 가을햇볕으로나 동무삼아 따라가면,
> 어느새 등성이에 이르러 눈물나고나.
> 제삿날 큰 집에 모이는 불빛도 불빛이지만
> 해질녘 울음이 타는 가을江을 보것네
> ─ 박재삼, 「울음이 타는 가을강」 일부

이 작품은 널리 알려진 것처럼 50년대를 대표하는 전통서정시 계열이다. 김소월, 김영랑, 서정주, 박목월 등의 서정시 계보에 속하면서 서러운 정서를 특유의 가락으로 형상화한 것이다. 이같은 시적 정서는 일상적 정서를 뛰어넘는다. 다시 말해, 보다 차원 높은 수준에 도달한 정서적 울림이 나타난다. 그것은 무엇 때문일까. 여러 가지 이유가 있겠지만, 서정시는 독특한 리듬, 이미지, 어조, 비유 등을 통하여 일상적 언어체계를 일탈하여 새로운 미적 질서를 구축함으로써, 일상적 언어 체계에서 맛볼 수 없는 새로운 정서를 창조해내는 것이다.

시대와 불화하면서 현실참여를 하든지 형식자체를 거부하든지, 아니면 일상적 언어체계를 끊임없이 일탈하든지 간에 시는 미적 투쟁양식이다.

시조도 마찬가지이다. 우리시가 개화기 시대를 거치면서 전통적인 시의 형식적 틀인 정형성을 버리고 자유시나 산문시로 치달을 때에도 기존의 정형성을 고수하는 것 자체가 투쟁양식임을 입증하는 것이다. 최근 이달균의 <나는 랩시를 쓰지 못한다> 같은 시조는 시조의 정형성이 왜, 투쟁양식인가를 잘 드러낸다.

거리엔 랩처럼 세월이 지나간다

어제같은오늘오늘같은내일은행나무잎새같은하루또하루길잃은리듬
과 빛깔들이바퀴들이구름들이언약들이……
― 「나는 랩詩를 쓰지 못한다」 일부

이 작품은 아이러니 구조로 되어 있다. 제목 자체가 자유시 자체를 희롱한다고 할까, 거부한다고 할까, 아니면 희화한다고도 볼 수 있다. 자유시를 쓸 수 있는데도 불구하고, 의도적으로 쓰지 않는 것

자체가 저항이고 투쟁이라고 볼 수 있는 것 아닌가.

3

새 천년이 다가온다. 새 천년을 대하는 시인들의 다양한 목소리가 나타날 것이고, 이에 따라 새로운 시학을 구축하려는 시론가들도 속속 등장할 것이다. 이 시점에서 무엇보다 화급하고 중요한 것은 인간이라는 정체성을 지키고 회복하는 데 시가 새로운 미적 투쟁양식으로 거듭나야 하는 것이다.

시는 어느 시대에나 소수의 목소리였지, 집단대중의 목소리는 아니었다. 이상하게도 우리시에서, 대중성을 확보하는 그 순간부터 시로서의 가치를 상실해버리는 경우를 종종 목격한다. 그것은 여러 가지 이유가 있겠지만, 시는 관습화되고 상투화된 대중집단의 가치체계에 저항하는 미적 투쟁양식이기 때문이 아니겠는가.

시는 각 시대마다 투쟁의 대상을 설정하여 자신의 역할을 스스로 설정하였던 것이다. 뉴 밀레니엄 시대에 있어서도 시는 기존의 미적 투쟁양식으로서의 역할을 할 것이다. 뉴 밀레니엄 시대에 있어서 시가 저항하고 투쟁해야 할 대상이 무엇인지 이미 드러나는 것 같다. 전 시대에 미처 경험하지 못했던 인간 정체성의 혼돈이 야기되는 인간 복제, 나아가 신인간의 대두가 가장 첨예한 문제가 될 것이 분명하다.

시인은 유전공학이나 생명공학의 흐름에 주목해야 할 것이다. 그러기 위해 유전공학자나 생명공학자에 버금가는 과학지식도 확보할 필요가 있다. 첨단과학기술로 쌓는 바벨탑을 주시하고, 그것을 감시하고, 부당성을 경고하고, 저항하고, 투쟁해야 할 사명이 시인에게 주어지고 있다. 이런 일은 지난하고도 지난할 작업이 될 것이다. 갈

수록 시대는 비시적인 시대로 나아갈 것이기 때문이다. 그러나 아이러니칼하게도 비시적인 시대에는 더욱 시적인 것을 갈망하게 된다는 사실이다.

〈참고자료〉

한계레신문 인터넷 홈페이지 「새 천년, 새 세기를 말한다」
김병익, 『멋진 무서운 신세계』, 문학과지성사, 1999

생태시에 대한 전망

1. 생태시의 흐름

생태시에 대한 논의는 널리 알려진 것처럼 90년대 한국시단의 핫 이슈였다.

생태시는 독일을 중심으로 발달하였다. 환경오염과 생태계 파괴를 사회문제로 부각시키는 시들이, 독일에서는 1970년대에 현대시의 중심적 조류를 형성하였지만, 그 때에는 명칭과 개념정립이 이루어지지 않았다. 독일의 생태학자이자 생태시연구가인 페터 코르넬리우스 마이어타쉬(Peter Cornelius Mayer-tasch)가 1981년 뮌헨에서 생태사화집『직선들의 폭풍우 속에서, 독일의 생태시 1950-1980』을 편찬하면서 비로소 생태시란 명칭과 개념이 규정되기 시작했다. 우리나라에서는 이동승이 『외국문학』 1990년 겨울호의 「독일의 생태시」란 글에서『직선들의 폭풍우 속에서』에 수록된 생태시를 소개하고, 생태시가 생성된 배경과 생태시의 특성을 제시하기 시작하면서부터, 활발한 논의가 진행되었다. 고형렬 시집 『서울은 안녕하신가』(1991), 이경호 외가 엮은『새들은 왜 녹색별을 떠나지 않은가』(1991) 등의 시집이 묶어지고, 나아가 장석주의 「시의 생태학적 상상력」(『현대시학』 92년 8월호), 이건청의 「시적 현실로서의 환경오염과 생태파괴」(『현대시학』 92년 8월호), 정효구의 「우주공동체와 문학」(『현대시학』 93년 9-10월호), 송용구의 「독일의 생태시」(『시문학』95년 5월호), 홍용희의 「신생의 꿈과 언어」(『시와 사상』 95년 겨울), 강남주의 「생태주의시의 수용과 그 양상」(『차한수 선생 화갑기념논총』 1996년), 문덕수의 「생태시와 에콜로지」(『시문학』 99년 6월호) 등의 논문과 김욱동의 『문학생태학을 위하여』(민음사, 1998), 이남호의 『녹색시학을 위한 문학』(민음사, 1998), 송희복의 『생명문학과 존재의 심연』(좋은날, 1998), 신덕룡의 『환경위기와 생태학적 상상력』(실천문학, 1999) 등의 단행본이 선보였다.[1]

우리의 경우, 90년대 들어오면서 생태시에 대한 논의가 활발하게 진행되기 시작한 것은, 기존의 인간중심주의적 사고에 대한 심각한 회의가 싹트기 시작했기 때문이다. 인간 중심적 사고로 자연을 무분별하게 개발하고, 나아가 아무런 죄의식도 없이 자연을 파괴하는 데까지 나아갔던 것이, 이제 인간 자신에게로 그 폐해가 되돌아오고 있는 현실을 반영이기도 하다. 환경오염과 생태계의 파괴는 더 이상 남의 일도 남의 나라 일도 아니라는 인식이 널리 확산되었다.

80년대의 리얼리즘 계열의 시가 정치적 이데올로기를 배면에 깔고 있었고, 그것이 90년대에는 정치적 상황의 변모와 맞물려 정치적 리얼리즘시는 거의 소멸된 듯 했던 것이다. 그 틈새에서 생태시가 자리하면서 새로운 리얼리즘시로서의 가능성을 엿보게 했다.[2] 정치

---

1) 생태시에 대한 연구는 90년대 들어 활발하게 이루어지고 있다. 『시와 생명』 창간호(1999년 여름호)에 발표한 남송우의 「생태환경론의 전개 양상과 생명시에 대한 전망」이란 논문에서 그간의 생태시의 진행과정을 살피고 있다.

2) 송용구는 『시문학』(99년 6월호)에 발표한 논문 「새로운 문학운동으로서의 생태시」에서 '리얼리즘 운동으로서의 생태시'라는 부제를 달고 있다. 그는, 자연의 질이 변하였음에도 불구하고 계속해서 자연과 인간의 조화 또는 합일을 시의 주제로 고수한다는 것은 동시대의 현실을 외면하거나 회피하는 처사일

적 리얼리즘시가 사라진 자리에 생태주의적 리얼리즘시가 전면에 부각된 것이다. 한국적 상황에서 생존을 위하여 80년대에 가장 시급한 과제가 민주화로 지칭되는 정치적 이데올로기였다면, 90년대는 생존을 위해서는 생태주의적 이데올로기로 무장한 새로운 리얼리즘시가 화급하게 요청되었다. 이런 관점에서 생태시는 90년대의 이데올로기의 공백을 메울 수 있는 새로운 패러다임으로 등장한 것이다.3)

환경오염과 생태파괴 문제를 다룬 시는 생태시란 이름으로 불려진다. 그러나 논자에 따라서는 생태환경시, 환경시, 공해시, 생명시 등 다양하게 지칭된다. 이 중에서 가장 많이 쓰이는 것은 환경시, 생태시, 생명시로 드러난다.

환경시는 인간중심주의의 산물이기 때문에 최근의 환경오염과 생태계파괴를 포괄하는 명칭으로는 적절한 것이 못됨이 드러났다. 송용구는 앞의 논문에서 인간의 행복과 복지를 위해서는 자연은 얼마든지 이용되고 희생되어도 좋고 마땅하다는 인간중심주의적 자연관이 18세기 이후 유럽인들의 의식구조 속에 팽배해짐에 따라 자연에 대한 무절제한 수탈과 착취를 정당화한 것으로 보고, 오늘날에 이르기까지 자연과 생태계의 심각한 오염실태를 야기시켰던 사상적 원인을 계몽주의에서 파생된 인간중심주의라고 할 수 있다는 지적을

수밖에 없다는 관점에서 생태문제에 천착하는 시인들은 자연의 질적 변화양상에 부합되는 새로운 시의 주제를 다양하게 제시하기 시작했다는 것이다. 다양한 주제에서 나타나는 공통점은 시인의 자연의식이 현실의 밑바탕에서 출발하고 있으며, 자연과 인간의 관계에 대한 시인의 성찰도 현실의 카테고리를 벗어나지 않는다는 점에서, 생태시는 리얼리즘의 양식에 부합되는 장르라고 지적했다.

3) 강남주는 『중심과 주변의 시학』(전망, 1997), pp.103에서, 생태주의 시는 전통적 서정시의 한 장르로서 자족하는 것이 아니라 산업화 사회인 현대에서 시의 한 갈래로 자리잡아 가고 있으며 생태주의는 포스트모더이즘 이후의 사상적 공백기를 메울 수 있는 새로운 대체 이데올로기로 변해 가고 있다고, 이미 지적한 바 있다.

했다. 그런데 환경주의자들은 자연파괴와 환경오염의 문제들을 인간의 이성으로 충분히 해결할 수 있다는 낙관론을 펼친다.

반면에 생명시의 정신적 근간은 생명중심주의로 본다. 인간중심주의는 인간이 자연보다 우월하며 자연은 인간보다 열등하다는 관점에 서 있다. 생태주의자들은 자연과 인간의 동등한 존재가치를 인정한다. 이런 관점에서 송용구가, 환경시란 명칭보다는 생태시 혹은 생명시로 부르는 온당하다고 지적한 것은 설득력이 있다. 한편 생태시와 생명시의 개념을 분리하여 논의하는 견해도 있다. 남송우는 「생태환경문학론의 전개 양상과 생명시에 대한 전망」4)에서 "생명문학은 새로운 세계인식의 패러다임으로서 생명관과 생태학적 가치기준 및 책임윤리에 문학의 인식적 내지 상상적 기능을 부과하고 있는 포괄적인 글쓰기의 소산"이라는 관점에서 송희복이 생명시와 생태시나 환경시 즉 생태학적 문명비판시와의 차이점을 제하는 것을 주목하면서, 생명시의 자리매김을 강조하고 있다.

환경시에서 생태시 나아가 생명시로 진행되는 양상을, 앞의 논의에서 확인할 수 있지만, 다양한 논의에도 불구하고 환경오염과 생태계의 파괴에 관심을 갖는 모든 시들을 일단 생태시라고 명명하는데 대체로 동의하고 있다.

최근 『시문학』(99년 6월호)지에서도 환경과 생태문학에 대한 기획특집을 다루고 있다. 여기서 문덕수는 「생태시와 에콜로지」라는 논문에서 생태시는 자연발생적인 것이 아니라 생태계 파괴라는 현실적 위기상황에 대응하는 의식적 운동의 성격을 지니면서, 문명비판과 환경보호, 그리고 미래세계에 대한 이데올로기적·철학적 전망을 갖는다고 전제하고, 생태시의 가능성을 위한 몇가지 기본 또는 전제 조건을 제시했다. 첫째, 생태시는 자연과 야생동식물에 대한 생태학적 인식을 요구한다. 야생동식물 상호간의 의존관계, 야생 동식물과

---

4) 『시와 생명』 창간호(99년 여름호), pp.67-68.

인간과의 상호의존관계, 그리고 야생동식물과 문명사회와의 상호의
존관계 등으로 범주화할 수 있다. 둘째, 종래의 자연관은 생태학적
자연관으로의 전환이 요구된다. 과학적 자연관, 실용주의적 자연관
에서의 이탈, 낭만적 자연관의 비판적 수용, 그리고 불교적 자연관
과 노장의 자연주의와의 맥락을 추구하면서 생태학적 자연관으로
전환되어야 한다. 셋째, 인간중심주의의 망집에서 벗어나서 야생동
물과 인간이 동등한 레벨의 생명체라는 인식이 요구된다. 즉, 생명
권평등주의가 요구된다. 인간도 야생동식물과 똑같은 생태계의 공생
네트워크에 편입되어 있는 생물이라는 인식이 전제되어야 한다는
것이다. 그 외에도 생태시는 에코롤지가 인권, 페미니즘(에코페미니
즘), 그리고 사회주의와도 관련된다는 점을 주지시키고 있다. 생태시
는 흔히 파편화되고 중심부재의 시대라고 일컬어지던 90년대에 있
어서 가장 강력한 이데올로기, 혹은 중심으로서 그 힘을 드러내고
있다. 문덕수의 논문에서도 암시되듯이, 생태시는 그 지향점이 철학
이나 종교 쪽으로도 나아가고 있음을 알 수 있다. 환경오염이 생태
계파괴를 불러오고, 생태계파괴는 결국, 생명의 존립근거를 뒤흔드
는 결과를 유발하고 있는 것이다. 이를 막기 위하여서는 불교나 노장
의 자연관으로 전환되어야 할 필요성까지 제기하고 있다. 이런 측면
에서 관심을 끄는 것이 『시와 사상』(99년 여름호)의 기획특집 '생명시
학의 종교적 탐색'이다. 여기서는 남송우의 「기독교 시에 나타나는
생명 현상」, 이성희의 「노장시학을 위한 시론」, 정효구의 「한울의 발
전을 통한 후천개벽세계」, 「이선이의 「생명의 법열을 향하여」 등의
논문을 통하여 생명시학의 기독교, 불교, 천도교, 노장 등의 종교적
철학적 접근을 하고 있다.

2. 생태시의 실제와 전망

문덕수는 앞의 논문에서 최근에 나온 두 권의 개인 시집을 주목하고 있다. 문학과 환경문제, 생태계의 중요성 등에 관심을 집중적으로 드러낸 신진의 『江』(시와 시학사, 1994)과 강남주의 『흐르지 못하는 강』(전망, 1997)이 바로 그것이다. 이 두 시집은 위기에 처한 환경문제의 심각성을 배경으로 자연 생태계의 파괴를 고발하는 시를, 그것도 집중적·의식적으로 쓴 개인 시집이라는 점에서 주목할 만한 것이 사실이다. 문덕수가 논의한 작품을 여기서 다시 읽어보자.

> 물고기를 먹자고 낚시를 한다/주먹만한 붕어 몇 마리 건져 올린다/비늘 떨고 아가미 떨고/내장을 행구며 디스토마를 잡는다/둔각의 등뼈 마디마디 헤집어/수은, 납을 도려낸다/살점에 박힌 부영양 오물, 방카A유 찌꺼기/카듀늄을 걷어낸다/마침내/초고추장 병을 열고/강내를 더듬는다/기억에 절은 손가락을 빨았다
>
> ── 「강·물고기회」 전문

> 탄생의 아름다움./더 아름다운 깔끔한 사멸./그 질서 속으로/청청하며 싱그럽던 잎이 떨어졌다./흔적 없이 흙으로 돌아가/그가 만들던 자연에 동화되고자 했다.//썩지 않으니/이화현상이다./땅속으로 스며들지도 못하니./시간이 지나도/바스락거리며 겉돌 수밖에 없으니.//비 맞아 낙엽이 됐고/비 맞아 썩지 못했고/불행한 탄생에 불행한 죽음/계속되는 사멸 속에 중지된 사멸.//바스락거리기만 하며/비극의 소리가 지나가고 있다.
>
> ── 강남주, 「썩지 않는 잎」 전문

두 작품은 최근 생태시의 경향을 뚜렷이 드러내고 있다. 환경오염으로 생태질서가 파괴되어 나타난 비정상적인 정황을 부각시키고

있다. 전자의 작품은 환경오염으로 인해 방카A유 찌꺼기, 수은 납 등이 들어 있는 물고기를 마음놓고 먹을 수 없는 실태를 사실적으로 그리고 있다. 특히, 마지막 행의 "기억에 절은 손가락을 빨았다"는 대목은 환경오염의 현재적 국면을 강조하고 있는 것이다. 후자의 작품은 환경오염으로 인해 생태계의 순환논리가 깨어진 비극적인 정황을 역시 사실적으로 그리고 있다. 이 두 작품은 최근 논의되고 있는 생태시의 대표적인 경향을 드러내는 작품이다.

그러나 21세기의 생태시는 보다 생명존재에 대한 근원적 관심이 집중될 것으로 보인다. 근자에는 인간복제 기술의 발달로 인간의 정체성까지 흔들리고 있다. 쥐인간이라면, 그것은 정상적 과정으로 태어난 인간과 쥐세포에서 배양된 인간이 동일한 존재일 수 있는가. 쥐에다가 신체조직을 배양하여 이식한다면, 그 이식된 신체조직을 단 인간의 정체성은 흔들리지 않겠는가. 앞으로 생태시에서 이런 인간 정체성의 문제가 관심의 대상이 될 수밖에 없을 것이다. 최근에도 문제가 되는 환경호르몬의 영향으로 인간의 생식능력이 현저히 약화되거나 감소되고 있다고 한다. 어쩌면 머지 않은 미래에는 인간의 생식능력이 거의 퇴화되어, 인간복제기술에 의존하여 새 생명을 만들어내는 형국이 될지도 모른다는 것이다. 생태파괴로 인한 생명체의 위기뿐만 아니라 인간의 존재의 정체성은 어떻게 규명될 것인가에 대한 탐색이 본격적으로 이루질 것 같은 예감이 든다.

> 폐허의 담벽 아래,/성스런 신의 병사들이/지구의 왼쪽 관자놀이를 찢는 총이 울리고/그 피와 살을 받아 핥는/시퍼런 잡초와 갈가마귀의 혀가 비릿하다.//골고다,/(우주배꼽?)/거기,/여전히 신생아들의 울음소리도/들린다지?//안 보았어도 좋을, 홍건히 피에 뜬 조간을 보며/질긴 탯줄을 씹듯 간신히 조반을 삼켰다./장마가 쉬 그칠 것 같지 않다.
>
> — 고진하, 「장마」 전문 (고진하 시집 『우주배꼽』 1997년)

고진하의 「장마」는 환경오염과 그로 인한 생태파괴로 훼손되는 인간존재의 위기국면을 넘어서, 보다 근원적인 생명문제를 종교적으로 접근하고 있다.

이 시에서 가장 지배적인 것은 골고다를 우주의 배꼽으로 비유하고 있는 것이다. 골고다는 예수가 십자가에서 매달려 피 흘려 죽은 장소이다. 그래서 골고다는 우주배꼽으로 비유되고 있는 것이다. 십자가는 구속의 이미지이다. 십자가상의 예수의 피흘림으로 인간의 영적 생명이 새로 태어나는 장소인 골고다는 바로 우주배꼽이다. 영적 생명의 흔적인 셈이다. 고진하는 "지구의 왼쪽 관자놀이를 찢는 총성이 울리고", "시퍼런 잡초와 갈가마귀의 혀", "홍건히 피에 뜬 조간" 등의 시구에서 총체적 인류의 비극상을 암시하고 있다. 이것은 환경오염이나 생태계파괴를 넘어선 인간의 근원적인 죄악성과 부패, 타락상을 제시한 것이고, 그것은 인간의 이성을 초월한 종교적 차원에서 해결해야 함을 간접화법으로 제시한 것이다.

이처럼 생태시는 앞으로 종교적 접근이 가속화 될 것 같다. 왜냐하면, 보다 근원적인 인간의 존재문제를 심각하게 짚어보아야 하는 상황이 이미 도래했기 때문이다.

위기시대와 시적 정서

시는 별천지를 노래하는 듯해도 실상은 우리네 삶의 표정이 담겨 있기 마련이다. 지난 계절에도 다양한 삶의 표정을 포착한 작품들이 선을 뵈었지만, 6.25 동란 이후 최대의 위기시대를 맞아서인지 인간의 실존적 아픔, 슬픔, 고뇌 따위가 진하게 묻어 있었다.

『작은문학』(98년 여름호)의 권두에 「시와 그림」란에 두 편의 좋은 시가 읽을 거리를 제공한다. 그 중 한 편이 문덕수의 「손잡기」이다.

> 내 손에는
> 꼭 잡을 수 있는 사랑
> 꼭 잡고 놓치지 않을 생애가 있다
> 그것도 모자라서
>
> 미치도록 보아야 할 빨간 장미와
> 함께 건너야 할 태평양만한 풍랑도
> 포옹한다
> 불이 나도록 얼굴 부비면서
>
> 그러나

영원히 떨어져 있는 두 개의 섬임을

함께 몸을 던질 수 없는 또다른 절벽임을
확인하면서

— 문덕수, 「손잡기」 전문

인간관계를 상징적으로 보여주는 행위는 손잡기다. 이 기호는 두 사람간의 친근한 만남이나 호감, 혹은 동지적이거나 특별한 사이를 지칭한다. 이 작품의 제목이 바로 중심 이미지다. 제목을 형상화한 시본문은 손잡기가 구체화된 가운데 그 속성이 나타난다. 손잡기는 "꼭 잡을 수 있는 사랑", "꼭 잡고 놓치지 않을 생애", "미치도록 함께 보아야 할 빨간 장미", "함께 건너야 할 태평양만한 풍랑"처럼 긍정적이든 부정적이든 그것이 어떠하든 함께 불이 나도록 얼굴에 부빌 만큼 하나의 몸으로 포옹하는 행위이다. 손잡기는 음과 양의 만남이든 양과 양의 만남이든 간에 두 존재가 하나의 존재로 합치되는, 합력·조력의 관계임이 분명하다.

그러나 손잡기는 "영원히 떨어져 있는 두 개의 섬", "함께 몸을 던질 수 없는 또다른 절벽"임을 확인하게 되는 파라독스이다. 여기에 인간의 실존적 비극이 존재한다. 카인의 후예인 인간들이 맺는 관계는 손잡기의 파라독스로 해명된다. 동생 아벨을 죽인 카인, 그는 가장 가까운 혈육을 죽임으로써 인간의 손잡기는 '빨간 장미'와 칼을 동시에 쥐게 된 비극적 운명을 예표한다. 친교/절교, 신의/배신, 사랑/미움, 결혼/이혼 등에서 손잡기는 이원대립적 역설의 관계를 지니고 있지만, 일반적으로 친교, 신의, 사랑, 결혼 같은 전자만 강조되어 왔다. 이 시는 '손잡기'라는 기호를 통해서 인간관계 속에 배태되어 있는, 숨겨진 의미를 폭로한다.

위기시대일수록 인간의 감추어진 속성이 더 적나라하게 드러난다. IMF 위기시대에 부부간, 부자간, 친구간, 그 사이가 두 개의 섬 혹은 또 다른 절벽으로 나타난다.

　　양애경의 「태평」(『현대시학』 98년 7월호)도 아이러니 기법으로 위
기시대에 드러나는 불안의식을 그리고 있다.

　　　　　언덕에 차 세워 놓고
　　　　　전국 도로지도로 햇빛 가리고
　　　　　등받이를 젖히고 나서
　　　　　눈을 감았다
　　　　　그러고 보니 언덕에 거꾸로 매달려
　　　　　잠자기는 처음이다
　　　　　설마 1.3짜리 조그만 내 차라 해도
　　　　　52킬로의 내가 젖히고 누운다 해도
　　　　　뒤로 굴러 떨어지지는 않겠지
　　　　　아아 언덕에 거꾸로 매달려 눈을 감는다
　　　　　조그맣고 가벼운 내 차에 마음을 의지하고

　　　　　그래, 아직 세상에서 믿을 게 많다
　　　　　가볍게 코도 골고 싶다
　　　　　　　　　　　　　　　　　　　　　　— 양애경, 「태평」 전문

　　언덕에 차 세워 놓고 전국 도로지도로 햇빛을 가리고 등받이를
젖히고 눈을 감고 쉬는 것이 마치 언덕에 거꾸로 매달려 잠자는 형
국이다. 이것이 이 작품에서 제시하는 '태평'이다. 조그맣고 가벼운
화자의 차에 마음을 의지고 누어서 생각하는 것이, "그래, 아직 세
상에서 믿을 게 많다"이다. 이같은 언술은 아이러니가 우세하다. 불
안한 자세로 잠자는 것, 이것이 이 시대의 태평이고 불안한 소형 승
용차에 마음을 의지하는 것, 이것이 이 시대의 믿음이다. 이 위기
시대에 화자는 불안과 불신에 침륜당하고 있음을 이렇게 노래하고
있다. 이 시대의 풍속도로 이 작품을 읽으면, 화자는 전국 도로지도
를 차에 가지고 다니면서 태평스럽게 여행하고 있는 것이 아니라,

아마 실직자로서 정처없이 떠돌아다니는 유랑자의 모습이 아닌가.
태평성대가 아닌 경제 불황기의 황폐한 자아의 실제적 공허를 보인
것이다.

문덕수의 「손잡기」는 시공을 초월한 원형적 이미지가 주조를 띠
고, 양애경의 「태평」은 이 시대의 문제가 짙게 투영된 현실적 이미
지가 두드러진다.

추창영의 「마른 장미」(『월간문학』 98년 8월호)는 식물성 이미지에
육체성을 투영시키면서, 삶의 근원적 허무를 쓸쓸하게 그리고 있다.

> 늦가을 아니면 초겨울
> 계절의 행간 11월
> 창백한 하현달 한 조각
> 서산으로 이우는데
>
> 투명한 아침 햇살 속으로
> 철늦은 장미꽃 몇 송이 사 들고
> 갈수록 젊어지는 창동 네거리를 건널 때
> 텅 빈 가슴은 썰물이다
>
> 눈부신 빛으로 오가는 아이들
> 화안한 이마에 싱그러운 바람 일어
> 내 꽃들은 재채기를 하고
> 풀죽은 내 옷자락 젖는다
>
> ― 추창영, 「마른 장미」 일부

이 작품은 비교적 장시에 속한다. 모두 5수에 60행이 넘는다. 현
재 화자의 처지는 '마른 장미'로 표상되고 있다. 창백한 하현달 한
조각이 서산으로 이우는데, 갈수록 젊어지는 창동 네 거리를 건너는
화자의 가슴은 텅 빈 썰물이다. 철늦은 장미꽃을 들고 창동거리를
거니는 자신은 어느덧 이방인처럼 부자연스런 존재로 부각한다.

> 물과 같은 우리네 삶이란
> 애틋한 그리움도 추억도
> 아무것도 남지 않는
> 단지 흐르는
> 시냇물 아니면 강물 같은 것…
>
> ― 「마른 장미」 일부

젊은 날의 애틋한 그리움도 추억도 삶의 끝자락에서는 시냇물이나 강물처럼 모두 다 흘러가고 장미의 꽃물이 눈물되어 마르듯 가슴에 남는 것은 모두 흘러가고 없다는 짙은 허무의식이 주조를 띤다. 삶의 끝자락에 가까이 다가선 젊음이 넘치는 창동거리에서 지난날의 추억을 회상하면서, 그 덧없음을 노래한 것이다. 구약성서에 나오는 솔로몬의 애가를 다시 듣는 듯하다. 삶의 끝자리에서 인간은 시대상황과 관계없이 다가오는 본원적 슬픔, 쓸쓸함, 고독 따위가 체험론적 시법으로 구체화되어 나타난다.

문희숙의 「슬픔」(『경남시조』 98년 7월)은 '슬픔'을 미학적으로 그려 놓은 것이다.

> 푸가 A단조로
> 빈 가지 흔들던 바람
> 오늘은 창마다
> 안개를 풀어놓는다
> 닦아도
> 닦아도 흐린
> 하늘 한 장
> 걸어 놓는다
>
> ― 「슬픔」 전문

문희숙은 젊은 시조시인이다. 그가 최근 보여주는 작품들은 시조만이 갖고 있는 개성적 미학을 잘 드러내고 있다. 다시 말해 이 시대에 왜 시조여야 하는가를 작품을 통해 보여주고 있는 것이다. 시조는 그 장르적 특성상 외형률을 이미 확보하고 있다. 물론 그것이 얼마나 의미율로 승화되느냐는 별개의 문제이지만, 어쨌든 현대시조는 리듬의 문제보다는 이미지의 문제에 더욱 관심을 쏟아야 할 듯하다. 과거의 시조가 리듬에다 메시지를 담아 전달하는 쪽에 섰다면, 현재는 메시지를 이미지화 하여 독자에게 보여주는데 주력해야 할 것이다. 그런 측면에서 문희숙의 일련의 작품들은 소품이지만, 메시지를 아름다운 이미지로 그려내고 있다는 점에서 주목할 만하다. 이 작품의 제목 '슬픔'은 바로 메시지이다. 그러나 이 메시지는 이미지화되어서 설명적 요소는 전혀 드러나지 않는다. 관념을 이미지화시키는 수법이 예사롭지 않다.

경제 위기시대를 살아가는 우리에게 고통이나 불안 혹은 고뇌, 슬픔 등은 매우 자연스런 정서로 자리잡아 가고 있다. 경제위기가 그 자체의 문제로 한정되는 것이 아니라 우리 삶의 총체적 위기로 확산된다는 점에서 매우 심각한 양상을 드러낸다.

그러나 이런 현상들이 시라는 예술로 승화될 때, 문희숙의 「슬픔」처럼 '슬픔'이라는 정서조차도 아름다운 이미지로 우리에게 다가올 수 있을 것이다.

母性상실과 공동체적 질서붕괴

1

진단시 동인회가 1981년 결성된 이래 꾸준히 테마시 운동을 전개해 왔는데, 최근에는 제21집 『장날 나들이로 장독대가 심심하다』 (1996. 10)를 또 펴냈다. 신규호, 유승우, 이용주, 林步, 장순금, 권천학, 김규화, 문효치, 박진환 등 동인의 면면은 이미 우리 시단의 중진시인들로 각자 시세계를 확고하게 구축한 이들이다. 이번 동인지에는 불의의 교통사고로 작고한 정의홍 시인의 부재를 확인하는 자리가 되어 진단시 동인회 뿐만 아니라 우리 시단 전체로도 아쉬움이 아닐 수 없다. 동인지 제2부의 鄭義弘 시인 추모특집란에는 고인을 보내는 동인들의 애틋한 마음들이 가슴을 져미게 한다.

> 밤이면 별빛 찬란한 은하나라의/지구마을에서 우리 함께 살다가/당신은 홀연히 어디로 갔어요?/가기 전날에도 대전이라는 곳에서/나에게 전파를 보내지 않았던가요?/천이나 되는 은하나라 중/그 중 어느 나라의 어느 마을에다/나 또한 전파를 보내야 하나요?
> — 김규화, 정의홍시인 추모시 「정의홍씨, 들으세요」일부

정의홍은 작고하기 얼마 전에 『하루만 허락받은 시인』이라는 시집을 상재했다. 이 시집에 대해서는 이미 본 동인지에 張伯逸이 「파소에 저항하는 詩精神」이라는 제목의 서평을 게재하고 있으므로 별도의 해설을 붙일 필요가 없을 것이다. 그러나 고인을 추모하는 마음으로 그의 대표작 한 편을 다시금 읽고 싶다.

> 사랑이 그리움을 먹고 자라나듯/민주라는 이름은/고통을 먹으며 자라는 것/기나긴 겨울이 하도 지루해/나사 빠진 생활을 털어내 버리고/눈 내리는 들판을 방황해 본다/싸움처럼 발자국을 내며 걸어가 본다/문득 나의 눈앞을 막아 선/어머니 마음같이 넓은 하늘, 하늘로/언딘지 훨훨 날아가는 새여/하늘이 모두 날고 있는 너보다도/비록 자유는 없지만/헛된 것에는 눈을 주지 않는다/정의만이 민주임을 굳게 믿는다/추운 겨울이 하도 지루해/하루만의 위안이라도 받고 싶지만/위안이 또 얼마나 절망인가를/이 땅에 살아보지 않은 이는 모르리라/새여/어디론지 자유롭게 날아가는 새여
>
> ― 정의홍, 「하루만 허락받은 시인1」 전문

동인인 박진환은 정의홍의 시세계에 대해 "한때 그의 시는 시대적 비판이랄까, 체제에 대한 도전같은 시류적 면모를 보이기도 했으나 그 분야는 그의 시적 본령이 아니었는지 큰 성과에 미치지는 못했던 것으로 보고 있다. 어떻든 그의 시의 맛과 멋은 역시 견고한 이미지의 결구력으로 형상화 해내는 모더니티의 구사에 있었고 이로써 그의 시는 대표된다고 할 수 있을 것 같다"고 지적했다. 박진환의 온당한 견해대로 정의홍 시의 본령은 역시 모더니티의 구사에 있는 것이 사실이다. 하지만 순수미학 탐구에만 골몰하지 않고 가혹한 현실에 직접적으로 응전한 「하루만 허락받은 시인1」같은 작품의 성과를 간과해서는 안될 듯하다. 이 작품은 '민주'에 대한 열망을 직접적으로 드러내는 부분이 있지만, 억압적 상황하에 놓인 화자와 대척지점에 있는 자유로운 존재인 '새'를 상관물로 시인의 의도를

표상하고 있어, 메시지 일변도의 민중시의 거칠음을 극복한다. 이 시는 강렬한 메시지가 전면에 나타나면서도 서정성을 결코 벗어나지는 않은 것이 미덕이다. 정의홍은 예술지상주의로 떨어지지 않고 늘 현실에 대한 작가의 책무를 염두에 두면서 시적 지평을 열어간 시인이다.

2

진단시 동인은 각기 다른 개성을 지닌 시인들이지만, 한국 문화의 본류적 혈통을 찾고, 올바른 방향설정을 정립하기 위해서는 한 목소리를 낸다. 그것은 테마시를 통한 에콜의 형성이다. 진단시 동인은 "편협한 국수주의를 배격하고 세계사의 현대적 경향과 사조를 과감히 수용하되 모방이나 답습이 아닌 우리것으로 재국성하는 '신보수주의'를 지향한다."

가치관의 혼미로 점철된 21세기 전야에, '신보수주의'를 표방하는 에꼴은 대단한 의미를 지니는 것이다. 진단시 동인들은 각자 나름대로 개성적인 세계를 이미 구축한 시인들이라는 것을 염두에 둘 때, 이들이 열정적으로 현대시의 한 방향성을 모색하는 에꼴은 동인 자신을 위한 것이기보다 우리 시단의 불온한 현실을 타개하기 위한 것으로 보인다. 80년대에 들어 우리시가 해체시의 징후를 보이더니, 근자에 와서는 문학의 해체는 차치하고서라도 가정의 해체, 혹은 붕괴 조짐을 보임으로 뜻 있는 이들의 우려의 목소리가 높다. 시도 문학이기에 현실을 반영한다. 진단시 동인들의 지적과 같이 우리 시단은 "국적불명의 시류적 유행에 의한 극도의 혼란 속에서 방향감각을 상실한 채 표류하고 있다." 이것은 시의 대상이 되는 현실이 극도로 혼미한 세기말의 징후를 보이기 때문이기도 하다. 그렇다고 시

인이 시류를 대변하는 것만으로 그 역할을 다했다고 치부해서는 안
된다. 이때 시인의 예언적 역할이 절실히 요구되는 것 아닌가. 진단
시는 그동안 '서동' '동동' '배비장' '온달' 등의 테마로써 우리시의
전통적 가치나 아름다움을 여실히 보여주었다.

이번 21집의 테마는 '장날·장독대'이다. '장독대'가 개인의식 공
간이라면 '장날'은 '집단의식 공간'이다. 다시 말해 장독대가 개인의
식의 표상이라면 장날은 집단의식의 표상이 된다.

> 어머니의 전용 거실에는/납작납작한 자잘한 돌들이 장판으로 깔려
> /흰 고무신에는 저절로 지압이 된다/…중략…/어머니의 허리선 같은
> 다리선 같은/옹기들을 날마다 쓸고 닦고 문질러/(그래서 아버지가
> 더 그리웠는지?)
>
> — 김규화, 「장독간·1」 일부

> 닷새마다 서는 우리나라 장날에는/돈보다 더 많은 마음들이 오간
> 다./산골 마을의 참나무 막대기 같은 박서방이/바닷가의 자반고등어
> 같은 최서방을 만나
>
> — 유승우, 「장날에는」 일부

'장독간'은 '어머니의 전용 거실'이다. 어머니의 개인의식 공간이
장독대가 된다. 어머니는 장독을 닦으면서 남편을 그리워거나 가족
을 위해 음식을 준비하기도 한다. 장독간은 어머니의 사유공간이고
작업공간이다. 장독대는 모성과도 깊이 연계되어 있다. 장독대는 모
성의 표상이기 때문이다. 이에 비해 '장날'은 개인과 개인의 만남이
이루어지면서 집단의식 공간이 구축된다. 가족의 범위를 넘어선 이
웃, 나아가 타 지역 사람들과의 교류가 이루어지는 확장공간이다.
이번 테마시는 장독대와 장날을 통해서 우리민족이 전통적으로 지
녔던 모성과 공동체적 공간의식을 천착하면서, 그 현대적 의미를 탐
색하고 있는 것처럼 보인다.

3

장독대가 모성의 표상임은 이미 지적하였다. 장독대는 어머니와
따로 떼어서 운위할 수 없다.

> 들국화처럼 때론 고향집 어머니 속 깊은 표정을/닮아가며 하얀 감
> 꽃 떨어지는 발치에서/조용히 지나온 시간을 생각합니다. 투정도 색
> 도/부릴줄도 어리광도 위기도 당신앞 내색한 적/없지요. 오래 길들여
> 진 솜씨로 식탁에 올려져/맛이 되는 일로 만족하려 합니다./언제나
> 그 자리에 나는 있습니다.
>
> — 장순금, 「장독」 일부

장독대는 어머니의 표정이다. 늘 그 자리를 지키면서 가족들을 맞
이하는 어머니의 모습과 닮았다.

어머니가 장독대를 빛나도록 닦는 행위는 슬플 때나 기쁠 때나
한결같다. 말없이 장독대를 닦는 것은 일종의 카타르시스이다. 장독
대야말로 우리 어머니들의 정서적 등가물인 것이다.

> 죽산댁 장광의 장독들은/삼백예순 날 늘 빛이 나는데/햇살 나면
> 날 좋다고/구름끼면 날 궂다고/…중략…/달 뜨면 달 핑계/새 울면 새
> 핑계/스물 셋에 낭군 잃고/사시 사철 훔치는데/아픈 수멸 배고 스며/
> 어른어른 비치는데/장독 위의 살구꽃 터지는 봄엔/꽃송이들 온통 장
> 독에 비쳐/구름처럼 노을처럼 이글대는데/한여름 진간장이 익을 무
> 렵이면/온동네 장내로 출렁이는데/장독의 뚜껑을 가만히 열면/숯검정
> 붉은 고추 떠 있는 사이/살구꽃 하얀 장꽃송이가/삭은 설움 향기되
> 어 돌고 있는데
>
> — 林步, 「竹山宅 장독」 일부

인용작품에서 장독 속에 익은 간장 위로 "살구꽃 하얀 장꽃송이가 삭은 설움 향기되어 돌고"라는 표현이 우선 절묘하다는 생각이든다. 시각('살구꽃 하얀 장꽃송이')이 청각('삭은 설움 향기')으로전이되는 것도 신선하지만, 살구꽃에서 설운 향기를 읽어내는 것도예사롭지 않다. 임보의 시적 역량을 선연하게 보여주는 대목이다.시의 첫부분에서부터 전개되는 서술적 진술이 이 대목에 와서는 단단한 시적 조임을 확보한다. 임보 시인만 시적 역량을 보이겠는가.진단시 동인들은 모두 시적 역량을 지닌 중견시인임을 이미 밝혀두었다. 본고는 진단시 동인들의 개인적 역량을 진단하기보다 진단시 동인이 성취하고 있는 테마시가 오늘날 어떤 의미를 지니는가에더 관심을 기울이고 싶다.

> 할머니의 별당/혹은 聖地.//켜켜로 쌓아 올린/옹기는/손 비벼 밀어
> 올린/塔.//칠성님도/삼신님도/부처님도 모신/祈福을 빌던/할머니의 別
> 堂/혹은 聖地.//할머니는 가시고/심어 놓으신 접시꽃만/층층이 꽃 등
> 을 걸어/환한 대낮에도/장독대를 밝히고 있다.
>
> — 박진환, 「할머니의 별당, 혹은 聖地」 전문

박진환의 작품도 한 편의 아름다운 서정시다. 이 시에서 장독대의주체는 할머니다. 할머니는 어머니의 또다른 모습이다. 그렇다면 할머니의 부재가 나타나는 데 이것은 모성의 상실이라 볼 수 있겠다.가족을 위해 음식을 장만하고, 또한 가족을 위해 칠성님이나 삼신님, 혹은 부처님에게 빌던 그분이 떠난 자리에는 장독대만 남아 있다. 여기서 장독대는 모성의 흔적으로만 존재한다. 돌볼 사람이 없는 장독대도 조만간 그 빛을 잃고 말 것 같다. 누가 있어 닦고 빛내줄 것인가.

우리나라 장독대의 항아리에서는/어머니들의 사랑이 익어가고 있

었는데,/그 사랑의 줄기거나 혹은 심지처럼/아작 아작 씹히는 장아치
도 익어가고 있었는데,/우리들의 집에는 지금 장독대가 없다./요즈음
우리들은 모두 각자의 가슴 속에,/자신의 장항아리를 가지고 산다./…
중략…/내가 그들을 위해 눈물로 간장독을 채워도,/다 쓸데 없는 것
이다. 그들은 내 가슴 속에서/아픈 장아찌로 까맣게 익어 갈 뿐이다
　　　　　　　　　　　　　　　　 ─ 유승우, 「나의 장독대」 일부

　　장독대가 모성의 표상임은 여기서도 확연하다. 장독대에서 어머니
가 사랑으로 가족을 위해 음식을 준비하는 모습을 쉽게 떠올릴 수
있다. 우리나라 장독대의 항아리에는 어머니의 사랑이 늘 익어가고
있었던 것이다. 그런데 지금 우리들의 집에는 장독대가 없다는 비극
적 인식을 보인다. 장독대의 상실은 곧 모성의 상실이다. 현대의 비
극은 모성상실을 단초로 한다. 모성상실과 등가로 나타나는 것이 동
인인 정의홍 시인의 죽음이다. 정의홍 시인을 잃고 슬퍼하는 동인들
의 그 슬픔의 깊이나 현대인의 모성상실로 인한 슬픔이나 모두 동
질임을 위의 시에서 보인다. 정의홍 시인의 죽음을 모성상실의 등가
로 도입한 의도는 동인에 대한 추모감의 표출과 아울러 모성상실의
아픔의 극대화를 연출하기 위한 것이다.
　　박진환은 모성의 흔적이라도 보였는데, 유승우는 모성의 부재만을
보여준다.
　　공동체적 삶의 표상인 '장날'은 어떤 모습으로 그려지고, 그것의
현대적 의미는 무엇인가.

　　　　새로 삼은 메투리에/털벙거지 쓰고 장에 간다며/누런 이빨 내놓
　　고 좋아라/히죽히죽 웃던 성골 양반./열 세 살적 어린 내 뒤통수를
　　예뻐하던/투박한 손길이 아직도 꺼끄럽구려./새로 풀먹인 무명 무
　　명 바지 저고리에/비단 조끼 받쳐 입은/일 년 열두 달 만의 호사,/
　　육순 나이에 남의 집 머슴 살아도/반찬 투정 떳떳이 해대던 기개,
　　　　　　　　　　　 ─ 신규호, 「장날─성골 양반에게」 일부

인용작품에는 '성골 양반'의 캐릭터가 우선 인상적이다. 소박한 삶을 살면서도 나름의 단단한 자존의식을 잃어버리지 않는 성골 양반의 모습은 전통적인 한국인의 얼굴이라 할 만하다. 이런 한국인에게 장터는 축제의 환희공간으로 나타난다. "누런 이빨 내놓고 좋아라 희죽희죽 웃던 성골 양반", 모처럼 장에 가는 기쁨이 온 얼굴에 펴져 있는 것이다. 나름대로 최고의 치장을 한 모습 또한 인상적이다. 화자가 어린 시절, 성골 양반의 사랑을 많이 받았던 기억을 되새기며 그 한 때를 화사하게 추억하고 있는 것이다. 이 성골 양반은 육순의 나이까지 남의 집 머슴 살이를 하면서 자신이 신라 성골의 후손이라는 자부심을 갖고 살아간다. 비천한 처지에 처해 있으면서도 결코 비굴하지 않고, 타인에게 사랑을 베풀 수 있는 여유까지 간직한 성골 양반의 캐릭터를 아련한 추억 속에서 회상한다. 이 성골 양반에게 장날은 가장 즐거운 나들이의 공간인 것이다.

> 억배기 한실양반 딸기 코 봐라/구멍 난 중절모도 함께 취했나/풀 먹인 모시 바지 다구긴 채/고등어 한 마리 짚에 꿰 들고/ "함평 천지" 육자배기 악도 쓰면서/해거름에 비틀비틀 돌아오누나//장터 뒤 국수집 욕쟁이 할멈/새로 든 주모가 참하고 고와/거간도 설치며 드나들다가/번 口錢 다 털려도 삼삼키만 해/ "쑥대머리 귀신 형용" 목청 돋구며/해롱해롱 기분좋게 돌아 오누나
>
> ─ 林步, 「歸家─장날」 전문

신규호의 「장날─성골양반」이 장날을 맞이하는 설렘을 그렸다면, 임보의 「歸家─장날」은 장을 보고 되돌아오는 모습을 구체적으로 보여준다. '한실 양반'의 캐릭터 또한 전통적 한국인의 전형성을 띤다. 장날 해거름에 술에 취해 비틀거리면서 육자배기로 악을 쓰며 마을앞 신작로를 지나가는 흥겨운 모습이 뚜렷하다. 국수집에 새로

든 주모가 참해서, 번 口錢 다 털려도 해롱해롱 기분 좋게 돌아오는 한실양반의 모습에서 우리 옛 사람들의 악의 없는 낭만이 깃든 삶의 풍속도를 볼 수 있다.

> 외갓집 환한 보름달 속에는/5일마다 장이 섰다/빠알간 홍옥, 궤짝 속에 숨어/향을 피우는 외갓집 마루/장날엔 외할머니 냄새가 났다./ 굵은 멸치 누런 종이 포대속에 누워/바다를 잊고/쑥 소쿠리 수북이 논둑길 고향에서 달려오고/머리에 인 감자 십리길 걸어온 아낙의 얼굴엔/풀내가 났다./…중략…/유년의/장날엔 외할머니 순한 주름살/홍옥 향기로 설레인 하루였고/오늘은 모란장에 와/냉동저장 홍옥 한 알/가 만히 손에 잡았다.
>
> ― 장순금, 「장날」 일부

앞의 두 작품이 장날을 통해 드러나는 남성적 캐릭터를 확인한 것이라면, 여기서는 전통적 한국여성의 캐릭터가 아련한 추억으로 드러난다. 장날에는 외할머니 냄새가 나는 것이다. 이 냄새는 가족을 위해 땀흘리며 온갖 것 장만하여 장날에 내다 팔아 살림을 장만하던 아낙네의 얼굴에서 나는 풀내와 같은 것이다. 화자의 유년시절, 장날은 그래서 외할머니 순한 주름살 홍옥 향기로 설레인 하루였다. "냉동저장 홍옥 한알" 손에 잡히는 모란장에서 느끼는 오늘의 장날은 외갓집 환한 보름달 속에 섰던 외할머니 냄새같은 장날 풍경은 아니다. 이제는 단지 아련한 추억 속에서만 존재하는 것이다. 오늘의 삭막한 장날 풍속도가 '냉동저장 홍옥 한 알'에서 강하게 부각된다. 오늘의 모란장날이 왜 옛날의 장날보다 삭막하게 느껴지는가. 장날의 물건이 옛날만 못해서는 아닐 것이다. 그것은 할머니의 냄새, 곧 앞의 테마시에서 보인 장독대가 표상하는 모성을 상실했기 때문일 터이다.

> 상표를 지운 운동화가 용달차에서 어우러졌지/아라비아字의 암호

로 휴대폰을 누르고/점원은 '배달용'이라고 써서 한쪽에 놓아두었지/
풀어놓은 보따리에 고추와 메주의/삼베와 참빗의 흥정소리로 수런
거리고/번질거리는 전자제품 앞에서/ 광고지를 든 남자가 서 있었지/
상설비디오를 열심히 보는 남자의 아이도/수퍼마켓에 쏙 들어간 엄
마를 기다리며 서 있었지

— 김규화, 「장」 일부

화자 '나'의 눈으로 보는 현대 장날의 풍속도를 실감나게 그리고
있다. 휴대폰을 누른다든지, 번들거리는 전자제품이나 상설비디오를
보는 아이 등에서 현대의 왜곡된 장날의 모습이 드러난다. 앞의 작
품에서 보인 냉동저장한 홍옥 한 알을 손에 쥐어보는 현대 장날의
구체적 묘사가, 바로 김규화가 그린 장날의 풍속도다.
    문효치도 김규화가 그린 현대의 장날 풍속도와 거의 같은 맥락에
서 파악하지만, 더욱 비관적이다.

    이제 장날은/달빛도 멀리 지나가 버리는/빛바랜 커다란 사진처럼/
    펼쳐 있을 뿐이다.//딱히 사고 싶은 것도/먹고 싶은 것도 없는/사진
    속에서/간간히 장사꾼의 호객소리가 들린다.//충주댁은 서울로 이사
    가/상가 빌딩의 사장이 되었고/허생원은 미국으로 이민가서/큰 주유
    소를 한댔다.//봉평장은 이제/재미있는 이야기거리도/신나는 구경거리
    도 없다.//다만 길섶에 내려/잠시 젖은 몸 말리던/추억 한 자락/몸털
    며 일어서고 있을 뿐.

— 문효치, 「봉평 장날」 전문

이효석의 「메밀꽃 필 무렵」을 패러디하고 있다. 작품 속에 등장하
는 봉평 장날의 낭만적 정취는 사라져 버린지 오래다. 추억 속에 등
장하는 옛날 장날의 전형적 모습이 봉평 장날인데, 충주댁이나 허생
원은 '상가 빌딩 사장'이나 '주유소 사장'이 되었고, 그와 함께 그들
이 지녔던 순수성도 사라진 것처럼, 장날의 풍취는 추억의 한 자락

으로만 남아 있다.

> 상추씨 아욱씨 눈 뜬 추억의 씨앗들이/눈 뜬 추억의 씨앗들이/봉지봉지 담겨나온 모란장날/온갖 것들 실려나와 와글거리는 난전 골목에서/낯선 도회로 끌려나와/얼떨떨한 아기흑염소들이/아직도 서울살이에 서툰/내 발길 붙들고 놓아주질 않습니다./초가지붕에 던져진 젖니가 돋아나/쏘삭쏘삭 잇몸이 아린데/고순내 소올솔 풍기는 기름집/기름때 절은 기둥에 깨알 같은 이름들이/반들반들/눈을 뜨고/콩꽃 깨꽃 피워올려/눈물이 핑 돌았습니다
>
> — 권천학, 「모란장날」 전문

「모란장날」에서는 낯선 도시에 끌려나와 얼떨떨한 아기염소와 아직도 서울살이에 서툰 화자의 모습이 너무 닮았다는 것이 눈길을 끈다. 화자가 초가지붕에 젖니를 던질 때인 유년시절의 풍속도와 너무 달라진 도회적 삶의 방식이 낯설기만 하다. 상추씨 아욱씨 눈 뜬 추억의 씨앗들이 봉지봉지 담겨나온 모란장날에 유년시절의 추억들을 회상케 하여 눈물을 핑 돌게 한다. 전과는 너무 달라진 장날의 풍속도이지만, 그래도 옛날의 정취를 그나마 되새길 수 있는 것이 오늘의 장날에도 남아 있다는 인식을 권천학은 이 작품을 통해 그려내고 있다.

> 한이 질척이며 누워 있다/어디서 와서/왜 누워 있는가//누군가의 절둑거리는 발목과/오장육부를 붙잡아/한을 풀고 싶어 누워 있나//대못 박힌 가슴으로/머리 푼 언청이 처녀/치마 밑으로 흘러내리는/하혈을 보려는가.//조잘대는 웃음이 기웃거리고/음흉한 녀석의 속임수도 보이지만/벌덕 일어나/칼날을 휘두르지 않고/누워만 있다.
>
> — 이용주, 「장터」 전문

이 작품은 다른 동인들이 장날을 형상화한 것과는 매우 다른 모

습이다. 장날의 구체적인 모습을 묘사하지 않고 대단히 추상적으로 그렸다. '장터'는 한이 질척이며 누어 있는 곳이다. 아주 비극적 정황이다. 이용주는 온갖 속임수가 난무하는 상행위가 벌어지는 장터야말로 권모술수로 점철된 인간의 삶이 이루어지는 축소판으로 본 것 같다. 정의의 칼날이 날을 세울 수 없는 곳, 그래서 비극적 인물로 표상되는 언청이 처녀가 치마 밑으로 하혈을 흘리면서 대못 박힌 가슴으로 살아가는 부조리한 삶의 공간의 원형을 장터로 묘사한 것이 아닌가.

4

이번에 선 보인 테마시 '장독대·장날'은 모성의 상실로 인하여 결국 공동체적 삶의 질서까지 와해되고 있음을 상징적으로 보인다. 모성의 상실은 가정의 해체를 가져오고, 나아가 사회나 국가라는 공동체적 삶의 방식까지 흔드는 결과를 유발한다. 옛날 우리 가정에서 어머니와 함께 늘 가정살림을 지탱해 왔던 장독대와 이웃이 서로 돕고 공유하던 사회적 공간인 장날에 대해 테마시로써 의미화한 것은 후기 현대사회에서 우리가 무엇을 잃어버린 것인가를 되돌아보게 한다. 공동체적 삶의 공간 속에서 등장하는 매력적인 캐릭터는 현대인들에게는 정말 향수를 불러일으키기에 족하다. 가난하지만 결코 비굴하지 않은 모습이나 매사에 낙천적이고 정감 넘치는 캐릭터의 복원이야말로 후기 현대에 와서는 더욱 절실한 과제로 부각된다.

진단시 동인들이 테마시를 통해 에꼴을 형성하여 벌이는 '신보수주의' 시운동은, 현재 우리시가 지향해야 할 하나의 지표를 제공한다. 개화기 이후 우리시는 지나치게 서구문화에 대한 선망의식을 과도하게 지녔던 것이 사실이다. 이런 와중에서도 굽이굽이마다 전통에 대한 새로운 해석을 시도하고, 민요나 판소리, 혹은 사설 등의 민중연희를 우리시에 도입하여 전통의 현대적 계승의지를 다지기도 했다. 특히 70년대 이후 정치적 색조를 보인 민중시가 이런 의도를 모범적으로 보였던 것으로 기억된다. 그러나 진단시가 80년대 초반부터 벌이는 신보수주의 시운동은 정치적 색채를 띄지 않고, 서구편중의 시단에 대한 반동적 경고로서의 순수한 문예운동이다. 이같은 진단시 동인의 노력은 앞으로 우리 시사에 중요한 시운동으로 기록될 것이 틀림없다.

이번 동인지에는 테마시 외에도 수준 높은 시편들이 다수 나타나 있지만, 여기에 대한 작품 분석은 하지 않았다. 왜냐 하면, 앞서 지적한 것처럼 진단시 동인들 각자의 시적 역량은 이미 우리 시단에서 두루 평가되었기 때문이다. 실상 테마시는 일종의 목적시이기 때문에 때로는 생경한 대목들이 나타나기도 한다. 테마시 외의 시편들이 오히려 시적 향취가 더 높다고 볼 수 있다. 좋은 텍스트를 정밀하게 읽을 기회를 놓친 아쉬움은 독자뿐만 아니라 이 글을 쓰는 필자에게도 남는 것이다.

새로운 세계에 대한 시적 대응

　시가, 왜 낯선 언어, 새로운 언어를 즐겨 채용하느냐 하면, 아직 드러나지 않은 세계를 표현하고자 하는 의도를 지니기 때문이다. 이미 드러나서, 그것이 보편화되고 상투화된 세계를 일상적인 언어로 표현하면 고도의 창작예술인 시라고 칭할 수 없을 것이다. 물론, 오늘날 다양한 시론이 모색되면서, 시의 지평을 무한히 확장하고 있기 때문에, 시에 대한 정의를 한정하여 내릴 수만은 없다. 그러나, 시가 낯선 언어, 새로운 언어로, 새로운 세계나 감추어진 세계를 조명하거나 드러낸다는 것은 여전히, 시를 운위할 때 가장 설득력 있는 속성 중의 하나이다.

　전문수의 「가을의 독서」는 노오란 은행잎이 떨어지는 현상을 보면서 그 이면에 감추어진 세계를 새로운 언어로 들추어내며, 나아가 그가 드러낸 이법 속에 자신의 존재를 배치함으로써 현상과 이데아와 자아의 동일성의 서정미학을 입체적으로 구상화했다.

　　　노오란 은행잎이
　　　나뭇가지 끝에서 떨어진다
　　　천상의 나라에서

지상의 나라로
쓸쓸한 홑문장으로 진다

이 天地 運行의 定言 判斷文.
主辭와 賓辭가 감추어진
이 완결문의 명제는 무엇인가

나뭇가지가 은행잎을 보내는 것인가
은행잎이 나뭇가지에서 떠나 온 것인가
모든 것은 어디서 어디로 가고 또 오는가

장복산 산허리 낙엽지는
난해한 옛 벚나무 길을
서늘한 바람꼬리를 다라 홀로 넘다가
백년 적송 아래
나도
고독한 單文으로 앉는다.

　　　　　　　　　 — 전문수, 「가을의 독서」 전문

　　노오란 은행잎이 나뭇가지 끝에서 떨어지는 자연현상을, "천상의
나라에서/지상의 나라로/쓸쓸한 홑문장으로 진다"고 은유하고 있다.
'쓸쓸한 홑문장으로 진다'는 상당히 새로운 언어적 발상이다. 현상
을 직선적으로 표현하지 않고, 서술과 비유의 병치로써 정서적 반응
을 보인다. 제2연에서는 '쓸쓸한 홑문장'을 보다 구체화하고 있다.
쓸쓸한 홑문장은 '天地 運行의 定言 判斷文'이고 그것은 主辭와 賓
辭가 감추어진 완결문으로 또다시 은유된다. 제1연과 제2연은 이중
의 메타구조이다. 나뭇잎이 떨어지는 평범한 자연현상에서, 삶의 구
조원리를 제시하고서 제3연에서는 다시금 존재의 분열, 혹은 변화
나아가 존재인식의 문제 등 존재론으로까지 확장한다. 제4연에서는
'난해한 옛 벚나무 길'이나 '고독한 單文'이 절묘한 의미망을 구축한

다. 특히, '옛 벗나무 길'이 아니라 '난해한 벗나무 길'이란 표현이 시의 맛을 더한다. 왜 '난해한'인가. 나뭇가지가 은행잎을 보내는 것인가, 아니면 은행잎이 나뭇가지에서 떠나온 것인가. 그리고 모든 것은 어디서 어디로 가고 또 오는가. 이 모든 것이 화자에게는 풀리지 않는 의문부호이다. 그러니까 난해한 옛 벗나무길이 아닌가. 은행잎이 나뭇가지에서 떨어지는 것을 보면서 그것을 문장으로 읽어내고, 다시 그것을 화자 자신이 '고독한 單文'이라고 인식하는 이 작품은, 시상이 통일된 의미망을 구축하면서, 계속 시상이 확장한다. 결국, '나도 고독한 單文으로 앉는다'로 끝나는 단독자로서의 자아의 발견, 이것이 '가을의 독서'이다.

오늘의 시가 지나치게 자아노출적이고, 신경증적인 병적 징후를 보이는 경향이 있는데, 전문수는 사물에 대한 깊이 있는 천착으로 시의 맛을 한껏 우려내고 있다. 최근 평론가로서 전문수는 기회 있을 때마다, 현대시의 병적 징후를 신랄하게 비판하고 있는데, 이번 시작 노트에서도 그의 시적 견해를 선명하게 제시하고 있다. "사물의 생명현상은 진실한 시 쓰기 그 자체"라고 단정하면서 시는 결코 재치나 기지에 넘치는 말재주로 만든 것이 아니라는 것이다. 그러나, 평론가는 이론에는 승하지만, 실제 그 이론을 뒷받침하는 창작품을 쓸 수 없기에, 창작자의 입장에서는 평론가의 지적을 별로 신뢰하지 않는다. 다시 말해, 시인은 평론가들이 운위하는 것을, 창작실제에 있어서는 탁상공론에 불과한 것으로 평가 절하하기 일쑤다. 그러나 전문수가 이번에 보여준 시는, 그가 주장한 시론을 예시한 셈이니, 앞으로 그의 주장은 상당히 설득력을 지닐 것으로 보인다.

> 저녁 산 너머
> 황금 노을을 배경으로 날아가는 저 새 떼
> 어디로 가는가, 길은 이미
> 쓸쓸한 바람에 떠밀려 가랑잎 몇 개

마음 빈 곳마다 밀어넣으며 버석거린다
— 배한봉, 「붉은 새들」 일부

최근 나는 어느 지면에서도 지적한 바 있지만, 바야흐로 경남시단은 생명의 약동이 느껴질 만큼 도약의 기운이 보인다. 그것은 젊은 시인들이 활기를 띠기 시작한 것인데. 그 중의 한 사람이 배한봉이다. 그는 월간 『현대시』로 재등단한 후, 『黑鳥』라는 첫시집을 출간하고, 도내 첫 시전문지 계간 『시와 생명』의 편집위원을 맡고 있다.

「붉은 새들」은 화자가 골목, 날마다 고립되는 공간에서 저녁 산 너머 황금 노을을 배경으로 날아가는 새 떼들을 바라보면서, "어디로 가는가"라고는 근원적 물음을 보인다. 황금노을을 배경으로 날아가는 새는 당연히, '붉은 새들'이다. 붉은 노을, 붉은 새는 결국 불덩이라는 이미지를 환기시킨다. 불은 태우고 산화하고 나면 사그러지는 것이 아닌가. 이상하게도 저녁 산 너머 황금노을을 배경으로 날아가는 붉은 새들은 소멸이나 쓸쓸한 기운이 든다. "길은 이미 쓸쓸한 바람에 떠밀려 가랑잎 몇 개 마음 빈 곳마다 밀어넣으며 버석거린다"라는 화자의 인식에서 잘 나타난다. 가랑잎의 이미지나 노을이나 불의 이미지는 모두 소멸이나 허무를 환기한다. 골목길에서 하늘을 나르는 새를 보며, 결국 화자 자신도 허공을 기대는 삶이라는 인식을 하게 한다. "먹먹한 耳鳴처럼 속수무책인 채로 당도하는 이 골목"에 이르러서는 절망의 극점에 다다른 것처럼 보이지만, "날마다 고립되는 아득함은 오래 오래도록 여기 있지 않으리라"라는 반전을 보이는 것이, 참 건강한 인식으로 마음 든든하다. 아마. 이 시의 화자도 골목길, 즉 집으로 돌아가는 길, 이 길이 속수무책으로 당도하는 길이니까, 화자의 모습은 이 시대의 자화상이 아니겠는가. 무능한 가장, 하루 종일 일자리를 찾았으나, 얻지 못하고 처자가 있는 곳으로 면목없이 돌아가는 가장이 아닐까. 배한봉 시인의 『黑鳥』

출판기념회가 갑자기 생각난다. 배한봉은 가장으로서 무능함을, 출판기념석상에서 진술하게 고백한 바 있는데, 이 시의 화자는 바로 시인 자신의 맨 얼굴이 아닐까. 어쨌든, "그 위로 어느 집 어둔 창문이 켜드는 불빛, 환한 줄기가 발목을 적신다."라고 끝맺는 이 대목이, 날마다 고립되는 골목길을 창문이 켜드는 불빛, 환한 불빛 줄기가 발목을 적실만큼 훈훈하니, 희망의 시학이 된다.

사물이나 현상이나, 이 시대에 시인이 만나는 것은 아픔이고 쓸쓸함이고, 고립이고 고독이다. 그러나 배한봉은 매우 아름다운 이미지로 희망의 시학을 보인다. 이런 희망의 시학이 이 시를 읽는 독자에게 옮겨지기를 기대한다. 또한 우리 지역시단에도 불붙기 바란다.

> 석쇠 위에서 탄 생선은
> 머리를 밖으로 향한 채 굳어 있다
> 나는 검게 타버린 생선 이전의
> 물고기의 맥박이 들리는 것 같아
> 갑자기 괴로웠다
> 젓가락으로 몸을 뒤집자
> 숯이 된 뼈가 허물어져 내렸다
> 내게도 숯 이전의 기억이
> 존재하긴 하는 것일까
> 불구덩이에 처박히기 전의 순수
> 무력했지만 한 번쯤 꽃 피려고
> 발버둥친 기억이 있긴 있는 것일까
> 그토록 사랑했던 기억도
> 이제 더듬거리며 지나가는
> 한 마리 벌레처럼 하찮게 보인다.
> — 박서영, 「밖으로 향한 채」 일부

경남시단의 전위는 역시, 젊은 시인들이다. 그들의 선두에 박서영이 있다. 박서영의, 전의 어느 작품에서도 추억에 관한 성찰을 보인적이 있는데, 이 작품의 제목 '밖으로 향한 채'도 석쇠 위에서 탄 생선이 물줄기를 휘젓고 다닐 적의 추억을 환기한다. 탄 생선은 머리를 밖으로 향한 채 굳어 있는 것이, 검게 타버린 생선 이전의 물고기의 맥박이 들리는 것 같아서, 갑자기 괴롭다고 시인은 노래한다. 물고기의 생선일 때의 추억, 썩어 숯이 된 것에서 물고기의 맥박을 들을 수 있는 시인의 민첩한 상상력, 그 상상력은 물고기에서 시인 자신에게로 옮아가, "내게도 숯 이전의 기억이 존재하긴 하는 것일까"라고 이행된다. 불덩이에 처박히기 전의 순수, 무력했지만 한 번쯤 꽃 피려고 발버둥친 기억이 있긴 있는 것일까라는 생각에도 잠긴다. 그토록 사랑했던 기억도 이제 더듬거리며 지나가는 한 마리 벌레처럼 하찮게 보인다고도 노래한다. 석쇠 위에 탄 한 마리의 생선을 보고, 생선의 추억을, 그리고 시인의 추억을 되새기는 것이다. 그리고, 검게 타버린 생선의 몸을 이리저리 뒤집으며 내가 지나온 처녀지를 향해 가만히 몸을 열어본다.

> 나는 밖으로 몸을 잘 열지 않지만
> 죽은 자가 문득 살아날 때처럼
> 환하게 그의 몸 속에서 핀다.
>
> ― 「밖으로 향한 채」 후반부

생선이 밖으로 향한 채란 중요한 이미지가, 결국 화자 자신이 지나온 처녀지를 향해 몸을 연다는 것과 겹쳐지고, 마지막에는 '환하게 그의 몸 속에서 핀다'는 가장 지배적 이미지로 발전한다. 여기서 과연 '그'가 누구인가. '그의 몸 속에서 핀다'는 현재시제에 눈길이 간다. 그가 누구인데, 그의 몸 속에서 살아서 피어나는가. 죽은 물고기가 살아나고, 나의 벌레와 같이 전락한 추억의 사랑이 다시 꽃피울 수 있는 '그의 몸 속'은 무엇일까.

박서영에 있어서 '그'는 '詩'가 아닐까?

「가을의 독서」, 「붉은 새들」, 「밖으로 향한 채」 세 편은 우수한 작품이다. 이 시들이 왜, 우수한가. 그것은 물론 한 마디로 단정할 수 없을 것이다. 단지, 현상을 현상 자체로 그리는데 그치지 않고, 시인의 통찰력으로 현상 속에 숨겨진 무한한 의미 - 그것이 자연의 이법이든, 삶의 원리든, 가치관이든 간에-를 확대재생산하여 구체화시켜서 그것을, 다시 시인 자신의 정제과정을 거쳐, 빛나는 삶의 이법으로 창출한 것 때문이 아닐까. 이것은 결국, 새로운 세계나 감추어진 세계를 조명했기 때문이 아닐까

절벽, 또 하나의 절벽, 求道

　　누구나 한번쯤은 절벽을 생각한다. 절벽이 앞길을 가로막고 있다는 생각을 한다. 시인의 앞에는 절벽이 하나 더 존재하는 것 같다. 시인은 이중적 한계상황에 놓여 있음을 직감할 때가 많다.

　　절벽 앞에서 절벽 때문에 시를 쓴다. 절벽을 뛰어넘으려고 시를 쓴다. 그러나 시야말로 또 하나의 절벽이라는 것을 깨달을 때 두 겹의 두께를 느낀다. 바닷물을 삼키고 더 목말라 하듯이, 시인은 절벽을 만나 시를 쓰지만, 바로 그 순간 또 하나의 절벽을 만나는 것이다. 송수권의 「또 하나의 絶壁」이 이 점을 시사한다.

> 絶壁이 絶壁인 것은
> 높이가 있으므로 絶壁이다.
>
> 부질없는 詩
> 영혼이 없는 헛바닥
>
> 아침 저녁으로 살아 있는 혀가 와서
> 흰 파도를 핥고 간다

우람한 絶壁 아래 층을 이룬
또 하나의 絶壁

나의 혀는
그 절벽 하나도 핥지 못한다.

— 「또 하나의 절벽」 전문

부질없는 詩는 영혼이 없는 혓바닥이다. 시인은 많은 시를 써왔으면서 과연 나의 시가 절벽 앞에 선 사람들에게, 나 자신에게 무슨 역할을 할 수 있는가를 생각하면서, "나의 혀는 그 절벽 하나도 핥지 못한다"고 자조 섞인 고백을 한다.

시의 위기는 여러 가지 이유로 운위되는데, 그 중 하나는 시가 이 시대에 구원이 되지 못한다는 인식 때문이다. 시는 절벽에 놓인 또 하나의 절벽이다. 농부는 씨앗을 뿌려 곡식을 거두고, 어부는 바다에 그물을 던져 고기를 잡는다. 아침저녁으로 살아 있는 혀가 와서 흰 파도를 핥고 가는데, 절벽 하나도 핥지 못하는 나의 시는 또 하나의 절벽이다. 시인은 자신의 시를 부질없는 시, 영혼이 없는 혓바닥이라고 노래하면서, 스스로를 질타하는 것처럼 보인다.

그러나 '부질없는 詩'를 '詩' 자체의 문제로 읽지 말고, 詩답지 못한 詩로 읽을 수도 있다. 詩다운 詩라면, 왜 영혼 없는 혓바닥이겠는가. 진실로 詩란 영혼의 향기가 아니겠는가. 그렇다면, 시인 자신의 시정신의 황폐화를 질타하는 모양새를 갖추면서, 실상은 작금의 왜곡된 시창작 풍토를 우회적으로 질타하는 것일 수도 있다. 포스트모더니즘에 무임승차하여, 갈가리 찢어진 내용물을 토악질해 내듯이 내뱉은 부질없는 詩에 대해 질타하는 것이다. 시가 시로서 제 역할을 못하는 것이 단순히 이 시대 문화 풍토탓으로만 돌리기보다 시인의 창작태도에도 문제가 있음을 지적한 것 아닐까.

조태일의 「도토리들」도 송수권의 시선과 동궤에 놓여 있다. 도토

리는 다람쥐의 먹이다. 얼레얼레 엇놀려 어르는 앞다리에 들려 볼
주머니 속으로 들어갔다가 가까스로 주둥아리를 빠져나온 도토리들.
그것들이 어디쯤 구르다가 할딱이는 숨 고르며 놀란 가슴 쓰다듬으
며 낙엽 속에서 싹틔우고 있을까, 라고 시인은 다소 걱정스러우면서
도 안스러운 시선을 보낸다.

> 한 세기가 넘어가려 하고
> 한 세기가 넘어오려 하는
> 지평선을 바라보며
> 사오부 능선쯤에서
>
> — 「도토리들」끝연

가 도토리가 처한 상황이다. 「또 하나의 絶壁」의 '絶壁'이나 「도토
리들」의 '세기말' 이미지가 유사하다. 한 세기가 마감하는 아니 하
나의 밀레니엄이 마감되는 자리에서 다음 세기나 다음 밀레니엄이
결코 장미빛은 아님을 '도토리들'의 정황에서 투영하고 있다. 도토
리의 처한 상황으로 보아서, 도토리는 지시적 의미로 읽혀지지는 않
는다. 즉, 도토리는 세기말의 틈새에 놓인 우리네 모습이다. IMF 시
대는 흔히, 경제전쟁시대라고들 하지 않는가. 처절한 생존의 문제가
이슈이다. 도토리가 놀란 가슴 쓰다듬으며 낙엽 속에서 싹 틔우려하
는 것이, 이 시대 우리들이 느끼는 절박함과 겹쳐진다. 언제 퇴출
당할지 모르는 전전긍긍함이 있지 않은가.

생존의 문제는 앞에 놓인 IMF라는 절벽과 맞부딪쳐 있다. 절벽
앞에서 좌절한 많은 사람들이 유리하고 걸식하며, 절벽의 절벽을 체
감하고 있다.

도토리의 실존적 정황 앞에 시는 무엇인가. 시는 어떤 역할을 하
는가 따위를 생각하면, 아마 또 하나의 절벽 앞에 서 있는 느낌을
받을 것이다. 이 시에서도 시인은 도토리의 실존을 인식하고, 그 비

극적 정황을 제시할 뿐 구체적으로 개입하지 못한다. 도토리와 화자의 거리는 사뭇 멀기만 하다. 시가 삶의 현장에 개입하여, 대안을 제시하던 80년대의 시인은 비록 감옥에 있었을지라도 행복했겠다.

90년대의 시인은 절벽이라는 현실 앞에 주눅 들고, 그래서 기가 죽은 모습을 보인다. 80년대처럼 패기 있기 대처하지 못한다. 그것은 시인 자신의 문제이기도 하지만, 대중매체 시대의 변모된 문화적 환경 탓도 있다. 작금에 운위되는 문학의 위기라는 담론도 따지고 보면 문학의 힘이 많이 위축되었다는 인식에 바탕을 둔 것이다. 뉴미디어 시대, 멀티미디어 시대에 활자매체에 의존하는 문학은 영상매체 앞에서 어떻게든 활로를 모색해야 할 운명이다.

시가 무기 되었던 80년대만큼, 시가 힘을 지니지 못하는 것이 사실이다. 시인은 예전처럼 진리의 투사가 되지 못한다. 따라서 현실을 벗어나서 삶을 응시하는 쪽으로 기운다. 현실적 논리로 풀 수 없는 절망적 형국에서 많은 시인들은 구도의 길을 떠난다. 신찬식의 「풍물놀이」와 하영의 「현호색」도 그런 인식의 소산이다.

> 산문에 기대어
> 마음의 문을 열고
> 느긋하게 먼 산을 바라보고 있노라면
> 둥 둥 둥
> 산사의 법고 소리 울림 따라
> 울울창창 수풀이 짙어감을
> 알 수 있게 되나니
> 어느 맑은 날 아침나절
> 북 치고 장구 치고
> 꽹과리 징도 함께 울리며
> 한마당 신명나게 놀아 볼 일이다
> 그 울림따라
> 우리네 야윈 마음의 골짜기에도

　　　　푸른 빛 싱싱한 기운이
　　　　가득 차오르는지
　　　　함께 느긋하게 지켜볼 일이다.

　　　　　　　　　　　　　　　　　　　　　— 「풍물놀이」 전문

　시인은 산문에 기대어 마음의 문을 열고 느긋하게 먼 산을 바라
보고 있는데, 둥 둥 둥 산사의 법고소리의 울림에 따라 울울창창 수
풀이 짙어감을 깨닫는다. 시인은 왜 산사에 왔을까. 산사는 현실공
간과 일정한 거리를 둔 곳이다. 현실을 훌쩍 떠나 산사에 머물면서
상념에 잠겨 있는 것이 이 시인의 캐릭터이다. 그는 "우리네 야윈
마음의 골짜기"라고 노래함으로써 화자의 최근의 심경을 암시해 놓
았다. 그가 산사를 찾은 것은 야윈 마음의 골짜기가 은유하는 피폐
한 삶에 지쳤기 때문이다. 피폐한 마음에 푸른 빛 싱싱한 기운을 가
득 채우려고 산사를 찾은 것이다. 어느 맑은 날 아침나절에 북 치고
장구 치고, 꽹과리 징도 함께 울리며 한바탕 신명나게 놀아보면 생
명의 기운을 회복할 수 있을까, 라고 생각한다. 정말 이 시대는 신
나는 일이 없다. 이 글을 쓰고 있는 지금, 화물을 실은 대한항공기
가 이국하늘에서 폭파했다는 기사가 전파를 타고 날아온다. 정말,
풍물놀이라도 벌려서 신명을 돋구어야 할 것 같다. 산사에서 법고
소리를 들으면서 생명의 충일함을 얻은 시인은, 그 힘이 현실적 삶
의 공간에도 옮겨가기를 염원하는 것이다.

　　　다정했던 사람들이 마음을 밟고 떠나간 그 후 또 누가 마음을 짓
밟고 가지는 않을까 영문도 모른 채 죄명도 모른 채 세상 밖으로
내몰리지는 않을까 마음 졸였네

　　　따스한 봄날 가야산 해인사 대적광전 비로자나불께 정성을 다해
백팔배를 올리고 홍제암 물소리를 따라 혼자 걸어 오면서 인분냄새
에도 글리움에 겨워 눈시울 적시는데 물푸레나무 아래 낙엽을 뒤집

어 쓴 현호색이 파아랗게 질린 얼굴을 내미네 혹시 누가 허리를 밟
고 지나가지는 않을까 엉성한 머리칼을 뽑아버리지는 않을까 아무
죄도 없이 등 떠밀려 낭떠러지 아래로 떨어지지는 않을까 두려움에
떨고 있네

  애야 두려워 말아라 살아온 그대로 그렇게 가만가만 살아간다면
그런 일은 생기지 않을테니 외롭지 않으려면 외로움과 함께 살면
되지 자신의 삶을 진정으로 사랑하게 되면 외로움은 오히려 이불처
럼 포근해지고 잠옷처럼 편안해지지 이 봄이 가고 여름이 다 가고
몇 번의 봄이 그렇게 오고 가면 습하고 그늘진 그 외딴 곳에도 애
기현호색 빗살현호색 대잎현호색 왜현호색들이 바람의 등을 타고
찾아올 것이니 큰멋쟁이나비 작은멋쟁이나비들이 도시처녀나비 산
제비나비들과 손에 손을 잡고 주머니 가득 기쁨을 담아 찾아올 것
이니

— 「현호색」 전문

  시인은 가야산 해인사를 찾았다. 왜 찾게 되었는지, 제1연에 밝혀
졌다. 다정했던 사람들에게 마음의 상처를 받았기 때문이다. 그래서
불안했던 것이다. 혹시, 자신이 세상 밖으로 내몰리지 않을까, 하는
불안으로 마음 졸이게 된 것, 그것이 절을 찾게 한 동인이다. 비로
자나불께 정성을 다해 백팔배를 올리고 홍제암 물소리를 따라 혼자
걸어오면서 인분냄새에도 그리움에 겨워 눈시울을 적신다. 그것이
자신을 밟고 떠난 사람들에 대한 그리움이라면, 그는 이제 비로자나
불께 백팔배를 올리면서 이미 용서했기 때문일 것이다. 산사를 찾은
보람이다.
  그런 후, 낙엽을 뒤집어 쓴 현호색이 파랗게 얼굴을 내미는 모습,
혹시 자기를 짓밟지 않을까, 두려워하는, 그래서 등 떠밀려 낭떠러
지 아래로 떨어지지 않을까, 두려움에 떨고 있는 현호색을 본 것이
다. 제3연에서 그 현호색을 애야 두려워 말아라, 고 마치 부모가 아

이에게 위로의 말을 주듯이 그렇게 얘기한다. 제1연의 화자와 제2연의 현호색은 닮은꼴이다. 현호색은 화자의 정서의 등가물이기 때문이다. 그렇다면, 제3연의 화자의 담화는 결국 독백이다. 현호색에게 말하는 것은 곧 자기 자신에게 하는 독백이다. 스스로 위로의 말을 건네는 것이다. 달리 읽으면 제3연의 화자는 비로자나불의 목소리를 투영한 것이다. 상한 마음으로 백팔배를 올릴 때, 그 때 비로자나불이 화자에게 위무하던 말인 것이다. 이 시는 산문시로써 평면적 진술로 그치는 것처럼 보이나, 겹읽기의 공간을 마련함으로써 최소한의 품격을 유지한다.

시와 삶의 등가

이재금 시인의 유고시집 『나는 어디에 있는가』(실천문학사, 1999. 5)가 나온 지 벌써 몇 달이 지났다. 모두 80편이 5부로 나뉘어 묶였다. 제1부는 병을 얻고 나서 죽음을 받아들이는 모습들을 담고 있다.

내 모든 사랑하는 사람에게
어머님 무덤 언저리에 울던 꾀꼬리에게도
작별의 인사를 보냅니다

약간은 허전하게
약간은 쓸쓸하게

오늘밤 자고 나면
내 돌아올 기약이 없네

고향집 뒤란에 뿌린 호박 모종들아
뒷동산 망울지는 매실들아

— 이재금, 「작별」 전문

무릇 시는 삶의 고백이기는 하되, 그것이 직접적 말하기 형식에 의존하지는 않는다. 시의 의미는 비유나 상징의 옷을 입는 것이 보편적이다. 오늘날, 전위적인 시인들은 기존의 전통적인 시법에 얽매이지 않고, 그럴 필요성도 느끼지 않는다. 그러나 예나 지금이나 좋은 시는 대부분 비유나 상징을 취하는 것이다. 아직까지 시에 있어서 메시지를 직접적으로 표출하는 것은 시를 망가뜨리는 가장 큰 요인임이 분명하다. 이재금 시인의 유고작 『나는 어디 있는가』라는 시집의 제1부에는 죽음을 앞둔 시인의 생에 대한 애착, 사랑 등을 노래하고 있는데, 대부분 직접적 노래하기 방식을 취한다. 설령 비유나 상징을 취하더라도 아주 소박한 수준에 머물고 있다. 그럼에도 불구하고, 제1부의 시편들이 어느 정도의 품격을 유지하고 있는 것은, 메시지의 절실함 혹은 강렬성에서 기인한 것이다. 그 절실함이 일상성을 뛰어넘는 상승국면에 있을 때에는 시적 기법을 넘어서는 것 같다.

인용작품은 이재금의 유고시집 제일 첫머리에 놓인 것으로 작별을 테마로 하고 있다. 죽음을 앞 둔 시인이 어머님 무덤에 찾았을 때 울어주던 꾀꼬리에게, 고향집 뒤란에 뿌린 호박 모종, 뒷동산 망울지는 매실들에게 허전하게, 쓸쓸하게 작별을 고한다. 오늘밤 자고 나면 돌아올 기약이 없다고 하면서 작별의 인사를 보내는 것이다. 이 작품은 단순한 코드에다 표현방식도 정서의 직접적 표출방식을 취한다. 여기서 이 작품의 콘텍스트, 즉 이재금 시인이 처한 절박한 국면을 빼놓고 이 작품을 읽을 수 없다. 정말 죽음을 앞 둔 시인의 절박함을 염두에 두고 이 작품을 다시 읽으면, 화자의 담담하기조차 한 어조의 이면에는 피를 토하는 절박함이 내재해 있음을 알 수 있다. 이 작품은 시인의 삶과 작품이 등가를 이루고 있기 때문에 지극히 평범한 작품 같으면서도 시적 품격은 유지되고 있는 것이리라.

내 20 전후에
아카시아꽃 만발할 때
천지에 푸른 물결 출렁이더니
내 56년 모진 병상 창문 너머
아카시아꽃 만발한 오늘
온 천지 노란 단풍이 보이느니

생명이란
제 간직한 숨길로
쉴새없이 타오르는구나

남은 삶의 등불
이다지도 끈질기게 타오르는 것은
이 세상 기다림의 향연
찬란히 치르는 것인가

— 이재금, 「향연」 전문

이 작품은 1997년 5월 18일 작이다. 세상 떠나기 5일전 쓴 시인의
마지막 작품이다. 이 작품을 쓸 때가 5월이니, 아카시아꽃이 만발하
였겠다. 죽기 5일전 달콤한 아카시아향을 맡으면서 시를 쓰는 모습
을 연상해보면, 그 자체가 이미 시가 아닌가. 마지막 남은 삶의 등
불을 시로써 켜고 있는 시인의 모습이 그 어떤 시보다 더 시적이지
않은가. 천상병 시인은 삶을 '소풍'이라고 노래했고, 이재금 시인은
'기다림의 향연'이라고 노래했다.

시는 예술이기 때문에 삶과 시가 꼭 등가를 이룰 수는 없는 것이
다. 시가 때로는 언어의 유희로만 그치는 경우도 있을 수 있다. 그
러나 시가 장식에 그쳐서는 안 될 것이다. 시가 손가락의 반지 같은
하나의 장식품으로 치부되고 있는 경향이 짙은 이 시대에 모든 에
너지를 태워 삶의 등불을 밝히는, 그것을 향연으로 승화시킨 이재금
시인의 시작 태도는 작금의 시단에 경종이 되고도 남는다.

어둠의 모서리 딛고
삐딱하게 서 있는
액자 하나
바로 잡아
치렁이는 슬픔 위에
걸어볼까 하다가
저렇게 삐딱이 둬 둔 것은
너라도
슬픔 따윈
거부한다는 몸짓일테니
그냥 거기
그대로 두기로 한다.

— 김혜숙, 「액자 하나」 전문

인용작품은 소품이다. 화자는 어둠의 모서리를 딛고 삐딱하게 서
있는 액자를 바라보면서 그것을 치렁이는 슬픔 위에 걸어볼까 하다
가 저렇게 삐딱이 둬 둔 것은 너라도 슬픔 따윈 거부한다는 몸짓일
테니 그냥 거기 그대로 두기로 한다는 것이다. 이 작품은 액자를 바
라보면서 느끼는 순간적 상념을 표백한 것이다. 일반적으로 액자는
벽 같은 곳에 걸어둔다. 그렇다면, 치렁이는 슬픔은 벽의 비유이다.
화자가 생각하는 벽, 그것은 삶의 벽일 수도 있다. 인간이 벽 앞에
느끼는 한계의식, 그것은 슬픔이다. 어쩌면 인간은 이같은 슬픔에서
벗어날 수 없는 숙명적 존재라 해도 과언은 아니다. 삐딱하게 서 있
는 액자 하나가 화자에게 카타르시스, 혹은 염원의 등가물이기도 하
다. '너라도'라는 시어에 주목할 필요가 있다. 화자를 위시하여 인간
은 모두 치렁이는 슬픔 위에 놓여 있는 존재라고 해도 과언은 아니
다. 이같은 인식을 갖는다고 꼭 염세주의자라고 치부할 수는 없을
것이다. 이 글을 쓰고 있는 지금도, 미국의 존 F 케네디 2세가 경비

행기를 운전하다가 실종되었다고, 아니 비명횡사했다고 온 세계언론이 달아 있다. 이것은 어디 케네디家만의 비운이겠는가. 언론에 공개되지 않아서 그렇지, 비명에 객이 된 사람들이 얼마나 많고, 또 이런 일에 무관한 사람이 어디 한 사람이라도 있겠는가. 이 작품은 시인 자신의 정서를 직접적으로 표출하지 않고 액자를 통하여 간접적으로 드러내고 있지만, 시인의 의도를 상당히 짙게 드러내고 있다. 그런 점에서 직접적 말하기 방식과 유사하다. 이 작품은 김혜숙 시인의 실제의 정서, 혹은 세기말을 살고 있는 우리 모두의 정서를 매우 실감 있게 대변했다고 볼 수 있다. 이 작품은 이재금의 작품처럼 그 절실함의 강도가 직접적으로 와 닿지는 않지만, 기법만 승하고 공허한 느낌을 불러일으키는 작품과는 분명히 구별된다.

시는 기교를 떠나 존재할 수 없다. 그러나 기교만 승하고, 삶의 진정성을 결여한 시들을 대할 때마다 공허한 느낌이 든다. 지난 여름호의 작품들을 통독하면서 느낀 것도 기교의 단련도 중요하지만, 이재금 시인처럼 삶과 작품이 등가를 이루는 데 더욱 매진해야겠다는 점이다. 지난 호의 작품들에서도 기법은 승하지만 삶의 진정성 거의 묻어 있지 않는 몇몇 작품들을 확인할 수 있었다. 메시지의 진정성이 일상성을 넘어서 그 절심함이 극에 도달하면, 설령 정서를 어느 정도 직접 토로했다손치더라도 시로서의 품격을 지닐 수 있다는 것을, 이재금의 유고시집 제1부를 읽으면서 확인할 수 있었던 것은 큰 보람이었다.

그럼에도 불구하고 조영숙의 「화를 삭이며」를 사족처럼 첨부하고 싶다.

> 한순간 뱉아 버리고 싶은
> 불칼의 말도
> 하루나 이틀 잠재워 두면
> 순한 시어로 살아나던 것을

　　수없이 마음을 다독이며
　　나를 삭여 내는 일, 시를 쓰는 일
　　　　　　　　　　　　— 「화를 삭이며」 일부

　시를 쓰는 일은 역시 직접적인 것이 아니다. 마치 맛난 간장이나
된장 같은 것이 삭여져야 진국이 되듯이, 시인의 마음속에 일어나는
시심도 삭여야 좋은 시로 태어나는 것이다라는 것을, 새삼 강조하는
듯한 일종의 시론시인 인용작품은 "나를 삭여 내는 일"이 시를 쓰
는 일"이라는 것이다.

젊은 시인, 젊은 시학

1

창원은 젊은 도시다. 청춘의 도시다. 정연하게 기능화된 경남의 수부도시, 창원은 언제부터인지 경남의 얼굴이고 중심부가 되었다.

창원에는 젊은 시인들이 있다. 젊은 시인들이 중심부를 형성하고 있다. 요즘 시단이 고령화되고 있다고, 젊은 신예들이 등장하지 않는다고 우려하고 있는데, 창원만은 예외가 아닌가 한다. 창원이라는 젊은 도시에는 젊은 시인들이 청춘의 시학을 빚어내고 있다.

이런 관점에서 몇몇 젊은 시인들의 작품을 대상으로 논의하고자 한다. 텍스트는 창원문학 창간호부터 이번호까지의 시와 시조1)로 설정하되, 주로 이번 호(98년)의 작품을 중심으로 한다.

---

1) 이 번호의 작품인 경우는 반복을 피하기 위하여 출전을 생략했다.

2

이 글이 비록 창원 시단의 젊은 얼굴들을 대상으로 하고 있지만, 제아무리 신도시인 창원이라는 시적 공간 속에서도 시적 전통은 있을 테니까, 우선 창원시단 형성기에 주요한 역할을 한 원로나 중견 시인의 작품을 간략하게 나마 짚어보고 시작하는 것이 순서일 것이다.2)

> 龍湖洞길은
> 인적 끊인
> 이른 새벽녘이면
> 아스팔트와 보도 블록을
> 말끔히 걷어내고
> 순박한 김씨 박씨의
> 논밭으로 누워 있다.
> ― 황선하, 「龍湖洞길 · 2」 전문(『창원문학』 2호)

황선하 시인을 먼저 떠올릴 수 있다. 황선하는 창원을 사랑하고 창원을 노래한다. 그는 龍湖洞길이나 용지못 주변을 산책하면서 시상을 가다듬는다. 그의 시선은 과거를 향해 열려 있다. 젊은 시인들이 현재나 미래를 향해 열려 있는 것과는 대조적이다. 그러나 창원이라는 도시공간에 정갈한 캐릭터를 보이는 황선화 시인이 있다는 것이 퍽 소중하다.

---

2) 이 글에서 창원 시단의 형성에 기여한 원로나 중견시인들을 모두다 거론하지는 않는다. 원로시인을 대표하여 황선하, 중견을 대표하여 고영조의 작품을 다룬다. 작품을 취사선택하는 작업은 매우 곤혹스럽다. 이 글은 창원시단의 한 특성을 드러내는 작업으로 한정하는 것이기에, 그 특성을 드러내는데 효과적이라고 생각되는 작품을 필자가 임의로 텍스트화한 것이다. 따라서, 취사선택의 기준은 작품성보다는 효율성이었음을 먼저 밝혀둔다.

원로 시인 황선하 다음 세대로서 강윤수, 최명학, 고영조 시인 등이 있다. 그리고 최근에 합류한 정규화 시인도 있다. 이들이 오늘날 창원의 젊은 시인이 활발한 시작활동을 할 수 있도록 하는데 어느 정도의 토대를 마련한 것이다. 이 중에서도 고영조는 초창기의 창원 시단에 리더쉽을 발휘함으로써 오늘의 창원시단 형성에 기여한 것처럼 보인다.

> 아무 것도
> 가진 것 없이
> 빈 손으로
> 다박솔과 상수리 나무들이 몸을 섞는
> 야트막한 野山,
> 샛길을 가는 것은
> 얼마나 투명한가
> ― 고영조, 「빈 손으로」 일부(『창원문학』 창간호)

고영조는 간결하고 자연스런, 그러면서 정갈한 언어로 사물의 내적 의미를 캐내는 날카로운 직관력을 보인다. 고영조는 창원문학 지부장을 맡으면서 창간호를 내었다. 그 창간호에 「빈 손으로」 같은 정갈한 작품을 선보인 것이다.

창원은 신도시로서 어떤 측면에서는 튼실한 시적 전통을 기대하기는 무망한 일인지도 모른다. 그야말로 무에서 유를 창조해야 할 운명이 주어 있기 때문이다. 그나마, 앞서 지적한 몇몇 시인들이 그 나름대로의 토대를 제공했으나, 마산이나 진주에 비하면 열악하다.

3

그래서 창원에서는 젊은 시인들이 더욱 소중하다. 그들이 창원의 시학을 만들어가고 있기 때문이다.

> 한 실직한 중년 사내가
> 수평선 밖으로 쓸러가는 섬들을 끄당기고 있다
> 그 사내, 생담배를 물고서
> 기어코 불을 붙여보겠다는 오기로
> 애처로이 라이타를 켜고 또 켜고 있다
> 눈에 불을 켜고서
> — 김우태, 「낚시터 풍경」 일부

창원은 공단도시이기도 하다. 창원지역 문제는 오늘 한국현실의 축소판이다. 삶의 공간인 창원 시내에 있어야 할 인물이 왜 낚시터에 있는가. 도시공간에서의 일탈, 이것은 여유나 행락이 아니고, 소외이고 퇴출이다. 중년 사내가 낚시하는 풍경을, 멀쩡한 것 같은데 잘 켜지지 않는 불티나 라이터를 켜고 또 켜면서 눈에 불을 켜고 있는, 그러면서 썰물에 수평선 밖으로 쓸려가는 섬들을 끄당기고 있는 것으로 묘사하고 있다.

> 방파제에 모여앉은 사람들
> 얼굴 보이지 않았다
>
> 어둠 속에 숨은 수만 발가락 일제히
> 꼼지락거리기 시작했다
>
> 숭어가 튀어 올랐다

쓸쓸히 상처난 말들이 튀어 올랐다
　　　　　— 문옥영, 「이해할 수 없는 나-밤바다」 전문

　밤바다를 배경으로 하고 있다. 밤바다는 아침바다보다는 쓸쓸하
다. 방파제에 모여 앉아 발가락을 일제히 꼼지락거리며 밤바다를 쳐
다보고 있는 것이나 숭어가 튀어오르고 상처난 말들이 튀어오르고
것 역시 이해할 수 있는 화자의 쓸쓸한 내면풍경과 같다. 밤바다여
서, 모든 것이 확연하지 않은 것인가?
　김우태와 문옥영이 그린 바다는 쓸물이거나 밤바다로 나타난다.
이 텍스트들에는 이 시대의 황량한 풍경을 바다를 통해 이미지화하
거나 아니면, 시인 자신의 내면풍경을 표출한 것으로 읽을 수 있다.

　　　　허옇게 배를 뒤집고 쥐 한 마리 죽어 있었다
　　　　동네 누렁이 오줌으로 돌담은 늘 젖었고
　　　　한켠엔 개망초 꽃이 멋모르고 피곤했다
　　　　검은 굴뚝 위로 초저녁 별 뜰 때면
　　　　바람은 차례로 은빛 연기를 몰고 갔다
　　　　개망초 철 없는 꽃잎도 휩쓸렸다가 돌아왔다
　　　　장사 마친 아버지는 그 무렵 들어섰다
　　　　참외 한 봉지가 리어카에서 흔들렸고
　　　　어린 난 귀 기울이다 서둘러 외등을 켰다
　　　　　　　　　　　— 강현덕, 「그리운 골목」 전문

　슬프고도 아름다운 풍경화이다. 강현덕은 유년시절의 기억을 매우
정교하게 그려내고 있다. IMF 시대라고 하는 오늘보다 훨씬 더 궁
핍한 시절이었다. 그러나 아버지는 참외 한 봉지를 사 오고, 어린것
은 아버지를 위해 외등을 켰다. 이 때에는 '검은 굴뚝'이 환기하듯
이 참담한 시절이었지만, 아버지의 사랑 같은 별이 떠 있었다. 성인
이 된 시인이 창원이라는 도시공간에서, 유년 시절의 골목을 그리워

하고 있다.

　황선하가 그리는 용호동 길이나 강현덕이 골목길이나 같은 맥락
으로 읽어도 좋겠다.

　　　　아프겠다
　　　　갇혀서 흘러온 길
　　　　저 맨발

　　　　빨갛게
　　　　목이 메인다
　　　　저물녘
　　　　허밍코러스

　　　　언젠가
　　　　말없이 떠날
　　　　그대 고운
　　　　뒷모습.

　　　　　　　　　　　　　　　　　　　— 문희숙, 「노을」 전문

　강현덕과 마찬가지로 문희숙도 이미지스트이다. 이 작품은 길의
이미지가 촉각, 청각, 시각적인 것으로 나타난다. 즉, 갇혀서 흘려온
길 저 맨발(촉각), 빨갛게 목이 메인다(청각), 말없이 떠날 그대 고운
뒷모습(시각) 등처럼 노을을 감각적으로 변용시킨다. 이같은 복합적
감각을 통해서 환기되는 것은, 결국 종장의 이별의 예감으로 집중된
다. 문희숙은 감성이 풍부한 시인이다. 그러나 그는 감성을 직접 토
로하는 것이 아니라 감각화시킨다는 점에서, 믿을 만한 시인이다.
그것도 노을이라는 시각적 이미지를, 저 맨발로 촉각화한 것이나 빨
갛게 목이 메이는 저물녘 코러스로 청각화한 것, 즉 감각을 전이시
키는 기법이 특이하다.

이 저녁 부패는 황홀하다
아랫목에 누워 온 몸이 욕창 투성이인
그의 방문을 열면
확, 얼굴을 덮치는 냄새
이것이 내가 마지막에 풍길
냄새라는 생각을 하면 아찔하다
아, 그러나 고쳐쓰자
나는 늙은 그의 몸에서
향기롭게 썩어가는 꽃을 보았다고
죽음의 향기가 내 추억의 棺을 떠메고
시간을 굴리며 가는 날

— 박서영, 「화장터 지나며」 전문

　　앞에서 살펴본 강현덕이나 문희숙의 작품은 정갈한 이미지를 바탕으로 서정성을 짙게 깔고 있었다. 이들은 시조 시인이다. 아무래도 시조는 정형의 틀 속에서 조화나 질서 같은 균제미를 보인다. 이에 비해 박서영은 충격적이고 파격적인 진술을 보인다. 그는 죽음의 향기가 추억의 棺을 떠메고 시간을 굴리며 가는 날이라고 표현한다. 그는 화장터를 지나며 섬찟한 죽음의 냄새를 맡는다. 그러나 그것을 향기롭게 썩어가는 꽃이라고 고쳐 생각한다. 향기롭게 썩어가는 꽃은 곧 자신의 추억의 棺과 등가를 이룬다. 한편, "내 추억의 棺을 떠메고 시간을 굴리며 가는 날"은 관념과 감각이 교차되면서 낯선 이미지를 창출한다.

　　정형시와 자유시의 차이를 여실하게 보는 듯하다. 이미지만, 놓고 본다면 강현덕과 문희숙은 온건하고, 박서영은 과격하다.

벽 속에 숨어서 기다리던
그녀의 자궁 속으로 나는 끌려 들어갔다
고층 아파트에서 지하로 깊숙이

급강하 하면서 철갑상어와 교접하는
이 현기증 나는 오르가슴.
　　　…중략…
차가운 유혹의 엘리베이트
나는 날마다 그녀와 간통을 한다.
　　　― 성찬경, 「엘리베이트 안에서의 욕정」 일부(『창원문학』 8호)

성찬경의 작품도 충격적인 이미지를 구사하기는 마찬가지이다. 현
대도시 문명에 있어서 욕망의 문제 혹은 현실공간과 가상공간의 결
합, 아니면 현대인의 분열의식 등에 관한 것을, 이질적이고 폭력적
인 이미지의 사슬로 덧씌워 놓았다.

　　말하지 않아도 생각이 어지러운 날 정갈하게 몸씻는 저기 젖은
나무가 보이네 억겁의 생을 두고 이루지 못한 우리 무심한 사랑 첨
벙첨벙 맨발로 건너오는 은밀한 슬픔의 밑바닥 물풀에도 목이 잠겨
휘어진 저기 젖은 나무가 보이네 기억의 골짜기를 배회하던 한 무
리 철새와 몸 낮추어 입 맞추던 어린 뱀과 긴 더듬이 머뭇거리던
곤충 모두 낯선 길을 물어 서성일 때 꺼지지 않는 등불 푸르게 켜
든 저기 젖은 나무가 보이네
　　　― 김혜연, 「저기 젖은 나무가 보이네-우포 늪에서」 전문

이 작품은 산문지시만, "……젖은 나무가 보이네"라는 구문이 반복
되면서 리듬감이 있다. "등불 푸르게 켜든" 같은 이미지도 아름답지
만, 이보다 젖은 나무가 시공을 초월하여 사랑을 이루기 위해 첨벙
첨벙 맨발로 걸어오는 이미지를 환기한다는 점도 새롭다. 김혜연의
이미지는 문희숙과 박서영의 중간지대에 놓여 있는 것처럼 보인다.

하늘 땅 몸 포갠
황숙 사래 긴 보리밭 이랑 너머

　　　　오, 저 긴 下血
　　　　　　　　　　　－ 김일태, 「노을」 일부(『창원문학』 5호)

　작품 속의 공간이 매우 광대하다. 황숙 사래 긴 보리 이랑은 하늘
과 땅이 몸을 포갠 것이고, 그 이랑 너머 노을을 긴 下血로 읽어내
는 시인의 시선이 든든하다. 시인은 이 작품에서 빛나는 이미지 하
나를 산출해 낸 것이다.

　　　　부석사에 가서 산 아래를 굽어보면 산과 산들이 도란도란 앉아서
　　　　보기가 좋았다

　　　　눈은 내려서 바람은 찬데 선묘각이라는 곳엔 의상대사를 그리워
　　　　했다던 여인이 그림 속 구름 사이에 언제나 서 있었다.
　　　　　　　　　　　　　　　　　　－ 조재영, 「부석사에서」 전문

　조재영은 삶의 공간에서 멀리 떨어져서 바라보고 있다. 부석사에
가서 산 아래를 굽어보면, 산과 산들이 도란도란 보기가 좋았다고
느낌을 제시하고, 나아가 선묘각이라는 곳에 있는 그림 속의 여인의
한결같은 모습을 보여준다. 선적인 이미지라 볼 수 있다.
　김일태나 조재영은 순수 자연의 세계를 대상으로 시적 공간을 빚
어낸다. 즉 현실적 삶의 공간에서 벗어난, 곧 일탈의 아름다움을 제
시하고 있다.

　　　　나무 속에 나무를 세우는 일
　　　　사람 속에 사람을 만나는 일
　　　　수없이 부처를 향해 불러본다.
　　　　　　　　　－ 이진욱, 「백련암으로 가는 길」 일부(창원문학 6호)

　부처를 향해 나무 속에 나무를 세우는 일, 사람 속에 사람을 만나

는 일을 수 없이 불러본다는 시구는 깊은 울림으로 다가온다. 백련
암 가는 길은, 역시 김일태나 조재영에게서 보이는 일탈의 미학이
주조를 띤다.

> 깎아지른 산에 올라 하늘과 마주하면
>
> 아득한 벼랑 끝 마모된 스물아홉 불상
>
> 함묵의 천년 세월을 결과부좌로 버티고 있네
>
> 연꽃 위 겹겹 쌓은 간절했던 믿음이
>
> 풍랑과 격동을 건너 오늘 다시 살아
>
> 마멸의 혼적 한 자락을 가슴에 던지네
>
> 앞서간 누군가는 무얼 소원했던 걸까
>
> 도천리 불상군의 궁색한 위안들
>
> 마애불 돌틈 사이로 지전 몇 닢 혼들리네
> ― 원은희, 「도전리 마애불상군─산청시편」 전문(『창원문학』 8호)

이 작품도 현실 저편의 마애불상군을 시적 대상으로 하고 있다.
원은희의 시적 진술은 활달하다. 선이 굵다고나 할까. 강현덕이나
문희숙의 시조가 정갈한 언어로 그려내는 이미지스트의 면모를 보
이는데 비하여, 원은희는 다소 거친 듯한 느낌마저 드는 언어로 힘
있게 시상을 이끌고 가는 것이 역동적이다. 그러니까, 원은희의 작
품은 시간과 공간의 진폭이 큰 것이 특색이다.

4

젊은 창원 시인들의 작품은 최근의 사회현실에 민감하게 반응하는, 리얼리즘적 가능성을 보이는가 하면, 현실 저편의 일탈의 미학을 드러내기도 한다. 혹은 아주 포스트모던한 난삽한 이미지를 구사하기도 하는가 하면, 매우 정갈하고 섬세한 서정성 짙은 탐미주의적 경향을 보인다. 또는 중도적 입장을 취하거나, 아니면 나름대로의 활달한 시풍으로 개성을 빚기도 한다.

이렇게 요약되는 90년대 창원의 젊은 시학은, 젊기 때문에 패기가 있고, 전위성을 띄기도 한다. 그러나 아직 젊다는 것, 그래서 참신하다는 것 이상도 이하도 아니다.

어쨌든, 젊은 시인들이 보여주는 젊은 시학은 매우 소중하다. 창원은 신생도시이지만 수부도시인데, 시인들 역시 젊고 패기 만만하기 때문에 창원의 젊은 시인들이 구사하는 청춘시학은 다소 노령화되고 있는 현재의 경남시단에 활력소가 되고 있는 것만은 사실이다.

지역시단의 발흥

최근에는 말로만 무성하던 씨디롬 시집이 본격적으로 제작되고 있고, 음유시인이나 시낭송가가 부상하기 시작하고, 영상음악가 같은 시인의 새로운 개념이 활발하게 제기되고 있다. 이런 시적 환경 속에서 새로운 천년기에 접어들면, 새로운 시적 패러다임이 창출될 것이 분명하다. 이런 움직임을 반영하듯, 최근 문학의 열기는 이상하리 만큼 뜨겁다. 문학지망생들이 속속 늘어나면서, 여느 해보다 신춘문예 열기가 뜨거웠고, 문예지도 속속 창간되고 있으며, 때맞추어 대학마다 문창과 개설을 서두르고 있다.

새로운 천년을 눈앞에 두고, 극도의 신경증적인 불안의식이 팽배한 가운데서도 새로운 시적 패러다임을 모색하는 기운의 일환일까. 어쨌든, 시의 진보나 발흥은 낙관론이 팽배할 때보다 비관론이나 절망론 속에서 배태하는 모양이다.

그동안 경남시단을 놓고 볼 때, 시의 침체국면이 매우 오래 계속되었다. 인근지역에서는 신예시인들이 등장하여, 그 지역성을 바탕으로 에꼴을 형성하여 진보를 보이는 가운데서도 유독 경남시단만은 침잠을 지속하였다.

그러나 이제 경남시단이 오랜 침체의 늪에서 벗어나려는 기지개를 켜고 있다. 신예들이 속속 등장함으로써 변화의 기류를 형성한다.

이번에 문청동인이 『현대시』(98. 12) 특별부록 형식으로 제5집을 발간하였다. 최갑수, 손택수, 박서영, 윤봉한, 성선경, 강위성, 최석균, 송창우, 성윤석이 그들이다. 이들 중, 최갑수, 손택수 같은 신예가 문청동인에 합류한 것은 주목할 대목이다.

또한, 계간 『시와 생명』 창간을 위한 앤솔러지가 간행된 것도 유의할 만하다. 지역문학의 소생을 위한 기폭제가 될 본격적인 시전문지 창간을 위해, 김우태, 이진욱, 배한봉, 박서영, 박종현, 오인태 등 6인의 편집위원의 이름으로 나온 앤솔러지는, 경남의 30-40대 시인 26명의 작품들이 수록되었다. 말로만 무성했던 경남의 시전문지 창간이 이제 결실을 눈 앞에 두고 있다.

문청동인지 5집과 앤솔러지 『시와 생명』의 발간은 경남시단의 발흥을 예고하는 것으로 읽고 싶다.

경남의 중진 시인들의 동인지 『火田』도 최근 제11집이 간행됨으로써 경남시단의 발흥에 대한 기대를 드높여준다. 이번호에는 황선하 외 10인이 참여하였다. 이들은 젊은 시인들이 보여주는 실험성이나 참신함과는 달리, 안정되거나 달관 혹은 관조의 세계를 보인다.

경남시단은 상당히 조화를 이루어나가는 모습을 보이기 시작한 셈이다. 얼마 전만 하더라도, 젊은 시인들은 패기가 없고, 중진 시인들 역시 침체의 늪에 빠져 있었다는 느낌을 지울 수 없었다. 마침, 신예들이 속속 등장하면서 이제 중진 시인들도 그만큼 활기를 띨 것 같다.

> 골바람 불어오는 아침나절
> 山발치에 허옇게 찔레꽃 피어
> 달디단 꽃내음이 넘실거릴 때
> 온 골짝, 웅숭깊은 고요에 잠기어

꽃맞이하던 꽃나무는 눈을 감고
뻗어가던 푸새는 숨을 죽이고
잎 그늘 넘나들던 산새가 기척 없는 사이
골바람에 실린 찔레꽃 내음이
골짝으로 골짝으로 어리어 가득하여라

원로 시인 전기수가 『시문학』('99.1)에 발표한 「찔레꽃 피어」 전문
이다. 골바람 불어오는 아침나절에 허옇게 핀 찔레꽃이 바람에 실리
어 골짝골짝 가득히 어리어 있는 모습을, 3음보 내지 4음보 위주의
가락으로 노래하고 있다. 편안하게 읽을 수 있어, 단조로운 느낌마
저 든다. 그러나, 이 작품은 무슨 선시 같은 느낌을 풍긴다. 1월호에
발표되었다는 것과 맞물려 무슨 서기를 불러오는 마술적 힘이 느껴
진다. 꽁꽁 얼어붙은 현실에 보내는 달디단 향기로운 덕담으로 읽고
싶다.

사람은 숨가쁘다가
앓다가
앓아서 이겨낼 도리가 없을 때
산그림자처럼 죽음이 육신으로
흘러내리는 것을 인정한다
그리고 개울물같이 투명한 한 줄의 유언을
말한다
사랑도 이와 같다
그러나
나는 사랑의 마지막 말을
입 밖에 낼 수가 없다.

『火田』 동인지11호('98.12)에 발표한 강희근의 「사람은」 전문이다.
이 작품은 패러독스의 미학을 보인다. 또한 "산그림자처럼 죽음이
육신으로 흘러내리는" 같은 비유적 이미지도 주목할 만하다. 사람은

앓다가 죽는다. 결국 앓아서 이겨낼 도리가 없을 때 죽음을 스스로 인정하고 한 줄의 유언을 남기는 것이 인생이다. 시인은, 사랑도 이와 같다고 단언하면서도, 사랑의 마지막 말을 입 밖에 낼 수가 없다고 토로함으로써, 사랑을 목숨보다 상위개념으로 제시하고 있다. 패러독스에 의해, 주제의식이 강화된 것이다.

전기수나 강희근, 두 원로와 중진의 작품은 나름대로 안정성을 바탕으로 편안하게 읽힌다. 이와 견주어 볼 때, 두 신예 시인은 좀 다른 양상을 보인다. '97 문학동네 하계 공모에 당선된 최갑수와 '98 중앙일보 신춘문예 당선된 손택수, 이들은 최근 간행된 『마산문학』 22호('98. 12)에 나란히 작품을 발표했다.

> 집 나선 지 이태째라는 참머리 계집은
> 잘근잘근 입술을 깨물며
> 부서진 손톱으로
> 달을 새긴다
> 장판 깊이 박히는 수많은 달
> 외항을 헤매이는 고동소리가
> 아련하게 문턱까지 밀리고
> 자거라,
> 깨지 말고 꼭꼭 자거라
> 불 끄고 설움도 끄고
> 집도 절도 없는 마음 하나 더
> 단정히 머리 빗으며
> 창 밖 어둠을
> 이마까지 덮는다
>
> — 최갑수, 「밀물 여인숙」 일부

> 태어난 지 보름째
> 이제 막 눈을 뜬 새끼 강아지의 세상은
> 바람이 불고 마냥 흐리기만 하다

두 줄기 젖줄이 퉁퉁 불은 채
무얼 잘못 먹었는지 혀를 빼물고 죽은
어미의 품속에서
쪽, 쪽 배냇힘껏
싸늘히 식은 젖을 물고 늘어지는
저 애린 것들

아무래도 큰 비가 지려나 보다
— 손택수, 「흐린 날」 전문

최갑수의 「밀물 여인숙」은 집 나선지 이태째가 되는 참머리 계집
과 화자와의 대화가 주조를 이룬다. 여인숙에 둘이서 같이 잠을 자게
되면서 나누는 대화는 참으로 서늘하다. 호텔이 아니고 여인숙이다.
외항을 헤매이는 고동소리가 아련하게 문턱까지 밀리는 '밀물 여인
숙'은 아마 외딴 섬이 아닌지. 그렇다면 집 나온 계집은 떠돌아다니
다, 섬의 여인숙까지 밀려오게 되었던 것인가. 화자 또한 마찬가지다.
여인숙에서 계집과 함께 하룻밤을 묵게 되는 화자의 신세도 처량하
다. 1월과 2월, 겨울 중에서도 한 복판이다. 혹한의 겨울은 언제나 저
녁부터 시작된다고 전제되면서, 계집과 화자의 대화가 진행된다.
왜, 1월과 2월은 저녁부터 시작된다고 인식할까. 그것은 저녁이
되어서야 여인숙에 사람들이 드나들기 때문인가. 어쨌든, 비극적이
다. 이 텍스트의 배경이나 인물이 모두 비극적이다. 이런 정황에서
계집은 잘근잘근 입술을 깨물며 부서진 손톱으로 달을 새긴다. 장판
깊이 수많은 달이 그려진다. 계집이 그리는 달은 무엇일까. 희망일
까, 꿈일까. 달은 하늘에 떠야 하는데, 계집의 달은 여인숙 장판에
떴다. 이루지 못한 꿈, 여학교 시절, 아니면 초등학교 시절에 티없이
맑게 꾸었던 그 이루지 못한 꿈일 수 있겠다.
불 끄고 설움도 끄고 집도 절도 없는 마음 하나 더 단정히 머리
빗으며 창 밖 어둠을 당겨 덮는 것으로 이 작품은 끝난다.

시인이 이렇듯 비극적 정황만을 오려내듯 텍스트로 채택한 것은 어떤 의도일까. 이 텍스트는 세기말적 비극성의 환유가 아닐까.

손택수의 「흐린 날」도 비극적 정황이긴 마찬가지다.

태어난 지 보름째, 이제 막 눈을 뜬 새끼 강아지의 세상은 왜 이런가. 바람이 불고 마냥 흐리기만 하는가. 무얼 잘못 먹었는지 혀를 빼물고 죽은 어미의 품속에서 쪽, 쪽 배냇힘껏 빠는 강아지, 그것은 싸늘히 식은 젖이고, 그것은 죽은 어미의 젖이다. 세상에 이렇듯 비극적 정황이 어디 있단 말인가.

이런 비극적 정황을 제시하면서, 시인이 전하고자 하는 메시지는 무엇일까. 이것도 세기말적 비극성의 상징인가. 비유인가. 어쨌든, 이 텍스트에도 세기말적 절망성이 짙게 투영되어 있다. 그런데, 놀라운 것은 새끼 강아지보다는 죽은 어미다. 죽은 어미는 아마 독극물에 중독된 듯한데, 독극물을 마시고, 내장이 타는 극한의 고통으로 몸서리 쳤을 것이다. 이 때도 새끼 생각을 한 것이다. 극한의 고통 속에서도, 어미는 새끼에게로 비틀거리며 왔던 것 아닌가. 단순히 본능으로 치부해버릴 수가 없다.

우리의 모습도 투영된다. IMF라고, 파산했다고, 가정이 붕괴되었다고, 아이를 고아원이나 길거리에 버리는 사람의 모습이 떠오른다. 그렇다면, 이 작품은 미물인 개의 문제가 아니라, 오늘의 인간문제로 전경화된다. 비극적 정황 속에서, 다시 한번 더 치를 떨게 만드는 것이, 미물보다 못한 우리의 자화상이 드러나기 때문이다.

두 신예시인이 보여주는 것은 공교롭게도 비극적이다. 외부세계를 예리하게 통찰하고 있다. 이 시대의 문제에 비껴서 있지 않다.

경남시단도 바야흐로 신춘에는 발흥할 것 같은 예감이 든다. 아무래도 시단의 활력을 불어넣는 것은 신예들의 패기가 아닐까. 기왕 조성되고 있는 기운을 바탕으로, 신예들이 더욱 분투하기를 바라는 마음이다.

지역시와 비평적 관점

 지역시란 무엇인가? 실증주의 비평가들은 예술작품은 환경의 산물로 본다. 문학의 산출 조건으로 '종족', '환경', '시대'가 결정적인 역할을 하지만, 결과적으로 '환경'으로 환원되는 것이다. 지역시도 지역환경의 산물에 다름 아니다. 지역환경은 단순히 자연적 환경만이 아니라 그 사회적 환경을 포괄하는 것이다. 인간의 모든 특성들, 곧 캐릭터는 80%가 만 8세까지 거의 결정된다고 한다. 시인이 어린 시절을 보낸 지역의 지리적·문화적 풍토성은 작품의 산실이라 해도 과언이 아니다.

 미당 서정주는 질마재마을(전북 고창)에서 태어났다. 미당의 고향인 질마재는 그의 시사 50년의 정신적 고향이자 모태다. 질마재는 단순한 향수로서의 고향만이 아니라 전라도인이 당했던 수난의 역사의 신화가 숨쉬는 공간이다. 그래서 질마재는 미당의 시정신이자 '전라도 정신'이다.[1] 전라도 시인 허형만은 미당이 일제 시대나 군사정권 시절에 보였던 정신적 굴절에도 불구하고, 미당의 시가 바로 전라도 정신이라고 말한다. 이같은 견해는 미당의 정신적 굴절과는

---

1) 『現代詩學』('95.12), pp.157-158.

상관없이 순수한 미당의 시적 업적만을 고려한 발언이기는 하다.

어쨌든, 「질마재 신화」를 읽어보면, 누구나 미당의 고향 질마재를 찾아 가고픈 생각이 든다. 거기서 미당의 시정신, 전라도 정신을 몸소 확인해 보고 싶은 것이다. "애비는 종이었다. 밤이기퍼도 오지않았다./파뿌리같이 늙은 할머니와 태추꽃이 한주 서 있을뿐이었다."로 시작하는 「자화상」도 그려보고 싶을 것이다. 미당은 이런 시편에서, 질마재라는 지역성을 바탕으로 하여 식민지 치하의 민족적 아픔을 형상화하고 있다.

지역시는 미당 같은 우수한 시인이 지역이라는 특수성을 한국화, 나아가 세계화로 보편화시킬 때 한층 빛날 것이다. 이런 경우에도 지역민들이 자기 지역출신의 문인에 대한 애정이 밑바침되어야 한다. 유치진이 그의 정신적 굴절문제로 좋지 않은 여론에 휩싸여 어려운 처지에 놓인 경우는 여간 안타까운 일이 아니다. 지역 출신의 우수한 작가를 도덕적 잣대로 평가하여 격하시키는 것이, 일부의 정당성에도 불구하고 아쉬움은 남는다.

미당이 일제시대에 보였던 정신적 굴절을 떠올린다면, 「질마재 신화」나 「자화상」은 상처를 입을 수밖에 없다. 그럼에도 불구하고 미당시를 '전라도 정신'이라고 믿는 지역민의 애정이 그나마 오늘의 미당을 존재케 한 것이 아닌가 한다. 근대문학이 시작된 이래 일제시대나 군부통치 시대를 거치면서 우수한 문학인의 정신적 훼절이 늘 문제의 불씨로 등장한다. 우리의 경우, 친일이나 월북, 혹은 친정권적이었다는 명패는 일제시대나 군부통치시대를 거친 우수한 문인에게 대부분 따라 붙는다. 우리 문학에 있어, 정신적 훼절문제는 지양해야 할 절실한 과제임은 분명하다. 여기서 몹시 민감한 이 과제를 지혜롭게 해결할 수 있는 방안이 무엇인지 진지하게 검토해야 함을 강조해둔다. 작가의 일시적인 정신적 굴절문제로 우수한 작품 전체를 폐기처분해 버린다면, 민족문화 측면에서도 손실일 것이다.

경남지역을 시적 고향으로 하여 우수한 시인으로 자리잡은 출향 시인들이 있다. 유치환, 김춘수, 이형기, 문덕수, 박재삼 등이 그들이다. 그들 중에도 일제시대나 군사정권시절을 거치면서 정신적 굴절을 보인 시인이 없지는 않을 것이다. 하지만, 이들의 우수한 작품 중에서 '경남정신'으로 내세울만한 것이 왜 없겠는가.

현재, 우리지역에도 우수한 시인으로 부상할 수 있는 가능성을 지닌 젊은 시인들이 있다. 이들은 근자에 文名을 획득하고 상승일로에 있는 시인들이다. 비록 지역성을 두드러지게 부각시키지 않지만, 이들의 작품도 지역시의 범주에서 제외시킬 수 없다.

> 이 가죽 트렁크//이렇게 질겨빠진, 이렇게 팅팅 불은, 이렇게 무거운//지퍼를 열면/몸뚱어리 전체가 아가리가 되어 벌어지는//수취거부로/반송되어져 온//토막난 추억이 비닐에 쌓인 채 쑤셔박혀 있는, 이렇게//코를 찌르는, 이렇게/엽기적인
>
> — 김언희, 「트렁크」전문

> 이 동네를 위해 내가 할 일이란/안개에 둘러싸인 화면들을 서둘러/없애는 일뿐, 그제야 막이내리고/말면 나는 언제나 보지 않아도/될 것을, 그랬다네 언제나 후회 못 할 삶은/극장 벽면 귀퉁이에/서둘러 그려진 저 性器 속의 性器!
>
> — 성윤석, 「극장이 너무 많은 우리 동네·1」일부

김언희의 「트렁크」는 이제까지 한국시단에서 익히 접한 적이 없을 만큼 충격적이고 엽기적인 이미지를 구사하면서, 낯선 체험의 세계로 이끈다. 이런 유의 작품으로 김언희는 경향 각지에서 각광받고 있다. 그는 경남지역이 배출한 우수한 시인들의 뒤를 이을 재목으로 보인다. 그러나 이 시가 경남의 지역성이나 경남정신을 반영한 것 같지는 않다. 성윤석의 「극장이 많은 우리 동네」도 마찬가지다. 지역시를 논의하는 자리에서, 실제적으로 김언희나 성윤석의 작품은

큰 의미를 지니지 못한다. 그렇더라도 그들의 작품을 지역시에서 배제할 수 없는 것이, 그들을 키운 것의 팔할은 지역의 지리적·문화적 풍토성이기 때문이다.

한편, 타지역 출신이라도 지역성을 토대로 노래한 우수한 작품은 지역시의 범주에 넣을 수 있다.

> 거룩한 분노는//종교보다도 깊고//불붙는 정열은/사랑보다도 강하다
> /아! 강남콩보다도 더 푸른/그 물결위에/양귀비 꽃보다도 더 붉은/마
> 음 흘러라

인구에 회자하는 변영로의 「논개」 일부다. 변영로는 경남이 아니라 서울 출신이다. 그러나 이 시는 '논개정신<진주정신<경남정신<민족정신'으로 승화시키고 있다. 의기 논개의 정신은 진주정신이고, 진주정신이 민족정신으로 보편성을 획득한다. 진주 출신의 어떤 시인보다 변영로가 진주정신을 창조하면서, 진주라는 지역성을 드높였다. "출생이 문제가 아니라 사고 방식이 문제가 될 것이다. 경남의 정서 속에서 경남을 사랑하고 경남의 미래를 생각하는 이에 의해 쓰여진 문학이 경남문학이 아닌가 한다"(전문수)는 지적은 설득력을 확보한다. 지역시는 시인의 출생보다 지역을 사랑하는 지역정신이 더 중요하다. 지방자치 시대는 문학에 있어서 지역정신이 더욱 요청된다. 윤재근도 경남문학 대토론회에서 '경남정신'을 강조했다. 그는 '경남의 살림살이는 경남이 책임져야 한다는 것'이 지방자치 시대의 정치 경제 사회 문화 전반에 걸쳐 유기화되어야 하는 경남정신이라는 것이다.

이상의 논의에도 불구하고, 지역시의 요체가 확연하게 밝혀진 것 같지는 않다. 그것은 전국적 지명도를 지니는 김춘수, 박재삼 등이 출향 시인이라는 점, 김언희, 성윤석 같은 현재 주목받는 시인들이 지역성을 토대로 한 작품보다 오히려 탈지역성을 보이고 있다는 점,

변영로 같은 시인들은 지역출신이 아니기에 단발성이라는 한계를 지니는 점, 등은 온전한 지역시라는 관점에서는 아무래도 아쉬움을 갖게하기 때문이다. 따라서 이들의 작품이 진정한 의미에서 지역시의 모델이 될 수는 없을 것이다. 광의 개념이 아닌, 협의 개념의 지역시의 바람직한 모습은 다른 곳에 있다.

일례로 정규화 시인을 들 수 있을 것이다. 그는 젊은 시절에 서울에서 문명을 얻고 지역에 돌아와 詩作에 몰두하고 있다. 그가 쓴 「지리산 수첩」이나 「지리산가」는 지리산이라는 특수성을 민족문제로 확장하여 성공을 거두었다.

> 사람들이 지키지 못하는 낙원을/철새들에게 남겨줄 리 없다/국토를 뒤져서/꿈도 낙원도 찾지 못한 사람들/철새들이 찾은 주남 저수지를/부끄럼도 없이 철새들의 낙원이라/이름 붙였다/더러는 플래카드를 내다걸며/철새와 함께 살기를 원했지만/병든 사람이 더 많이 몰려들자/저수지는 바닥까지 썩기 시작했다/비실거리는 갈숲 사이로/썩은 물이 흘러 가고/그리운 낙원에는 낯선 저녁놀이 파닥거렸다/주남 저수지는 저렇게 저물고/독극물에 목이 타는 철새들이/마지막 비상을 준비하는 곳/그 옆에 새로 생기는 군인 아파트가/침묵을 토해내고 있다/그렇구나, 철새들의 낙원길마저/고맙게 군인들이 지켜주는데/주남 저수지는 제 혼자 죽어간다
>
> — 정규화, 「주남 저수지」

그는, 경남정신을 시로 구현해내는 몇몇 안되는 현역 시인의 하나다. 인용작품도 생태환경문제를 '주남 저수지'를 소재로 하고 있다. 주남 저수지는 철새 도래지로서 전국적으로 유명하다. 우리 지역의 환경자원을 보전하고자 하는 의지를 시로써 표현하는 것도 중요한 의미를 지닌다. 물론 이 시의 의미맥락은 단순한 환경보호의 차원을 넘어서 다양한 메시지를 함의하고 있다.

여기서도, 유념할 것이 있다. 지역시라고 하여 외형적인 지역환경

만을 대상으로 한다면, 이는 편협한 소재주의로 전락하고 말 것이다. 보다 중요한 것은 눈에 보이지 않지만 그 지역만이 가진 독특한 정신유산을 발굴하고 창조하는 작업이다.

지역시는 세가지로 범주화할 수 있다. 첫째, 지역 출신이 지역성을 바탕으로 한 것, 둘째, 타지역 출신이 지역성을 바탕으로 한 것, 셋째, 지역 출신이 지역성을 바탕으로 하지 않은 것이다. 가장 바람직한 것은 물론 첫째 번의 것이다. 그러나 간과해서는 안될 것이, 세 경우 모두 우수한 작품을 전제한 것이다. 지역시도 詩이기에 지역성 못지 않는 문학성을 확보해야 한다.

최근 지역문학에 대한 관심이 드높아지면서 지역문학에 대한 비평도 활성화되고 있는 것은 지역시가 문학성을 확보하는데 중요한 계기가 될 것이다. 그동안 지역시가 여러 지면을 통해 무수히 발표되었지만, 비평적 기능의 약화로 제대로 자리매김 되지 못한 것은 주지하는 바이다. 지역시에 대한 비평적 작업은 바로 지역시에 대한 애정의 표현이다. 또한 지역 신문의 지역시에 대한 관심 표명 또한 매우 바람직한 현상으로 보인다. 지역시에 대한 본지의 계절평과 지역신문 문화면의 지역시단 소개의 활성화는 지역문단에 활력을 불러일으키고 있다. 그러나 최근 일부 비평이 지나치게 질책 일변도로 흐르고 있는 것이 아닌가 하는 우려를 갖게 만든다. 好評一邊도 문제지만, 酷評一邊도 또한 문제가 아닐 수 없다. 비평은 지역 문단의 긍정적 측면과 부정적 측면을 함께 아우르는 균형있는 시각을 갖는 것이 중요하다.

현대시조의 풍경

1

『율』동인지의 복간이 이루어졌다. 현대시조단에서 『율』동인지가
지니는 비중이나 의의는 동인들의 면면으로 쉽게 확인할 수 있을
것이다. 이 글은 『율』동인지의 시조사적 의의를 밝히기보다 복간된
동인지에 수록된 다채로운 시세계를 들여다보는 것으로 만족하고자
한다.

2

김춘랑은 현대시조단에서는 보기 드물게 남성적인 목소리를 구사
하는 시인이다. 그의 목소리는 멀리 조선조의 선비들처럼 카랑카랑
하다. 목숨을 초개처럼 버릴지언정 불의와 타협하지 않는 조선조 시
조의 전통을 현대적으로 적절하게 계승·발전시킨 시인이 바로 김
춘랑이 아닌가 한다.

兵丁들은 말이 없고
부릅뜬 銃口란다

아무래도 알 수 없는
너와 나와의 對峙

背面한 핏줄은 그래!
하나 푸른 강줄긴데.

보라!
저 나울치는
東海 푸른 물구비를

밤낮으로 어울려서
相思하는 저 情況을

피 타는 노을을 안고
애닯고 몸이 닳는

해후 푸른 종소리
골골마다 메아리쳐도

불면의 虛月속에
對話는 눈먼 빗장

피얼진
靑史의 恨을
밤새 우는 不死鳥

— 김춘랑, 「對峙」 전문

김춘랑 시의 테마는 민족이나 조국 같은 대단히 무거운 것일 때가 많다. 소소한 개인적 서정으로 일관되는 여타의 서정시에서 보기 힘든 대인적 풍모를 그의 시조에서 확인하기가 어렵지 않다. 인용작품은 분단된 조국의 현실을 노래하고 있지만, 그렇게 참신한 시적 발상은 아니라 할 수 있다. 김춘랑 이전에도 이런 유의 시조작품은 흔히 있어 왔던 터이다. 그러나 이 작품은 동족이면서도 대치 상황에 놓여서 총부리를 겨누고 있는 현실에서 서로 하나 되고자 하는 민족의 염원을 "보라!/저 나울치는/東海 푸른 물구비를//밤낮으로 어울려서/相思하는 저 情況을"으로 형상화한 대목은 예사롭지 않다. 민족문제를 다루면서 다소 격앙된 목소리와 함께 감탄부호가 눈에 거슬리는 듯하지만 민족이 하나되고자 하는 염원을 남녀의 연정에 빗대어 표현함으로써 생경성을 극복하고 있다. 여기서 '나울치는 동해 푸른 물구비'(구체적 진술)와 '相思하는 저 情況'(추상적 진술)이 결합되는 중층묘사야말로 이 시의 백미다.

> 언젠가 삼일고가도로 교통체증에 걸렸더니
> 신촌 어느 아파트공사장 기중기에 발이 걸려
> 파랗게 기가 질려서 울고 있는 서울 낮달,
>
> 마포 샛강 진창에 빠져 쇳물 독물 들이키고
> 시름 시름 배앓이하다 피토하는 서울 낮달
> 지난밤 마른 기침하며 뜬눈으로 새우더니.
>
> — 김춘랑, 「서울 낮달·1」 전문

김춘랑은 간혹 무릎을 치게 만드는 절편을 발표하면서 세간의 이목을 집중시킨다. 연작시조 「서울 낮달」이 『시문학』에 연재되면서 화제가 되었던 기억이 새롭다. 「서울 낮달·1」은 '낮달'을 의인화하여 현대도시문명의 심각한 문제점을 들추어낸 것이다. 환경오염문제와 아울러 도시의 교통문제 등 도시문명의 총제적 위기국면을 일깨운다. 연작시조 「서울 낮달」은 도시문명문제로 그치는 것이 아니라 시조에서 금기시 되어왔던 현실정치문제까지 천착한 것이다.

 김춘랑이 늘 현실문제에만 목소리를 높이는 것은 아니다. 그의 시조에서 서정적 가편이 없는 것도 아니다.

> 한 생을 사랑하는 마음 하나만으로도
> 이 저승 다 밝혀 환할 사랑하는 마음 하나만으로도
> 사랑은 더러는 더러 마음으로 한다데만―.
>
> 뻐꾸기 울음이 타는 유월 상순 하나절은 길 떠난 선부님도 목이 타는가
> 우물가에 새 낭자 눈웃음 건넨 물 한 모금으로도
> 상사병 몸저서 누운 기찬 사랑도 있다데만―.
>
> 진종일 비 나리는 음칠월은 녹녹하여
> 불 지핀 아래 웃목에 살 간지런 우리 사랑
> 뉘라서 속되다 하고 볼을 붉게 할 것인가
> — 김춘랑, 「우리네 예사 사랑」 전문

 김춘랑은 이처럼 서정적 절창을 할 줄도 아는 시인이다. 그는 한때 절필을 한 적도 있었다. 삶이 힘겨워서 시를 버린 것처럼 보일 지경이었다. 그 당시의 심경을 읊은 시가 있다.

> 요즘도 나는 詩를 쓴다
> 몸으로 詩를 쓴다
> 식료품 배달 자전거에 萬斤業苦를 싣고
> 바쁘게 페달을 밟으며 보람의 詩를 쓴다
>
> 어떤 이는 나를 보고 장사꾼이라 하고
> 어떤 이는 詩를 버린 수전노라 한다
> 우러러 한점 부끄럼 없는 나날인데 지금 나는

그리하여 날이 날마다 몸으로 쓰는 나의 詩는
때로는 동전이 되고 때로는 지폐가 되어
죄 없는 내 식솔들의 웃음이 된다 울음이 된다
— 김춘랑, 「近況」 전문

인용작품은 절필한 당시의 심경을 솔직하게 그리고 있다. 문자로
시를 쓰지는 않지만 몸으로 시를 쓰고 있다고 강변한다. 이 시는 의
미가 그대로 표면에 다 드러나 버려서 시적으로는 성공하지 못한
것이라고 성급하게 진단할 수 있을 것이다. 그러나 시인이 식료품
배달 자전거를 타고 삶의 현장에서 몸으로 삶의 시를 쓴다고 노래
한 것은 어느 작품보다 더욱 심금을 울리게 한다.

『율』 동인지에 수록된 김춘랑의 작품을 읽으면서 「가을엽신」, 「임
진강 쑥꾹새」 등등 거의 모든 작품을 일일이 거론하고픈 마음이 들
만큼 그의 작품은 얘기거리가 많다. 그는 이 시대의 몇 안되는 개성
적인 시조시인이다.

김춘랑만큼 개성적인 또 하나의 시인이 조오현이다. 조오현은 현
재 신흥사, 낙산사 會主이다. 불교계에서는 큰 스님인 것이다. 그의
시조를 읽어보면 세속적인 것에서 멀찍이 떨어져 오염되지 않는 정
신의 깊이가 보인다. 그의 작품은 속세의 인생들에게 건네주는 청량
한 물 한 바가지가 아닌가 한다.

(첫날)

누가 건방지게 어디서 침묵(沈默)을 하나
온 몸이 마른 하늘이 마구 흔들리는 진렬(震裂)
이 한낮 깊은 내 오수(午睡)를 흐느뜨리고 있다.

(둘째날)

우리 절 바깥마당에 아름드리 한 그루 무영수(無影樹)
뿌리는 하늘로 가지들은 땅으로 뻗었다.
그것도 시위(示威)라 하면 스스로 하는 시위다.

(셋째날)

진실로 이 세상은 물 없는 바다인가
하루에도 몇 차례나 내 목숨의 이 두출(頭出), 두출(頭出)
잠겼다 치솟는 그 순간만이 사는 것 같다.
　　　　　　　　　　　　　— 조오현, 「面壁三題」 전문

　선시풍이다. 속세의 사람들이 쉽게 깨칠 수 없는 심오한 세계를
보여주는 듯하다. 화자의 시각은 깨달은 자의 그것이다. 이같은 작
품은 하루살이에 급급한 현대인에게 자신을 다시 되돌아보게 하는
기회를 제공한다. 이 작품은 무슨 경전같은 인상이 든다. 이것이 조
오현의 작품의 특징이라 할 것이다. 조오현은 수행하면서 깨달은 현
세 저편의 세계를 속세에 사는 독자들에게 경구로 깨우침을 준다.
경구로 드러난다 하더라도 문학성이 배제된 것 같지는 않다. 심오한
진리를 아주 선명하게 형상화시키고 있다. "누가 건방지게 어디서
침묵(沈默)을 하나"(초장)와 "온 몸이 마른 하늘이 마구 흔들리는 진
렬(震裂)"(중장)은 서로 모순되는 것처럼 보인다. 그러나 시인은 '침
묵'은 바로 '진렬'이라고 읊고 있다. 소위 말해 폭력적 결합이다. 그
렇다고 이것이 말장난은 아니다. 역설의 진리를 말해주고 있는 것이
다. "우리 절 바깥마당에 아름드리 한 그루 무영수(無影樹)/뿌리는
하늘로 가지들은 땅으로 뻗었다./그것도 시위(示威)라 하면 스스로
하는 시위다."(제2수)에는 침묵하고 있는 것 같아도 실상은 시위(진
렬)하고 있는 것이 구체화되고 있다. 제1수가 명제의 제시라면 제2
수는 명제의 구체화로서 예시라 할 수 있다. 제3수에는 제1,2수의
인식 하에서 이 세상은 물이 없으나 바다가 되고, 인생이라는 것은

늘 "내 목숨의 이 두출(頭出), 두출(頭出)"을 맛보게 되어 있다는 것
이다. 단단한 구조적 통일성을 보이는 작품임이 확인된다. 조오현
같은 수행자의 깨달음을 보이는 시인이 있다는 것은 현대시조단을
풍성하게 하는 것이다.

  선정주 또한 깊은 정신의 세계에서 건져낸 것 같은 독특한 시풍
을 보인다. 조오현이 불교적 세계관에 기인한 것이라면 선정주는 기
독교적 세계관에서 기인한 것이다.

> 찬 얼음판 위에서
> 육체의 施律 하나로
>
> 白鳥이다가 바람이다가
> 哀歡의 무늬를 짜다가
>
> 흔연히 꼿꼿이 서서
> 팽이처럼 도는가

  선정주의 「神의 팽이」 제1수이다. 빙판 위에서 피겨 스케이팅하는
아름다운 여체를 보면서, '神의 팽이'을 연상한다. 선정주는 어떤 사
물이나 현상을 보면서, 그 속에 내재된 생의 비밀을 캐내는 해안을
가진 것처럼 보인다. 영안을 가진 자로서 그가 형상화해내는 작품은
삶의 깨달음을 보여주고 있는 것이다.

> 동네 마당에 아이들이
> 팽이를 치고 있네.
>
> 저마다 만든 팽이
> 잘난 팽이 못난 팽이
>
> 팽이는 스스로 돌지 못하네

　팽이를 치는 손을 보네.

　「神의 팽이」 제3수다. 제2수에서는 제1수에서 나타난 빙판 위에서 연출하는 현란한 인체예술에 대한 美의 절정의 표현과 그것에 대한 찬탄을 사설로 풀어놓고 있다. 인용한 제3수는 일종의 알레고리로서 인생이라는 것이 조물주의 주권 하에 있음을 말한 것이다. '팽이를 치는 손' 그것은 바로 조물주의 손이다. 제1,3수에서 보인 인생의 아름다움은 조물주의 작품이란 것을 화자는 강조하고 싶은 것이다. 현대는 무신론의 시대라 할 만하다. 인간지식이 우주를 정복하고, 생명의 비밀을 캐어내고 있다. 인간 스스로 신이 되어 교만의 극점을 향해 질주하는 형국이다. 이럴 때, 절대자 앞에 머리를 숙이는 겸허한 모습을 보인다. 선정주의 시는, 인생이란 무엇인가라는 존재론적 깊이를 천착하고 있다.

　　　　(1)

　　　現代式 構造대로
　　　江은 수술을 받는다.

　　　정확히 말한다면
　　　洪水 뒷날이었다.

　　　머리는 말아 올리고
　　　헤어 스타일의 江.

　　　　(2)

　　　일종의 타협이 있은 후
　　　범람하는 일은 없지만.

이 일 뒤부터 서서히 쇠약해 가는 江을 본다. 江의 범람이란 일종의 男子의 바람기 같은거라고만 할 것이 아녔다. 이 일 뒤부터 男子의 男子다움이 없어져가고 있지 아니한가.

바람끼 있는 男子를 좋아할
대범한 女人이 그립다.

(3)

살아 남고자 한다면
분노해야 할 것이다.

줄지어 살아나는 것을
어렵잖게 볼 것이다.

분노의 때를 놓치고 있는
江을 굽어 보다가.

　　　　　　　　　　　— 선정주, 「江을 굽어보다가」 전문

선정주의 시를 읽어보면, 여기저기 사유의 공간이 환히 보인다. '江을 굽어보다가' 삶의 이법을 깨닫는다. 인간의 편의를 위해 자연의 이법을 무시하고, 인간의 의지대로 자연을 변형시키는 것이 조물주의 섭리를 거스르는 결과를 유발함을 보인다. 江의 범람과 남자의 바람끼를 대응시킨 것, 참 재미있는 발상이다. 江이 현대식 構造대로 수술받고 이제부터는 범람하지 못할 때, 남자다움이 없어져 버렸다고 했다. 자연을 인위적으로 규제하고 통제하는 것이 능사가 아님을 안다. 강이 때로는 범람하여 약간의 피해를 주더라도 강물이 뒤집히면서 정화작용을 한다든지, 시셋말로 물갈이를 통하여 자연은 스스로 치유하는 것이 아닌가. 강의 범람은 정신분석학적으로 리비도의 표출로도 읽을 수 있겠다. 잠재된 무한 에너지의 분출, 그것이 위대한 예술품을 만들어내는 원리가 되기도 한다. 현대인들은 지나치게 왜소해져, 소시민이 되어버렸다. 불의를 보고 분노를 폭발하지도 못한다. 인간은 때로 분노해야 한다. 「江을 굽어보다가」를, 매사에 적당히 타협해버리는 일상사를 우회적으로 비판한 작품으로 읽어도 맛이 난다.

3

박재두는 시가 언어예술임을 실천적으로 보인다. 언어의 探索, 細工, 彫琢에 관심이 많은 듯하다. 다음 싯구들에서 쉽게 확인된다.

> 숨쉬는 아파리마다 눈물겨운 자랑으로
> 지선(至善)한 눈망울들이 반짝이고 있고나.
>
> — 「풀밭」에서

> 풀국새
> 뭉게진 울음
> 쑥빛으로 물드나.
>
> — 「쑥물 드는 신록」에서

> 곧장 덮칠 듯 거미줄 무쇠 그물
> 간간이 숨넘어가는 소리도 묻어왔다.
>
> — 「바람 없는 날」에서

> 거짓말 같이 말끔히 지워진 하늘에는
> 눈 맑은 별빛 몇 톨이
> 눈비비고 나온다.
>
> — 「아무 일 없는 날」에서

시는 종교도 철학도 사상도 아니다. 그냥 예술일 뿐이다. 언어예술인 것이다. 일상적 언어를 시적 언어로 만들어내자면, 시인은 언어와 부단한 싸움을 해야 할 것이다. 위에 인용한 싯구들은 부연할 필요도 없이, 시인의 언어 연금술에 대한 깊은 인식을 잘 보여준다. 오늘 현대시단은 언어를 해체하려는 경향을 보인다. 시인이란 언어에 대해 외경심을 가져야 한다. 일상인들에 의해 상처난 언어를 치유해야 하는 것이 시인의 몫이 아니겠는가. 그런데 오늘날에는 일상인들은 말할 것도 없고 시인들마저 언어를 훼손하고 있는 것이다. 즉, 언어가 시인에 의해 난도질 당해서 부서지고 망가져 깊은 상처를 입고 있다.

박재두는 현대시조단에서는 보기 드물게, 언어를 소중히 다루고 상처난 언어를 어루만져주는, 민족어를 가꾸는 시인이다.

> 의붓어미 그늘에서 풀물 든 설움이야
> 젊은 보릿고개 도토리랑 삼켰다마는
> 퍼렇게 민적에 앉은
> 식민의 피는 못지웠다.
>
> 뼈마디 물러앉아도 못벗은 징용살이
> 동자 깊이 박고 간 황토빛 타는 산천
> 풀국새
> 뭉게진 울음
> 쑥빛으로 물드나.
>
> — 박재두, 「쑥물 드는 신록」 전문

박재두는 언어미학에 관심을 기울이면서도 言語遊戱者로 전락하지는 않는다. 「쑥물 드는 신록」에서 보듯이 민족의식이나 역사의식을 표출한다. 인용작품은 현상이나 표피만을 드러내는 사물시가 아니다. 그가 노래하는 대상은 현상적 '신록'이 아니다. 흐드러진 신록, 풍요와 찬탄의 대상이 되는 신록이 아니라 민족의 설움이 배어있는

쑥물 드는 신록을 노래한다. 盛裝한 산천에서 '풀국새 뭉게진 울음'
이 '쑥빛'으로 물든 것을 읽어내는 것이다. 이같은 깊은 시선이 그
의 시를 언어유희에서 건져올렸다.

서벌도 박재두와 함께 언어의 마술, 연금술을 보여준다.

먼저, 특기할 만한 것이 있다. 그의 시적 공간이 "먼 절 청기왓장
한 장 한 장으로 오는 바다."(「자란 곳 생각 3」에서), "저문 하늘이
튼 칠판 되어"(「저문 하늘이 큰 칠판 되어」에서), "全紙로 하늘이 내
려"(「全紙로 하늘이 내려」에서) 등처럼 광대하다는 것이다. 시적 공
간의 확장이 바로 사고폭과 일치하는지는 모르겠으나, 기존의 단출
한 서정시가 갖는 왜소한 서정적 공간과 비교해 볼 때 예사롭지는
않다.

서벌은 시조단에서 보기 드물게 분명한 시론을 갖고 시조를 쓰는
시인이다. 그는 시인이면서도 전문 비평가 못지 않는 날카로운 비평
안을 지니고 있다. 매우 열악한 시조평단에서 그의 평필은 단연 빛
나는 것이다. 좋은 작품을 쓰면서 동시에 좋은 비평을 하기가 힘든
데 서벌은 이런 점에서도 돋보인다.

> 냇가에 나와 앉아 낚시를 드린 날은
> 하늘도 한가득히 못으로 고여내려
> 임생각 올올한 갈래 몇 천 가닥 낚시인가.
>
> 찌드듯 끌어당겨
> 올려 확 채는 때는
> 비늘빛 눈앞 가려
>
> 아찔한 天地間뿐….
> 임이여
> 그렇게 들어
> 내 마음은 대바구니.

저승도 내 먼저 가 설레는 물무늬로
이제나 저제나 하며 이리 앉아 기다리리.
꽃수레 그윽히 몰아 목넘어 올 그때까지.
— 서벌, 「낚시 心書」 전문

사랑을 테마로 한 시조로는 조선조의 황진이 같은 여류 시조시인
의 작품이 인구에 회자되고 있다. 과문한 탓인지 모르겠으나 현대시
조에서 사랑을 테마로 하여 성공한 작품은 그렇게 혼한 것 같지가
않다. 자유시 쪽에서는 김소월을 위시하여 근자에 이르기까지 명편
들이 즐비하다. 「낚시 心書」는 사랑시조로는 佳篇이다. 3수로 되었
는데, 제2수에서는 구별배행과 아울러 중장을 갈라서 2연으로 처리
하는 파격을 보인다. 그것은 낚시에 걸려든 고기를 낚아채는 것을,
사랑의 합일로 비유하기 위한 장치로 해석할 수 있다. 어쨌든, 님을
기다리는 절절한 心思는 이승공간을 넘어 저승공간까지, 시공을 초
월한다. 님에 대한 사랑의 정서는 한 사람의 가슴에서 싹트는 것이
지만, 그것이 불붙으면 그 어떤 장애물도 극복하고야마는 무서운 에
너지로 나타난다. 미세한 정서가 "하늘도 한가득히 못으로 고여내려
임생각 올올한 갈래 몇 천 가닥 낚시인가"로 확장되면서 天地間, 그
리고 저승공간까지 뻗어나가는 사랑의 깊이와 폭이 이렇듯 구체적
으로 형상화한 것이다.

더러운 연놈들이 갈수록 기승떠는
막된 이 세기말, 단칼에 벨까 싸앙!
이러는 무지렁이에게

일단 이리
오라는 꽃.

오라 하여 다가가면, 푸르스름한 사투리로
아이고 아재 아닝교 언제 오셨는교
아재요, 그저 참는기라요
안 그렁교
하는 꽃.

— 서벌, 「청미래꽃」 전문

단촐하지만, 언어요술을 보여주는 작품이다. 능청, 해학, 기지가 넘친다. 이 시는 '청미래꽃'이라는 식물적 이미지와 '무지렁이'라는 동물적 이미지가 두 축을 구축하면서 이 시의 의미구조를 형성한다. '막된 이 세기말'에 부조리한 이 세상에 간접적이고 우회적인 언어, 곧 詩語써 간접적으로 메시지를 전달하기는 속에 불이 올라온다. 새삼, 70-80년대 민중시의 거친 詩法에 대해서 이해할 만하다는 생각이 든다. 시를 내팽개쳐버리고, 선동가든, 정치가든, 혁명가든 무엇이든 되고 싶은 생각이 들게 만드는 때가 어디 한 두번이었나. 詩고 藝術이고 따질 것이 없이 '싸양!'하고 욕이라도 퍼 붓고 싶은 심정이 어찌 이 시의 화자만의 심정이겠는가. 이것이 바로 무지렁이가 표상하는 동물적 이미지다. 그러나 어쩌랴 인간사가 다 그렇고 그런 것을, 이 시의 화자나 이 글을 쓰는 필자나 다 한 통속이고 세속적인 인간인 것을, 누가 누구에게 돌을 던지겠는가. 차라리 내 얼굴에 침을 뱉고 말지. "아이고 아재 아닝교 언제 오셨는교"에서 음운 'ㅇ'의 반복은 거칠고 상스러운 정조를 무난하게 설쩍 넘어가게 한다. '청미래꽃', '그저 참는기라요' 하는 꽃. 이것은 식물적 이미지다. 식물적 이미지와 동물적 이미지는 자아의 양면성이요, 세상의 빛과 그늘이다. 음과 양이라 해도 좋다.

4

이월수는 『율』 동인 중에서도 유일하게 여류 시인이다. 여류답게 그의 시는 섬세하고 고운 정서를 잘 드러낸다. 이월수 시의 정서는 그리움을 품은 '戀歌'로 나타난다. 「단풍」이라는 시에는 '단풍'을 "우리 사랑의 문신(紋身)으로 바람 앞에 올린 빛깔"이라고 노래한다. '단풍'이라는 사물은 사랑과 무관한 것이다. 그러나 그는 모든 사물을 사랑으로 채색한다. 이월수는 조선조 여류시조의 맥을 계승하고 있는 것처럼 보인다.

어제는
가슴 풀어
山蘭 한 촉 피워내고

청모시
고운 속살에
기다림의 빗살 담아

한 세월
사랑의 강물
풀어내린 저 하늘

— 이월수, 「하늘」 전문

하이얀 옷고름께 내리던
몇 움큼의 햇살들이
치렁한 머리칼 끝에
꽃등처럼 불 밝히듯
오늘도
귀 기대어 선
발목 시린 내 하루.

— 이월수, 「戀歌」 제1수

"한 세월 사랑의 강물 풀어내린 저 하늘"은 이월수의 내면의식을 투영한 것으로 읽을 수 있다. 한 평생 가슴에 고운 사랑을 간직하고 살아가는, 일편단심의 동양적 여성상을 보인다. 이월수의 시는 경박한 세대의 사랑관과는 질적으로 다르다. 그녀의 사랑시편을 읽어보면, '고전적', '동양적', '지고지순' 같은 어휘가 뇌리를 스치게 된다. 오늘날 여류문인들이 토해내는 소위 '페미니즘 문학'과는 동떨어진 시세계를 펼쳐 보이고 있다. 너도 나도 시류에 따라 급변하는 유행 사조 속에서도 꿋꿋이 한 길을 걸어가는 그녀가 추구하는 시세계는 동양적 혹은 고전적 아름다움으로 빛난다.

　　　　산록의 아침 빛은 푸른 기둥을 세운다.
　　　　바위도 생각 끝에 몸을 쪼개 길을 낸다.
　　　　물 소리 열리는 곳에 살아 있는 믿음 있다.

　　　　줄 지어 아기를 업고 내려 오는 푸른 모성
　　　　드넓은 치마폭을 부담 없이 짚고 서서
　　　　그 깊은 맥박 소리를 흘려 보낼 뿐이더냐.

　　　　아침 문이 열리고 있는 고요의 속삭임을
　　　　마음으로 대하지 못한 죄스러운 나의 발길
　　　　오늘도 푸른 젖줄은 변함 없이 솟는데.

김교한의 「약수터 산책」 전문이다. 김교한 시의 주된 관심은 자연이다. 인용시에도 화자가 아침의 산책길에서 본 자연의 생명력에 놀라와하면서 자신을 성찰하는 것이다. 예나 지금이나 자연은 시의 寶庫이다. 정결한 자연 속에서 자신을 겸허히 돌아보는 시인의 자세는 가장 인간다운 모습의 하나일 것이다.

최송량도 김교한과 같이 자연에 대해 관심이 많지만, 그는 특히 삼천포 지역에 대한 애착이 남다르다.

예사로 허리를 절며 몸으로 우는 날은
깨 삼시로 말문을 여는 문둥이로 태어난
남 몰래 스무 살 나이를 허기로 달래는가

싸다고 비지떡 허물로 벙어리 냉가슴은
고운 죄도 못 저질러 못자욱 구멍 난 꿈을
찢기운 누더기 속에 멍든 閑麗水道

'나가다 잘 나가다 삼천포로 빠진다'는
칼날 끝 욱신거림도 잠 재우며 살자 했네
도끼로 목숨을 찍는 광대여 무당이여.
　　　　　　　　— 최송량, 「三千浦 육자배기」 전문

　최송량은 '三千浦 육자배기'로 뽑아내는 삼천포 시인인 것이다.
그는 『율』 동인 중에서 가장 지역성을 강하게 드러내어 시적 성과
를 거두고 있다. 남도의 정서, 삼천포 정서를 그의 다정다감한 성정
으로 잘 빚어내었다.
　김호길은 파일럿(pilot)으로서의 독특한 체험이 그의 작품이 배어
있다.

내려 보아 한 줌 모래
주먹 안에 들어오는

人生事는 그런 거여, 시시한 그런 거여,

내 젊음 나래를 타고
바람 띄워
구름 띄워

四圍가 어두우면

가슴 안 불 지피리

멍울진 심장 구석 우뢰소리 핥다가도

내 針路 Overcast
바람 태운
구름인 거

흐르는 짙푸른 液,
창을 지나 피부 속엔
카브르 그대 이야긴 귀 담아 詩가 된다

내 푸른 하늘을 가르고
나르는 갈매의 새

— 김호길, 「하늘 산책」 전문

시인은 "내 푸른 하늘을 가르고 나르는 갈매의 새"가 된다. 창공을 나르면서 인생사를 바라보면 한움큼의 모래에 불과한 것이다. 우주적 상상력이 빚어내는 김호길의 작품은 늘 지상을 밟고 살아가는 일상인들의 상상력을 초월하는 것이다.

가을 햇볕으로나 가늠하던 마음으로

누이의 눈물 많던 이야길 새겨나면

저만큼 하나 꽃으로 이름 지어 피어날까

바람이 빈 季節을 울어 설핏한 외로움을

그 多情턴 눈빛으로 精巧히 닦은 言語

가득히 고여 넘치어 發願하는 것일까

이금갑의 「꽃 序說」 전문이다. 이금갑의 작품은 그것이 개인사든
지 민족사든지 간에 서러운 정서로 나타난다. 이 작품에서는 '누이
의 눈물 많던 이야기'가 서러운 정조를 띤다. 그러나 서러운 정조는
'꽃'으로 이름 지어 피어날 수 있다. 누이의 '그 多情턴 눈빛으로 精
巧히 닦은 言語'가 '꽃'으로 發願할 수 있는 것이다. 현재의 고통,
고뇌, 외로움 따위의 서러운 정조가 미래의 '꽃'으로 발원하는 것이
라는 믿음을 보인다. 「꽃 序說」은 1968년 『율』 동인지에 게재했던
작품인데, 서러운 정서를 꽃이라는 이미지로 형상화시킨 단단한 작
품으로 보인다.
　권혁동은 낭만적인 시풍을 보이는 듯하다.

　　　아, 소양강 저토록 구비 쌓인 시름과 설움
　　　한 아름 흰 돛폭에 실어 밀어 보내고
　　　이 한 밤 울며 지새니 무슨 까닭 있는가.

　　　아, 소양강 낙엽 진 근교 위에 머문 가을이
　　　아득히 홍엽 깊은 별빛 찾아 반짝일 때
　　　아련히 꿈길 더듬어 나 홀로만 서 있다.

　　　아, 소양강 희 돛대 상금도 애환이고
　　　가득한 저 물결 위에 별빛이 도 깃들어
　　　오롯이 그대 그리며 문득 저어 갈거나.
　　　　　　　　　　　　　　— 권혁동, 「소양강」 전문

　소양강 물결 구비마다 시름과 설움이고, 그 물결소리는 울음이 된
다. 계절은 홍엽 깊은 가을로 화자는 홀로 서 있다. 화자는 소양강
물결 위에 비친 별빛을 보면서 '그대'를 그리워한다. '아, 소양강'이

각 수마다 반복되면서 그리움의 정서를 강화시키기도 하지만, 한편으로 단조로운 느낌을 주기도 한다. 어쨌든, 「소양강」은 한시나 고전시가에서 보이는 낭만적 시풍의 전통을 엿보게 한다.

> 비릿한 한나절
> 그 바닥을
> 씻고 봐도
>
> 날 뛰던 우리들은
> 물간 生鮮으로 눕고
>
> 갈수록
> 소금에 저려져
> 궤짝 속에 담긴다.
>
> — 원판수, 「魚市場」 전문

이 작품은 낭만적 시풍인 「소양강」과는 대조적이다. 푸른 바다를 마음껏 유영하던 '生鮮'이 어판장에 물간 生鮮으로 누웠다가, 그것이 소금에 저려져 궤짝 속에 담기는 과정을 보이면서, 우리네 삶의 거울로 보여준다. 인간의 실존을 직시하는 시선이 날카롭다.

5

이 글은 동인지의 일부 작품에 대해서 범박하게 해설한 것이다. 『율』 동인의 텍스트 읽기를 통하여, 현대시조의 풍경을 주마간산격으로 본 셈이다. 『율』 동인의 시적 성취는 오늘 현대시조의 수준을 가늠하는 것으로 보아도 좋다. 그만큼 복간된 이 동인지에 대한 기대는 사뭇 높은 것이다. 앞으로 보다 진지한 접근이 이루어져 『율』 동인지의 시조사적 의의가 선명하게 밝혀져야 할 것이다.

대중성과 문학성의 괴리

　문학인의 꿈은 대중성과 문학성을 동시에 획득하는 것이다. 아직까지 현대시조는 이 꿈을 이루지 못하고 있다. 자유시단에서는 최영미, 신현림, 정호승 시인의 시집들이 대중성을 획득하여 일반인의 관심을 끌기도 했다. 이들 시집은 관점에 따라 달라질 수 있지만, 대중성 못지 않은 작품성을 어느 정도 확보하고 있는 것이다. 대중성을 확보하게 된 것은 여러 가지 이유가 있겠으나, 동시대의 문제에 누구보다 먼저 깊은 통찰을 보여주고 있기 때문이다.

　시조단에도 많은 시집들이 출간되지만 자유시단에서 보이는 대중성을 확보한 역작들은 왜 나오지 않을까?

　자유시단에는 식상할 만큼 후기 현대성에 대한 논의가 무성한데 시조단에는 아직도 무풍지대로 남아 있을까?

　시조에 대하여 흔히 시절가조라고들 하나, 현대시조는 동시대의 문제점들에 대한 깊은 통찰력을 보여주지 못하고 있다. 최근 네 사람의 시집이 거의 동시에 출간되었다. 장순하 시조집 『후일담』(책만드는집, 1997. 9.) 『서울 귀거래』(책만드는집, 1997. 9.), 송선영 시조집 『활터에서』(동학사, 1997. 9.), 김남환 시조집 『이차돈의 江』(東芳,

1997. 9.), 정해송 시조집 『제철공장에 핀 장미는』(해광, 1997. 8.)이 그것이다. 이번 시집들은 시조단에서 비중 있는 시인들의 작품집이기에 현대시조의 수준을 가늠하는 하나의 척도가 될 수 있을 것이다.

관조의 시학―장순하의 『서울 귀거래』, 김남환의 『이차돈의 江』

장순하는 두 권의 시집 『후일담』과 『서울 귀거래』을 동시에 펴내면서, 서문에다 전자가 대중적 즉흥시조인 경시조, 후자는 일반적 의미의 시조로서 중시조를 모은 것이라고 밝혔다. 원로 시인으로서 오늘날 시조가 민족시로서 어떻게 하면 국민정서에 크게 이바지할 수 있을 것인가, 한편 본격문학으로서의 시조의 위의는 어떻게 갖출 것인가에 대해 고심한 흔적을 엿볼 수 있게 하는 대목이다. 대중성을 추구한 것이 경시조이고 문학성을 추구한 것은 중시조다. 이같은 구분은 苦肉之策이 아닐 수 없다.

> 지난 여름 수해 입어/농사 몽땅 망쳤어요//처자식 다섯 식구/굶길
> 수야 있나요//소돼지 팔아서라도/식량 팔아 와야죠.
> ― 「돼지 팔아 쌀을 판다」

시집 『후일담』에 수록된 작품이다. 이런 유의 작품은 일반대중이 쉽게 이해할 수 있는 작품임에는 분명하지만, 그렇다고 국민정서에 얼마나 기여할 수 있겠는가에 대해서는 회의적이다. 즉흥적으로 생경한 정서를 풀어놓고 있다.

> 젊은 여성 진찰하고/"부인, 기쁜 소식입니다"//"어머 무슨 말씀/저
> 는 미혼인걸요"//"아가씨, 그러시다면/나쁜 소식이군요."
> ― 「길(吉) 아니면 흉(凶)」

이 작품도 마찬가지다. 단순한 유머에 불과하다. 물론 시집 『후일담』은 본격문학에 속하지 않는 것이지만, 그래도 시조집이라는 이름으로 출간된 것이니, 일반인들이 현대시조에 대해 그릇된 인식을 갖을 수도 있겠다. 시조가 제삼예술로 치부받는 것이 즉흥성과 대중성에서 오는 폐단이라면 이는 더욱 심각한 문제가 아닐 수 없다. 장순하가 시도하고 있는 경시조는 일반대중이 쉽게 접근할 수 있는 국민가요 형식을 취한 것이지만, 이런 시도가 시인의 의도대로 얼마나 대중화될지 의문이고 설령 대중성을 확보한다손 치더라도 시조문학의 발전에 얼마나 기여할 수 있겠는가. 문학성을 담보하지 못하는 시조의 대중화는 무망하다.

시조의 대중성 확보는 본격 시조집을 통해 이루어져야 할 것 같다. 장순하의 본격 시조집인 『서울 귀거래』는, 현대시가 지나치게 언어에 대해 폭력을 행사함으로써 조작적 이미지가 양산되고, 결과적으로 일반대중이 현대시를 외면하게 된 작금의 상황을 심각하게 고려한 듯하다. 『서울 귀거래』도 일반인들이 쉽게 접근할 수 있을 만큼 평이한 구조를 갖고 있다.

> 늦가을 한강 하구/해돋이를 바라본다//하늘은 꼭두서니/자주 구름 황금 물결//단 하루 마감하는 데/저리 황홀하다니.
> — 「낙조(落照)」

> 하루만 안 털어도/먼지가 쌓이는데//70년 걸친 옷이야/백결 선생 (百結先生) 도포 자락//당신은 무슨 미련에/두어 두고 보시나요.
> — 「당신은 3」

그러나 경시조집 『후일담』과는 달리 시집 『서울 귀거래』는 평이한 것 같으면서도 경박하지는 않다. 그것은 무기교의 기교이거나 정신적 달관의 경지를 열어 보이기 때문이다.

두 편의 인용작품에서도 나타나듯이 이번 시집은 우주의 이법을 깨달은 자의 목소리가 주조를 띤다. 광대한 우주나 신의 존재 앞에서 보잘것없는 생의 겸비함을 보이는 것이다.

> 초겨울 동해는/물감 푼 함지박//찰랑대는 물무늬에/손 적셔 휘저으니//손톱은 그대로 두고/가슴 속에 쪽물 든다.
> 억천만의 잔물결을/억천만으로 다시 쪼개//억천만 년 밤낮없이/억천만 번 출렁이는//억천만 작은 손들을//거머쥔 저 큰 한 손 해와 달 뜨고 지고/물새 날고 고기 놀고//수평선에 배를 띄워/줄타기도 하게 하고//하늘 땅// 온갖 놀이개//갖고 노는//큰 한 손.
>
> ―「큰 한 손」

이 작품이 대표적인 경향에 속한다. 제2수에서는 억천만이 반복되면서 마치 그것이 파도의 출렁임으로 사슬지어지는 이미지의 파동을 일으킨다. 그리고 시조의 전통적 율조와 어우러져 메시지는 탄력을 획득하는 것이다. 장순하는 이번 시집 곳곳에 조물주의 '큰 손길'이 섭리의 손길로 드러난다. "일찍이 이름조차/듣도사도 못한 고장/예까지 이끌어 온/보이지 않는 큰 손/이제야 인기척하며/현신할 듯하네야."(「큰 손」일부)처럼 직접 드러나기도 하지만, 그렇지 않은 경우에도 조물주가 빚은 자연에 대한 찬탄이나 경이감을 보이는 것이 여러 시편에서 확인된다. 시집 『서울 귀거래』에는 삶의 한 복판에서 멀찍이 벗어난 관조의 미학이 돋보인다. 세속을 단순히 비켜서서만 바라보지 않고 우주적 이법이나 질서 가운데서 삶을 찬찬히 응시하는, 보다 깊고 넓은 구조의 사유체계를 보인 것이다. 이번 시집은 오늘의 현대시가 그 정체성의 위기를 감수하면서까지 지나친 형식실험이나 난삽한 시어로 독자에게 외면당하는 현실에 하나의 경종일 수 있겠다. 그럼에도 불구하고 몇몇 작품은 지나치게 긴장이 흐트러진 면모를 보이기도 했다.

김남환의 『이차돈의 江』은 규모는 크지 않지만 「배꽃 지는 날」
「梅窓 무덤에 와서」같은 단촐한 서정시로 채워진 시집이다.

> 세월, 세월이 지네/4월 배꽃 흩날리네//산새도 제 짝 그리워 여위
> 는 이 한철을//하야니 나부기며 길 떠난/梅窓의 눈물을 보네.
> — 「배꽃 지는 날」

4월 배꽃이 흩날리는 것을 보면서 조선조 황진이와 더불어 쌍벽
을 이룬 여류 시인인 梅窓의 눈물을 연상한다. 김남환은 「梅窓 무덤
에 와서」란 작품에서도 "—梨花雨 흩날릴 제 울며 잡고 이별한
임…"(梅窓의 시조)을 인용하고 있다. 「배꽃 지는 날」의 종장 첫구인
'하야니 나부기며 길 떠난'은 흩날리는 배꽃의 이미지가 梅窓의 이
미지로 치환되고, 나아가 이것은 화자의 슬픔을 투영하는 것이다.
梨花雨→梅窓의 눈물→화자의 슬픔으로 진행된 것으로 보면, 배꽃
지는 날의 슬픔의 주체는 화자 자신이다. 이 작품은 시조의 전통적
율조에다 초장의 점층적 상승과 각운의 효과까지 곁들여져 슬픔의
정조가 리듬을 타면서 더욱 생생한 느낌을 준다.
　시집 『이차돈의 江』은 시인과 자연의 대화록이라 할 만하다. 자연
을 객관적 상관물로 시인의 정서를 표출하고 있는 것이다.

> 종 소리 받아 안으면/나도 한 자락 강으로 흘러//산수유, 목련, 철
> 쭉꽃/소신 공양 하는 이밤//오십년 저편의 하늘이/쪽빛 입고 내리신
> 다.
> — 「봄날, 直指寺에서」

봄날, 직지사에서 종소리를 듣고 화자 자신이 한 자락 강으로 흘
려 오십년 저편 세월 속으로 잠겨감을 노래한 것이다. 이번 시집은
인용작품처럼 자연 앞에서 감동하고 동화되고, 그리고 지난날의 추
억을 회상하는 구조가 주류를 이룬다. 이는 전통적인 서정시의 방법

론에 해당한다. 이런 유의 시조는 조선조의 황진이나 계량에게서 보인 전통적 서정시를 계승한 것으로 볼 수 있다. 그러나 전반적으로 아름다운 서정시지만, 현대시로서의 모더니티를 확보하고 있다고는 할 수 없다.

장순하나 김남환은 당대의 문제점에서 한 발 물러선 관조의 자세를 보인다. 장순하는 현실보다 더 넓은 우주의 이법으로 세상을 바라보고 있으며, 김남환은 자연과의 대화를 통해서 자신을 응시하고 있는 것이다.

응전의 시학—송선영의 『활터에서』, 정해송의 『제철공장에 핀 장미는』

장순하나 김남환의 시조가 현실에 직접 대응하기보다 관조적 세계를 보인다면, 송선영이나 정해송은 현실에 보다 적극적으로 대응하고 있다.

송선영 시집 『활터에서』는 현대에 대한 대응의지가 서정성으로 내장되어 있지만, 응전의 시학임이 분명하다.

> 빈바다/파도는 시방/성난 뿌사리 되어//오만한/저 벼랑을/단숨에 들이친다//오늘밤/음모의 머릿골도/내리찍고 싶어한다.//막강한/날바람으로/적막 뚫는 단호한 뿔//흰 영기(令旗)/씽씽 날리며/포효하며, 내친 김에//이 시대/마지막 철벽/들이치고 싶어한다.
>
> ― 「파도는 시방」

김남환이 자연을 노래할 때는 사변적인 경우가 많았다. 자연과 나와의 일대일의 관계망을 형성한 것이기 때문이다. 그러나 송선영은 자연과 나와의 관계로 한정되기보다 자연과 현실의 관계로 확장된다. 「파도:벼랑→뿔:철벽」으로 구조화되었다. 송선영의 자연은 단순히 사변적인 정서적 등가물이 아니라 도전과 응전의 삶의 갈등구조를 정치하게 드러낸다. 이번 시집의 표제시인 「활터에서」에서도 현실에 대한 대응의지의 역동성을 읽을 수 있다.

> 시위를 당기게나 활시위를 당기게나/힘 모아, 모은 힘 다져, 활살이여 내달아라/저 첩첩/적막강산을/거침없이, 그렇게……//…중략 …//시위를 떠나누나 긴 어둠을 헤치누나/빛 모아, 모은 빛 다져, 내달아라 화살이여/저 먼동/틀 때까지는/적막 강산을, 씽씽…….
> — 「활터에서」

현실이란 곳은 늘 유토피아의 공간이 아니다. 부조리하고 모순투성이로 존재하는 것이 현실이라는 실존공간이다. 이에 대해 시인은 현실의 도전에 부단히 응전하는가 하면 현실과 타협하기도 한다. 혹자는 현실을 도피한다. 물론 송선영은 첫 번째에 해당한다.

> 모롱이 고인돌이 조금씩 키를 낮추고//목 붉은 이역의 새, 긴 다리가 잠겨 가고//선사(先史)의 /아득한 사냥길./꿈꾸는 화톳불 하나.
> — 「폭설 · 3」

> 밤 새워 그어 놓은/먹줄이여, 흰 목수(木手)의//굴렁쇠 굴리듯/아름 알「卵」을 굴리는//새 아침/어린 성자(聖子)의/일렁이는 새물내.
> — 「아침 수평선 · 3」

송선영이 얼마나 왜곡된 현실공간을 유토피아의 공간으로 만들고자 하는 의욕에 가득 차 있는가를 인용한 두 편을 통해 알 수 있다. 이같은 시편은 아마 송선영의 무의식이 빚은 소산이 아닌가 한다. 무의식 속에도 현실에 대한 대응의지를 투사한 것이리라. 전편은 육지공간이고 후편은 바다공간이다. 육지나 바다는 현실공간을 상징한다. 눈 덮이기 이전의 육지나 아침이 오기전의 밤바다는 굴헝이 있고 파도가 넘실대는 실존공간인 것이다. 그러나 곧이어 폭설과 새아

침의 새물내로 온갖 고통과 절망의 공간을 새롭게 단장하여 이상공
간화 된다. 이 공간에는 횃톳불이 피고 성자의 은총이 자욱하다.
「폭설·3」은 흰 빛과 붉은 빛의 선명한 시각대비, 냉온의 촉각대비
로 대단히 감각적으로 그려졌다. 고인돌이 키를 낮추고 긴 다리가
잠겨가는 것으로, 폭설의 이미지를 우회적으로 형상화한 것도 재미
있다. 「아침 수평선·3」도 굴렁쇠와 알의 구르는 이미지를 통해 이
상공간이 시각적으로 활짝 펼쳐지는 느낌을 준다.

　정해송의 시집 『제철공장에 핀 장미는』에는 내용이 형식을 뚫고
일어서려는 결렬한 파동이 보인다. 이것이 응전의 시학이다. 그의
응전의식은 오늘의 문화적 표징이 「제철공장에 핀 장미」라는 데 있
다.

　　　관리층 미학자는 죽은 벽을 살리려고/담을 돌아가며 장미를 꺾어
　　심어/번지는 이상기류를 꽃을 피워 눅이렸다.
　　　　　　　　　　　　　　　　— 「제철공장에 핀 장미는」 제2수

　'관리층 미학자'를 이 시대의 문화담당자로 읽어도 좋다. 더욱 좁
혀서 이 시대의 시조시인이라 해도 좋다. 후기 현대사회의 문화는
'제철공장에 핀 장미'다. 이 땅의 문화나 예술은 '제철공장'과 같은
불온한 풍토성을 갖고 피어난 꽃이다.

　　　방에 앉아/시 쓰는 일이/부끄러운 시절이다.//은유며 상징이며/분칠
　　같은 기교들이//이 유월/녹색 깃발 아래/가화(假花)처럼 여겨진다.
　　　　　　　　　　　　　　　　　　　　　　— 「고백」

　정해송은 「제철공장에 핀 장미는」에서 '장미'는 '용광로에 타던
불꽃을 옮겨 담아 피어난다'고 했다. 따라서 '제철공장'같은 부끄러
운 시절에는 유월의 녹색 깃발 아래 '은유며 상징'은 '가화(假花)처

럼 여겨진다'. 정해송의 시정신은 '용광로에 타는 불꽃'이고 '유월의 녹색 깃발'이다. 잡티가 없는 푸르고 붉은 정신은 불온한 시대를 자르는 검의 정신으로 표출된 것이다.

> 뱀 같은 무희가 배꼽춤을 추고나자/무사복 차림으로 검사가 등장한다./순식간, 열기찬 장내는 칼빛으로 싸늘하다.
> — 「나이트 쇼」 제1수

> 1/한 시대 협기 서린 수평선을 가늠하며/오랜 해를 담금질로 뼈린 끝에 혼이 섰다/서정을 엮은 달빛도 이 날 아랜 갈라진다.
> — 「검(劍)」 제1수

「나이트 쇼」에는 뱀 같은 무희의 이마에 올려진 사과알이나 자르는 검술을 구사하는 무사정신의 굴절을 보인다. '서정을 엮은 달빛' 은 이 시대의 假花같은 문화고 예술이고 시다. 협객이 그리운 시대에 정해송은 스스로 협객이 되어 오늘의 뒤틀린 문화를 질타하고 환부를 도려내려는 것이다.

> 1/누군가 하얀 대낮/옷고름을 풀고 있다.//너는 그만 살이 열려/발정하는 향내 나고//혼혈이/녹아내리는/미친 불에 싸인다.//2/꽃뱀처럼 날름대는/욕정의 붉은 혀로//환장할 죄를 짓고/저승문을 열은 거냐.//悅樂은/지옥을 달궈/눈시울이 부시다.
> — 「작약(芍藥)」

이렇게 형상화한 '작약'을 이 시대의 문화나 예술의 등가물로 읽고 싶다. 검사정신이 굴절되어 나이트 쇼에 등장하듯이 오늘의 문학 예술이 상업주의 꽃('작약')으로 피어나고 있다.

정해송의 응전의 시학은 90년대 후반의 시적 대응이 될 수 있겠다.

송선영과 정해송은 다같이 응전의 시학을 펼쳐 보인다. 현대시조가 당대의 시대문제에 대한 응전의식이 빈약하다고 보는 필자의 입장에서는 응전의 시학을 보이는 송선영과 정해송의 이번 시집에 대해 주목하였다.

네 사람의 시집을 읽으면서 오늘의 현대시조가 문학성과 대중성의 괴리에 놓여 있다는 생각이 들었다. 후기 현대인들이 호흡하고 있는 당대의 문제점들을 통찰하고, 이를 형상화하고 이슈화하는 작업이 절실하다. 이런 점에서 관조의 시학보다는 응전의 시학이 현재의 시조단에 양약이 될 수 있다. 그러나 응전이 80년대식이어서는 곤란하고, 90년대 후반의 논리를 담지하고 있어야 한다.

새 세기의 시조의 부흥

21세기 진입을 전후하여 시조부흥 운동이 대대적으로 일어날 것 같은 생각이 든다.

개화기 이후 봉건체제라는 경직성에서 탈피하고자 자유를 부르짖었다. '자유'라는 테마는 80년대까지 지속되었다 해도 과언이 아닐 터이다. 덩달아 우리는 '시'라면 '자유시'만이 최고의 가치를 지니는 것으로 여겼다. 하지만 90년대 중반을 지나면서 우리가 지상 최대의 가치로 여기던 '자유'는 이미 '방임'으로 전의된 듯하여, 전같은 매력을 지니지 못한다. 도처에 도덕률의 해체가 진행되면서 고전적 엄정성이 요구되는 것이다. 자유보다는 정형이나 질서, 속화보다는 경건이나 성화가 필요한 시대다. 21세기는 정신의 다이어트 운동이 대대적으로 일어나야 한다. 이것이 인간생존의 전략이 될 것이다. 이런 시대적 요청은 시조부흥의 불길을 지필 것이다.

시조시인들은 시조야말로 시대의식을 반영하기에 가장 탁월한 장르임을 재인식하고 21세기가 요구하는 고전적 엄정성이 깃들이는 현대시조 창작에 주력해야 하지 않을까.

강재호의 「길목·11-도회지에서-」에서 영상매체 시대의 생명성 없는 기호적 아름다움을 재미있게 사설로 풀었다.

　　지하철 계단으로 여자들이 길을 간다.

　　하나같이 꼭 닮은 미녀들이 걸어간다. 생기없는 표정과 의미 없는 웃음까지 화장품 속의 그 여자와 꼭 닮았다. 입도, 눈썹도 눈 화장에 색조까지. 섹씨 넘버 1, 핑크 키스 222, 싸이키 오렌지로 가면을 만들어 쓰고 꼭 같은 걸음걸음이 빼다 박은 몸치장으로 미녀와 추녀를, 순이와 영자를 위아래만 쳐다보곤 가릴 수도 없었다. 제조번호가 다를 뿐 복제 인간이 길을 간다. 텔레비젼에 나오는 이런 선전 어떨까?

　　"제품은 같아 보여도 품질이 다릅니다."
　　　　　　　　　　　　　　　　　― 「길목·11-도회지에서-」 전문

　　종장을 선전문구로 대치해 시인의 의도를 최소화하면서 '보여주기'에 성공한 듯하다. 겉으로 보기에는 초장과 종장의 정연한 음수율과 중장의 길어진 산문적 걸음이 어우러져 사설시조로서 손색이 없다. 그러나 어딘지 모르게 몸에 맞지 않은 옷을 입은 것처럼 어색하다. 그것은 역동적인 리듬, 비유나 상징을 제대로 구사하지 못한 때문으로 보인다.
　　우리말은 음절수의 거의 70%가 2음절로서 여기에 조사나 어미가 붙으면 대부분 3음절이나 4음절은 자연스럽게 이루어진다. 따라서 줄글도 시조형식으로 배열하면 외형상으로는 시조의 틀 속에 얼마든지 맞출 수 있다. 줄글을 시조형식으로 배열했다고 그것이 시조가 되는 것은 아니다. 3,4조로 음수율만 맞다고 시조의 독특한 리듬을 지니는 것도 아니다. 시조는 음수율과 음보율이 어우러지고, 나아가 언어의 내포성까지 겹쳐질 때, 깊은 울림으로 다가온다. 리듬은 단순한 반복으로만 이루어지는 것이기보다 반복과 변조가 어우러질 때이다. 인용시는 초장과 종장이 다같이 꼭같은 센텐스 형식으로 처

리되어 단조롭다. 사설시조라는 예외성을 고려해도 마찬가지다. 시
조는 3장이 반복하면서 변조를 띠고, 나아가 각장의 4음보도 제1,2
음보의 1구와 제3,4음보의 2구가 변별성을 확보해야 한다. 여기다
비유와 상징이 곁들여져 내밀성을 더하게 되는 것이다. 어쨌든, 여
러 운율의 요소들이 어우러져 교향악을 빚어내는 것이 시조의 가락
일 것이다.

　鄭韶坡의 「환희, 널 부른다」는 중의법의 묘미를 적절하게 보여주
는 점에서 의미를 지닌다.

　　　　산이 웃는다.
　　　　이 산,
　　　　저 산,

　　　　얼굴 환희 산이 웃는다.

　　　　물이 흐른다
　　　　이 골,
　　　　저 골,

　　　　소리 높이 물이 흐른다.

　　　　환희로
　　　　메아려 오는
　　　　온 산천의
　　　　교향악!

　　　　　　　　　　　　　　　　　　— 「환희, 널 부른다」 제1수

　편의상 전 3수중에서 첫수만 인용했다. 배행의 다양한 시도로, 산
만한 듯하면서도 의미율에 있어서는 질서 의식이 엿보인다. 제1수는
자연의 교향악을 '환희'로 제2수는 제1수에서 촉발된 정서와 환희가

화자의 손주의 이름임을 떠올린다. 제3수는 종장 "환희로/차오르는 5월/보고파서 널/부른다"로 제1수와 2수는 통합된다. 여기서 '환희'는 제1수의 '환희'와 제2수의 '환희'가 겹쳐지면서 중의법의 빛나는 수사로 귀결되는 것이다.

신동익의 「丹鳥城에 올라―神佛山詩抄·5」는 인식의 깊이를 보이는 화자의 캐릭터가 인상적이다.

산 높아 구름이 머물고
낙동강 굽이친다.

돛단배 울산 바다
매연 속에 가려 있고

오늘도 뻐꾸기 날라
저리도 울어쌌네.

단조성 영마루에
나물 뜯는 아낙네야

천지에 고인 내력
아느냐 모르느냐

무심한 등산객 행렬
올라가고 내려오네.

성 안에 열 군데 못
석축 둘레 사천 오십 자

모여든 돌덩이도
서슬 푸른 억새풀도

임진란 의병이었다고
산바람이 전하네.

성곽에 배여나는
조국에 바친 충의

산꿩이 알아차려
한목청 토하는가

석양에 돌아서는 객
발걸음이 무겁네.

— 「丹鳥城에 올라—神佛山詩抄 · 5」

부분적으로 고시조풍의 고답적인 흔적을 발견할 수 있으나, 이 시조의 미덕은 총체성을 드러내는 사고의 깊이에 있다. 제1수 중장에는 현대도시의 오염, 즉 환경문제가 부각된다. 이것은 현대도시문명이 안고 있는 병폐성의 대유이다. 환경문제는 오늘 현대인이 직면한 가장 심각한 것의 하나이다. 이런 문제가 왜 발생했는지 나물뜯는 아낙네나 무심한 등산객 행렬은 알지도 못하고 관심도 갖지 않는다. 단지 돌덩이나 억새풀, 혹은 산바람이나 산꿩이 알아차리고 각자의 소리로 전할 뿐이다. 오늘의 문제는 역사의식의 바른 인식에서부터 실마리를 찾아야 할 것임을 화자만이 인식한 것으로 나타난다. 따라서 화자로 보이는 '객'의 발걸음이 무거울 수밖에 없다. 역사의 현장인 산마루의 성에서 울산 바다를 바라보면서 오늘의 현실을 우려하는 화자의 모습은 곧바로 시인 신동익으로 겹쳐지면서 경박한 세대에 모처럼 만난 진중한 캐릭터로서 빛난다.

「목수 일기 · 41 – 문수암 공사 현장에서 –」는 목수시인 장재의 작품으로 체험에서 우러나는 삶의 현장성이 정제되어 나타난다.

이슬 뒤에 감춘 잎새 안개까지 머금었네
그 너머 은빛 물결 햇살받아 출렁이면
점점이 섬들이 솟아 자란만이 가득하다.

바위틈 문수보살 엷은 미소 보고 싶어
부끄러운 마음을 개울물에 헹구우며
굳은 살 두손모아서 대웅전을 바라본다.

오르고 또 오르기를 갈잎이 다시 진다.
하나
둘
셋
또 하나
아, 핏기 없는 얼굴들
망치질 삶의 메아리 계곡 속의 또 한잎.
　　　　　　　── 「목수 일기 · 41-문수암 공사 현장에서-」 전문

80년대의 박노해 시집 『노동의 새벽』이 노동현장의 체험에서 비롯한 노동자의 정서를 탁월하게 형상화함으로써 그동안 문화지식인에 의해 관념적으로 운위되던 민중문학이 민중에 의한 문학으로 전이되어, 곧 민중문학의 생산주체가 민중자신이 되는 놀라운 전기를 맞이했던 것을 기억한다. 민중문학의 경우, 문화지식인이 민중의 문제를 테마로 할 때, 암암리에 선민의식이 부가되어 민중을 계몽하려는 입장을 취할 때가 많아, 민중현실을 관념적으로만 반영할 수 있다. 이상적이기는 민중문학의 작가는 민중자신이 되는 것이 바람직하다. 그러나 이런 경우에도 민중문학이 '문학'으로서의 예술성을 확보하기 힘든 것 또한 인정해야 한다.

인용시조는 목수이면서 등단절차를 거친 시조시인의 작품이다. 우리나라에서 목수시인은 장재가 유일한 존재가 아닌가 한다. 목수가 「목수일기」를 시조로 쓰고 있으니, 장재야말로 90년대 노동시조의

새장을 열 수 있는 적격자란 생각이다. 여기서 90년대의 노동현실을 생각해볼 필요가 있다. 고급 실업자가 날로 늘어간다. 최근에는 명예퇴직제니 하여 한창 일할 나이에 직장을 그만 두게 되는 경우가 허다하다. 그런데 노동현장에서는 인력난에 허덕여서 외국노동자를 수입해야 하는 지경이다. 지금은 80년대처럼 노동자의 열악한 현실을 노래하기보다 노동으로 흘린 땀이 얼마나 신성한 것인가를 노래할 때다. 쉽게 돈 벌고, 부당한 방법으로 일확천금을 노리는, 이 도덕률의 해체시대에 땀 흘리면서 소박하게 살아가는 삶의 가치를 옹호해야 하는 시점이다.

이런 점에서 이 시대에 건강한 노동의 체험을 삶의 진정성으로 노래하는 장재의 「목수일기」는 80년대의 노동문학과는 또다른 맥락에서 주목을 요한다.

제1수는 화자가 문수암 공사 현장에서 자란만을 바라본다. 자란만이 있는 바다는 공사현장과는 일정한 거리를 두고 있다. 노동현장과는 동떨어진 순수 자연의 세계다. 신비롭고 아름다운 이미지로 표현되었다. 제2수는 노동현장 곁에 바위틈에 자리한 문수보살의 엷은 미소를 보고자 부끄러운 마음을 개울물에 헹구며 굳은 살 모아 대응전을 바라본다. 문수암 문수보살의 미소는 바위틈 위쪽에 자리하여 마음이 깨끗한 사람에게만 보인다는 얘기가 전해진다. 제2수는 마음이 깨끗하기를 바라는 도덕적 혹은 종교적 영역을 표현한 것이다. 제3수는 노동현장을 노래한 것이다. 노동현장을 오르내리는 과정에 세월이 흘러감을 갈잎이 하나 둘 셋 떨어지는 시각적 이미지로 처리하고, 현실적 삶의 고단함은 '핏기 없는 얼굴'이나 '망치질' 등에서 연상케 한다. 이 시조는 1수는 낭만세계, 2수는 이상세계, 3수는 현실세계로 나타나 낭만세계/현실세계, 이상세계/현실세계를 각각 대비케 함으로써 인생이란 낭만이나 이상만으로 이루어질 수 없는 삶의 엄정성 혹은 현실성을 체험적으로 형상화하고 있다. 그런데 유의해야 할 것이 있다. 제3수의 중장은 리듬상 파격을 보인다. 첫 구는 시각화하기 위해 의도적으로 행갈이를 한 것으로 이해할 수 있겠으나 남용은 금물이다. 둘째구 '아, 핏기없는 얼굴들'의 경우, 두음보로 읽기가 부자연스럽다. 장재는 자연스런 리듬과 의미의 통합에 깊은 성찰이 있어야겠다. 장재 시인에 대해 많은 지면을 할애했다. 이는 장재 시인이 더 치열하게 시조창작에 임하여 앞서 제기한 바와 같이 노동시조의 새 장을 열어주길 기대하는 마음에서다.

90년대 가장 주목받는 신예 원은희의 「마이즈루(무학) 공원에서의 하루」는 그녀의 저력을 잘 보여준다.

> 이끼낀 성벽마다
> 숨을 쉬는 돌무더기
> 떠나 온 내 자리가
> 층계를 밟고 있다
> 까마귀 허허한 울음
> 비가 되어 흩어지고
> 저 돌과 나무들은
> 언제 나를 불렀을까
> 작은 이음돌의
> 행간 사이사이로
> 혼또시 사내들 함성이
> 초록 비늘로 터져나온다.
> 모두가 나를 위해
> 마음을 열어도
> 불감의 언어들을
> 흠뻑 물에 적셔도
> 이국의 하늘은 자꾸만
> 내것이 아니라 한다.
>
> — 「마이즈루(무학) 공원에서의 하루」 전문

인용시조는 기행시편이다. 흔히 기행시편은 이색적 풍물을 여정에 담아 노래하는 것이 대부분으로 소재중심주의에 떨어질 위험을 안고 있다. 기행시편은 일종의 목적시로 그치는 경우가 흔한 편이다. 그러나 이 작품이 기행시편임에도 불구하고 시적 완성도를 확보하고 있다. 원은희의 역량을 다시금 인식케 한다. 이 시편은 일본 마이즈루 공원에서의 하루의 감상을 노래한 것으로 '일본 시편1'이다. 한국과 일본의 간극은 양국을 갈라놓은 바다의 폭만큼이나 크다. 화자가 바다를 건너 일본 마이즈루 공원에 와서도 그 간극은 쉽게 메꾸어지는 것이 아니다. 일본 시편은 화자가 일본에서 느끼는 낯설음에 대한 정서 표출이 지배적이다. 이 낯설음은 다층적이다. 여기서 다 거론할 여유가 없다. '이끼긴 성벽'이나 '혼또시 사내'가 함의하듯이 이 시편에는 일본의 전통이나 자존의식이 마이즈루 공원 곳곳에 묻어나 있는 것에 대하여, 화자는 '까마귀 허허한 울음'이나 '흩어지고'에서 나타나듯이 우울한 심회를 보인다. 흔히 우리가 극일을 외치지만, 이 극일이 감정적 차원에서만 그치는 것은 아닌지. 진정으로 우리 것에 대한 애정이 혼또시 사내들이 보이는 일본에 대한 자존의식을 능가하는지 등에 대해 화자는 암암리에 성찰하는 듯하다.

인용시조는 곳곳에 빼어난 수사를 구사하고 있는데, 그 일례로 제2수를 들어보자. 초장에서 "저 돌과 나무들은 /언제 나를 불렀을까"라고 물음을 제기하고, 그 답이라도 하듯이 중장과 종장은 "작은 이음돌의/행간 사이사이로/혼또시 사내들 함성이/초록 비늘로 터져나온다."라고 노래한다. 공감각적 이미지(청각의 시각화), 참신한 비유 등이 인상적이다. 또한 이 대목은 제1수의 초장에 "이끼긴 성벽마다/숨을 쉬는 돌무더기"라고 전제해두고 있어 개연성을 확보한다. "시는 이미지다"라고 정의한다면, 이에 충실한 대답이 이 작품일 수 있겠다.

21세기는 시대적 요청으로 시조부흥운동이 일어날 것임을 앞서 밝혔다. 원은희 같은, 시조 양식에 대한 애착과 자부심이 대단한 신예들이 속속 등장하여 21세기의 요청에 응답해야 한다.

시조와 랩詩

1

『현대시』('98. 12)에는 '98년 올해의 시조'로서 11인의 시조 한 편씩을 수록하고 있는데, 이달균의 「나는 랩詩를 쓰지 못한다」란 작품이 매우 인상적이다.

1
거리엔 랩처럼 세월이 지나간다

어제같은오늘오늘같은내일은행나무잎새같은하루또하루길잃은리
듬과빛깔들이바퀴들이구름들이언약들이……

조국은 랩송을 부르며 도시를 질주한다

2
새로운 시인들은
오늘도 랩詩를 쓴다
하지만 나는

랩詩를 쓰지 못한다
우리들 때이른 퇴장, 쓸쓸한 세대교체?

먼훗날 그대들의 랩송도 흘러가면
두만강 푸른물처럼 눈물젖은 사랑이 될까
연인들 가슴 무너지는 고전이 되어 남을까
        — 「나는 랩詩를 쓰지 못한다」 전문

이 작품은 메타시조이다. 이달균의 시조쓰기에 대한 자의식을 표
출한 것, 아니 이 시대 시조시인들의 자의식을 표출한 것이 아닐까.
랩詩는 시조가 아닌 자유시나 산문시로서의 현대시의 비유다.

새로운 시인들은 오늘도 랩詩를 쓴다. 화자는 랩詩를 쓰지 못하고
시조를 쓴다. 랩詩를 쓰지 못하고 시조를 쓰는 화자는 때 이른 퇴
장, 쓸쓸한 세대교체를 체감한 것인가. 이 작품의 어조는 겉으로 보
기에 쓸쓸하고 스산하고 다소 절망적이기까지 하지만, 어디까지나
이중어조로서 외관상 비치는 것에 불과하다. 아이러니이기 때문이다.
이달균은 자유시를 오래 쓰다가 몇 년 전부터 시조쓰기를 시작했다.
그는 자유시를 누구 못지 않게 잘 쓴다. "나는 랩詩를 쓰지 못한다"
는 아이러니를 통해 이달균의 자의식을 표출한 것이다. 제1수 중장
에는 "어제같은오늘오늘같은내일은행나무잎새같은하루또하루길잃은
리듬과빛깔들이바퀴들이구름들이언약들이……"라고 랩을 자유롭게
구사한다. 랩詩를 쓰지 못한다고 하면서 랩詩를 자유롭게 구사하고
있지 않은가.

시조시인들은 자유시 혹은 산문시를 쓸 능력이 없어서 부차적으
로 정형시인 시조를 택한 것이 아니다. 만약 그런 사람이 있다면,
그는 시조단을 위해서 때 이른 감이 있더라도 퇴장하는 편이 나을
것이다.

시조라는 틀을 고수한다고 해서 고전주의자, 혹은 정신적으로 근

대 이전에 머물러 있는 사람으로 치부하는 경우가 왕왕 있다. 대부분, 근대 이후에 정형성이 힘을 잃는 것은 당연하다는 논지를 내밀면서 그런 태도를 보인다. 그러나 정형성을 외적 기반으로 하는 시조가 근대 이후에도 계속 생명력을 지니는 것은 그 나름대로의 이유가 있다. 한복을 개량하여 많은 사람들이 품위 있게 입고 있는 것처럼, 오늘도 시조는 일부의 사시적 시각과는 관계없이 그 생명력을 발휘하고 있다.

2

지난 계절에 발표된 작품들 중, 최승범의 「호벌치(胡伐峙)에서」(문학사상 99년 1월호), 윤금초의 「질라래비 훨훨」(『21세기 문학 가을』·겨울호), 이우걸의 「통화」(『열린시조』 겨울호), 정수자의 「벌레를 뱉고 보니」(『시문학』 98년 11월호), 권갑하의 「歲寒의 저녁」(『월간문학』 98년 12월호) 등을 주목하여 읽었다.

「호벌치(胡伐峙)에서」는 "해 설핏 기울녘을/고갯마루에 섰다/고창 부안 흥덕/에서 얼마 거리련가/정유년(丁酉年)/저때의 전국(戰國)을/감중연(坎中連)/그려 본다"(제1수)로 시작한다. 화자는 정유재란 당시, 야수(野叟) 채홍국(蔡弘國) 선생 3부자를 위시한 선비들, 승려들뿐만 아니라 남녀노소, 신분고하를 막론하고 골안 그득히 선혈을 흥건하게 흘렸던 그 모습을 그려본다.

어슬녘 고갯마루/옷깃 바로 여미자/들에서 늙은/기골 굳센 저 선비/
나 여기/죽을 자리 죽어 떳떳하다./너털웃음/짓누나

인용부분은 전4수 중 끝 수이다. 여기서, 다소 직접적으로 토로한 것이 심미성을 해치기는 한다. 그러나 선비정신이 펄펄 살아나 있는 현장감을 엿볼 수 있다. 이 작품은 역사적 사건을 차용하여 시대정신을 일깨우고 있다.

> 별떨기 튀밥같이 어지러이 흩어질 때/어둑새벽 등 떠밀며 달려오는 먼 산줄기/풍경이 풍경을 포개어 굴렁쇠 굴러 간다.//자궁 훤히 드러낸 회임의 연못 하나/제각기 펼친 만큼 내려앉은 햇살 속으로/염소떼 주인을 몰고 질라래비, 질라래비……//이 땅의 잔가지들 손잡고 살 비비는가./질라래비 훨훨, 질라래비 훨훨, 활개 치는 풀빛 아이들/봄날도 향기로 와서 생금가루 흩뿌린다.

「질라래비 훨훨」 전문이다. 이 작품도 시대정신이 투영되었지만, 「호벌치(胡伐峙)에서」보다는 간접화법이다. 제1수는 여명의 풍경이다. 별떨기 튀밥같이 어지러이 흩어지는 어둑새벽에, 산줄기들이 마치 굴렁쇠 굴러가듯이 역동성을 드러낸다. 이것이 희망이다. 희망이라는 관념을 역동적 이미지로 제시한 것이다. 제2수는 염소떼, 제3수는 풀빛 아이들이 중심 이미지이다. 자연과 동물과 사람, 모두 건강하다. 봄날도 향기로 와서 생금가루를 흩뿌린다. 생명성이 충만하다. 이 작품은 '지라래비 훨훨'이라는 제목을 제대로 형상화했다. 세기말적 신경증적인 조류 속에서, 회임의 연못처럼 희망을 생산하는 담론이 반갑다.

「통화」도 이 시대문제에 맞닿아 있다. 이 작품은 현실문제를 보다 구체적으로 다루고 있다.

> 명퇴당한 아버지와 재수생 딸이었다./얼음강을 건너오는 저 맨발의 음성 속에서도/어둠을 딛고 일어설/강철 같은 봄이 있었다.
>> — 「통화」 전문

명퇴 당한 아버지와 재수생 딸이 통화를 한다. 그 음성은 일단

'얼음강을 건너오는 저 맨발'로 이미지화 된다. 모두 극한 상황에 놓인 두 사람이 주고받는 음성이 전화선을 타고 흐르는데, 그 음성이 얼음강을 맨발 걸어서 건너가는 것으로 비유된 것, 절묘하다. 그것은 결국 어둠을 딛고 일어서는 강철 같은 봄으로 의미화 된다. 역시 이 작품의 메시지도 '희망'이다. '강철 같은 봄'이라는 폭력성의 조작적인 이미지가 오히려 절망을 딛고 일어서려는 의지에 힘을 더한다. 이 작품은 단순미학 속에 깊은 울림을 담지하고 있다.

「歲寒의 저녁」은 「통화」의 의지적 정조보다는 현실을 슬픈 인상화로 그려내고 있다. 슬픔을 슬픔으로, 그냥 투시한다.

> 공원 벤치에 앉아 늦은 저녁을 끓인다//더 내릴 데 없다는 듯 찻잔 위로 내리는 눈//맨발의 비둘기 한 마리 쓰레기통을 파고든다.//돌아갈 곳을 잊은 사람은 아무도 없는지//눈 꽃 피었다 지는 부치지 않은 편지 위로//등 굽은 소나무 말없이 젖은 손을 뻗고 있다.//간절히 기댈 어깨 한 번 되어 주지 못한//빈 역사(驛舍) 서성이는 파리한 눈송이들//추스린 가슴 한쪽이 자꾸 무너지고 있다.
>
> — 「歲寒의 저녁」 전문

공원 벤치나 빈 驛舍에 포커스를 맞춘다. 이 시대에 공원 벤치나 빈 驛舍는 이미, 지시적 의미가 지워지고 노숙이나 실직이라는 의미가 투영된 새로운 기호가 되었다. 이 작품은 노숙이나 실직의 문제를 이슈화한 것이다. 그러나, 공원 벤치에 앉아 늦은 저녁을 끓이는 주체를 직접 드러내지 않고, 그 곁에다 맨발의 비둘기가 쓰레기통을 파고드는 것. 빈 驛舍를 서성이는 사람을 파리한 눈송이로 은유하는 것. 가족에게 소식을 전하고 싶으나 전하지 못하는 현실을, 역시 부치지 않은 편지 위로 등 굽은 소나무가 말없이 젖은 손을 뻗고 있는 것, 등처럼 철저하게 간접화법을 취함으로써 메시지는 직접적으로 표출되지 않았다. 이 작품은 현실에 밀착되어 있으면서도 현실과 미적 거리를 유지한다.

최승범, 윤금초, 이우걸, 권갑하의 작품이 모두 이 시대정신에 간접적이건 직접적이건 맞닿으면서, 건강하다. 자유시에서 보이는 세기말적 병적 징후나 의미가 파산되는 요설이나 거품 같은 이미지를 찾아볼 수 없다. 시로서의 품격을 유지하면서 분명한 메시지를 함의한 것이다. 이렇듯 시조는, 당대의 문제를 절실하게 형상화할 수 있다.

> 한 입 베다 말고 기겁해 뱉은 사과를/유유히 빠져나와 몸을 편 하얀 벌레/그것 참, 단꿈을 턴 듯 거침없이 길을 가네//입천장을 기는 듯해 양치질을 거푸하다/문득 붉어지다, 벌레 그가 더 깨끗지/아 그저 사과 속에서 살만 먹고 살았으니//생각하니 온갖 흙에 잡식성의 내 입을/벌레가 뱉은 거라, 뭔가 구린 내 속을/씁쓸히 입을 다물며, 정수리 서늘하다.
>
> — 「벌레를 뱉고 보니」 전문

「벌레를 뱉고 보니」는 작금에 빈번하게 논의한 바 있는 탈중심이 화두이다. 인간중심주의를 배격한다는 점에서 생태학적 상상력이 엿보인다. 그렇다. 벌레의 입장에서 보면, 화자를 내뱉은 것인지도 모른다. 인간만이 지구의 중심이라고 생각하여, 여타의 생물을 주변부로 치부하고, 짓밟고 그들의 생태환경을 함부로 유린한 것에 대한 반성적 사유이다. 제2수에서 제3수로 이어지는 것이 매끄럽지 못한 감이 있으나, 시인의 상상력이 돋보이는 작품임에는 분명하다. 후기 자본주의의 탈근대적 논의도, 시조를 텍스트로 하여 새로운 담론을 생산할 수 있는 것이다.

3

계간평의 한정된 지면에서 시조의 정체성에 대해 정밀하게 논의할 수도 없고, 그런 자리도 아니다. 이 기회에 시조는 '쓸쓸한 세대 교체'나 '때 이르게 퇴장'당할 운명에 놓여 있지 않다는 것을 확인한 것으로 만족하고자 한다.

　개량한복을 입는 사람들, 그들을 강단이나 TV나 거리에서 자주 만난다. 그들은 간혹, 이 시대에 왜, 개량한복을 고집하는지를, 명백한 논리로 설파한다. 나는 그 때, 설복 당한 경험이 있다. 마찬가지로, 자유시나 산문시를 잘 쓸 수 있는 능력을 가졌으면서도 시조만 고집하는 이들을 만나, 그들의 논리에 설복 당하고 나서, 「나는 랩詩를 쓰지 못한다」란 시조가 내게 새롭게 다가왔던 기억을 갖고 있다.

새로운 목소리, 새로운 시학

　신인이 아니더라도 시인이라면 새로운 목소리로 노래해야 한다. 제아무리 아름다운 목청으로 부르더라도 그것이 흘러간 노래라면, 구태의연한 발성법이라면 감동을 줄 수가 없다. 현대시조단은 전 시대의 벽을 허물고 새로운 시대를 열어갈 뉴 페이스를 원한다. 2000년대를 열어갈 새로운 목소리의 시인을 갈망하는 것이다. 이미 있었던 것을 재생산하는 것은 시조발전을 위해 무익하다. 재기 발랄한 새로운 시법이 그리워지는 것은 비단 필자만의 바램은 아닐 것이다. 2000년대에는 시조단의 새로운 스타를 대망해 본다.

　뉴 페이스인 서연정에게 기대를 가지면서, 『열린시조』(여름호)에 발표한 「희망공원」과 「구근(球根)을 산다」를 주목하고 싶다.

　　　아내와 아기가 그리는 그림은
　　　추위쯤 너끈하게 쓸어안는 희망이어서
　　　한겨울 흐린 오후도 묻혀 보낼 만했다

　　　사위는 희망을 안고 희망공원에 앉아
　　　무더기로 처분된 시간을 뒤적이면

> 납보다 무거운 하루가 어깨 위에 얹힌다
>
> 포효를 잃어버린 벙어리 맹수인가
> 꿈틀대던 근육이 자꾸만 굳어진다
> 참혹히, 허리를 꺾는 불꽃 같은 허기여
>
> 발 시린 비둘기떼 친구 삼아 거느리고
> 해동갑 배회하는 잔혹한 실업 기간
> 주먹 속 깨진 햇살이 유리보다 따갑다
>
>   — 「희망공원에서」 전문

　희망공원에 있지만, 희망적이지 못한 패러독스가 이 작품의 묘미이다. 그것은 또한 중첩되어 있다. 즉, 희망은 현실공간에 존재하는 것이 아니라, 아내와 아기가 그리는 그림 속에만 존재하는 것으로 나타나, 그 비극성은 강조된다. 그런데, 제3수의 "참혹히, 허리를 꺾는 불꽃 같은 허기여"나 제4수의 "해동갑 배회하는 잔혹한 실업 기간"처럼 메시지를 표면에 직접 드러냄으로써, 앞서 지적한 비극성의 이중구조의 묘미가 상당히 소실하고 있다는 점을 지적하지 않을 수 없다. 물론, 이 작품이 다소 리얼리즘시조적 경향을 지니기에, 어느 정도의 직접적 표현을 용인할 수도 있을 것이다. 그렇다면, 99년 한국일보 신춘문예 시 당선작인 여림의 「실업」과 유사한 발상이 문제가 된다.

> 즐거운 나날이었다 가끔 공원에서 비둘기떼와
> 낮술을 마시기도 하고 정오 무렵 비둘기떼가 역으로
> …중략…
>
> '지금 나의 삶은 부재중이오니 희망을
> 알려주시면 어디로든 곧장 달려가겠습니다'
>
>   — 「실업」 일부

이 작품의 주된 공간이 공원이고, 그 공원에는 비둘기떼가 등장하면서, 메시지가 실업 상태에서 희망을 찾는 것으로 나타난다. 서연정의 「희망공원에서」도 실직 당한 주인공이 공원에서 비둘기떼를 바라보면서 잔혹한 실업의 고통을 체감하는 것이 여림의 「실업」과 유사한 테마로 되어 있는 것이다.

뉴 페이스인 서연정에게도 새로운 목소리를 주문하고 싶다. 99년 신춘문예에 여림이 실업을 테마로 하여 당선했다면, 이후에 실업을 테마로 노래하는 시인은 여림의 발상이나 기법을 훨씬 압도하지 않는 한 자칫하면 아류에 빠질 것이다. 「희망공원에서」는 여림의 「실업」의 모티브를 차용한 것이라고 보지는 않는다. 그렇더라도 여림의 「실업」이 이미 당선작으로 널리 알려져 있기 때문에 「희망공원에서」는 더욱 완결성을 지녀야 할 부담이 남는 것이다.

> 칸나 아마릴리스 히야신스 또는 튤립
> 이민족 소녀 같은 이름의 구근을 산다
>
> 코소보 어느 뜨락에 피었을 법한 그 꽃들
>
> 비폭력 맨주먹의
> 마지막 파르잔처럼
> 올봄도 내년 봄도
> 푸른 기를 흔들 것이다
>
> 지상의 조병창마다 심고 싶은 이 알뿌리
> ― 「구근(球根)을 산다」 전문

서연정의 「구근(球根)을 산다」는 세기말의 불안과 혼돈의 시대에 평화를 염원하는 작품이다. 구근(球根)을 사는 행위를 통해서 메시지를 형상화하고 있다. 난삽하거나 조작적인 이미지가 난무하는 현대시단에 이렇듯 명료하면서도 품격 있는 작품을 쓰는 서연정은 뉴 페이스로서의 가능성을 지녔다고 본다. 시조라는 전통적 틀에 이국적 풍모를 보이는 소재에다 세계평화를 기원하는 폭넓은 사유를 담아내는 것도 흥미롭다. 게다가 비폭력의 마지막 파르티잔처럼 푸른 기를 흔들 것이라는 비유를 곁들임으로써, 민족정신을 토대로 하고 있는 것으로 읽혀진다. 현대시조는 사유의 폭을 넓혀야 한다. 민족적인 것을 토대로 세계적 것으로 나아가야 한다. 그래야 보편성을 확보할 수 있다. 현대시조가 대중성을 확보하기 위해서는 범 세계적 보편성을 확보하는데 더욱 매진해야 할 것이다. 뉴 페이스인 서연정에게 그러한 기대를 가져본다.

윤금초의 「인터넷 유머·3」(『다층』 99년 여름호)은 새로운 시도를 보이는 작품이다. 윤금초는 중진시인이지만 뉴 페이스 못지 않는, 늘 새 시조의 지평을 열어가려는 시도를 하는 것이다. 현대시조단에 윤금초 같은 시인이 다수 존재한다면 얼마나 풍요로와 지겠는가. 시인이란 얼마나 완성된 작품을 쓰느냐에도 관심을 가져야 하지만, 얼마나 새로운 작품을 쓰느냐에도 관심을 가져야 한다.

> Y담
>
> 문민 정부 최후 만찬에 「Y담」이 만발했다
>
> 서울을 온통 하얗게 덮어버린, 눈 내리는 밤 삼청동 총리 공간. 문민 정부 최후의 만찬이 벌어지고 있었것다. "밤의 청와대는 적막강산, 심심하고 썰렁하고 고독해 못 있겠다"는 03 대통령 위로하기 위해 고건 총리가 주선한 자리였것다. …중략…
>
> 폭설 속 총리 공간서 엮은 보카치오 데카메론.
>
> — 「인터넷 유머·3」에서

전직 대통령이나 총리, 정무장관의 실명이 등장하면서 문민정부의
최후만찬을 소재로 하고 있다. 이 작품이 무슨 구조적으로 완성도가
높아서 주목하는 것은 물론 아니다. 제목에서 보이듯, 이것은 유머
이다. 마치 정치 코미디라고도 볼 수 있다. 인터넷상에 떠 있는 유
머를 차용한 형식을 취한 것이다. 이렇게 함으로써 겉과 속이 다른
정치지도자들의 모습을 풍자하고, 또한 비판하는 것이다. 이것이 꼭
문민정부를 비판하는 것으로 그치는 것이 아니다. 문민정부는 역대,
아니 현 정국의 제유라고 해도 과언이 아니다. 겉모습은 국민에 의
한, 국민을 위한 정치라지만, 그 결국이 사욕을 취하는 것으로 끝
남으로써 작금의 세태가 회화되고 있다.

지난 계절에 읽은 작품들은 윤금초 같은 새로운 시도를 보이는
작품은 과문한 탓인지 만나기 힘들었다. 실험적이기보다는 체제순응
적인 작품으로 일관한 것처럼 보였다. 그 중에서도 완성도를 보이는
작품들을 선택적으로 읽을 수박에 없었다.

宋船影의 「山間 사행천」(『시문학』 99년 6월호)와 권갑하의 「고드
름」(『열린시조』 99년 여름호)는 맑고 깨끗한 세계를 노래한다. 혼탁
한 이 시대의 반작용으로 보면 될 것이다.

> 길눈 밝은 물이
> 몸을 틀며 헤쳐간다
> 소쩍새 울음 몇 행 긴 협곡이 젖는 밤에
> 적막의 살여울 소리, 검은 오장을 씻는다.
>
> 늦봄 꼭두새벽, 저 물밑의 어여쁨이여
> 만삭의 몸을 던져 적석총 키를 높이고
> 아득히 부활을 꿈꾸며
> 모로 눕는, 어름치.
>
> — 「山間 사행천」 전문

1
어둔 밤 찬 하늘을 거꾸로 건너가는
팽팽한 내 꿈의 현은 밤을 새워 울었다

옹이 진 가슴의 상처
오 투명한 인동의 빛!

2
숱한 헛발질 속
한 발 한 발 내딛어온

몸체로 나뒹구는 처절한 한 생이여

똑!
똑!
똑!

녹을 때만이
영혼을 뚫을 수 있다.

　　　　　　　　　　　　　　　— 「고드름—성욱에게」 전문

　이 혼탁한 시대에 희망은 존재하는가. 수많은 예언자들이 이 세대
가 종말의 시간대임을 앞다투어 예언하고 있다. 정말 그런 것 같다.
환경, 생태문제는 차치하고서라도 인간의 가치관, 윤리관이 붕괴하
고 있는 것, 그래서 살인, 폭력, 전쟁이 난무하는 이 시대가 종말적
시간대임을 신의 계시를 받지 않더라도 공언할 수 있지 않겠는가.
이 때, 시인은 '山間 산행천'을 노래하고 있다. 제1연은 늦봄 밤이다.
어둠 속에서도 길눈 밝은 물은 몸을 틀며 제 길을 간다. 소쩍새 울
음 몇 행 긴 협곡을 적시는 밤의 적막의 살여울 소리가 검은 오장
을 씻는다고 노래한다. 제2연은 늦봄 꼭두새벽이다. 제1연의 밤의

시간대가 제2연에서는 새벽의 시간대로 이동했다. 제2연은 어름치가
부활을 꿈꾸며 산란을 한다. 시인은 혼탁한 시대에 희망을 찾으려
'山間 사행천'을 찾았다. 그곳에서 애써 희망을 발견한다. 희망은 人
家에서 멀리 떨어진 山間 협곡이나 어름치 같은 비인간적 존재에서
찾아지는 것이다. 인간이라는 존재, 영물이라는 존재의 시간대는 종
말이다. 권갑하의 「고드름」은 '성욱에게'라는 부제를 붙여, 화자의
인생고백을 '성욱'이라는 청자를 설정함으로써 효과적으로 전달하고
있다. 지난 여정에서 깨달음을 친구에게 고백하는 형식은 그 만큼
리어리티를 확보하는 것이다. 먼저 제1수의 초장과 중장은 고드름의
형태를 빌어 화자의 고단한 삶의 여정을 매우 절묘한 이미지로 형
상화하고 있다. 이 한 대목은 권갑하의 詩才를 유감없이 드러낸 것
이다. 하늘에 거꾸로 매달려 있는 고드름을 "어둔 밤 찬 하늘을 거
꾸로 건너가는"이라고 비유한 것, 그 고드름들이 찬 바람을 맞아 나
는 소리를 "'팽팽한 내 꿈의 현은 밤을 새워 울었다"라고 노래한 것
이 절묘한 비유적 이미지가 아닌가. 더 이상 무슨 설명이 필요한가.
제2수에서도 고드름의 생태를 통해 삶의 진리를 보여준다. 고드름이
녹지 않고 떨어지는 것을 '숱한 헛발질 속 한 발 한 발 내딛어온 몸
체로 나뒹구는 처절한 생'이라고 비유하고 있지 않은가. 그것이 녹
을 때에만 영혼을 뚫을 수 있다는 예지 또한 예사롭지 않다. 혼탁한
시대의 고단한 삶에서 송선영은 산으로 찾아갔고, 권갑하는 고드름
을 주목했다. 다같이 자연에서 새로운 삶의 패러다임을 찾는다.

　이 시대에 시인들은 구도자가 되어야 하는가 보다. 혼탁한 이 시
대의 시인은 새로운 희망을 찾아 나서야 할 책무가 있는 것처럼 보
인다. 그래서인지 이지엽은 「적벽을 찾아서 · 1」(『정신과 표현』99년
7/8호), 「적벽을 찾아서 · 2」(『문학사상』99년 7월호)를 발표하고 있다.

　　마음에는 누구에게나 하늘이 있습니다

푸른 물 고여 출렁이는 山, 그 휜 이마의 새떼

흘러도 다 울어내지 못한 강물이 있습니다.

때로 절정을 향해 별은 또 빛나고

번개와 우레가 외로움에 꽂히지만

누구도 스스로의 하늘 도달할 수 없습니다
　　　　　　　　　　　　　　— 「적벽을 찾아서 · 1」에서

어려워라 한 사람에게 등꽃 그늘 되는 일은
우듬지엔 바람이 잦고 또 푸른 절벽
마음은 山 하나 세우고 밤늦도록 물이 든다
　　　　　　　　　　　　　　— 「적벽을 찾아서 · 2」에서

　‘적벽’은 무엇일까. 중국에 있는 실제공간인가. 이같은 물음을 갖
는 것은 부질없는 노릇이다. 이 시대에 시인이 찾는 ‘적벽’은 송선
영의 퍼소나가 찾았던 ‘山間 사행천’이나 뭐 다를까. “마음에는 누구
에게나 하늘이 있습니다”라고 노래하는 대목에도 ‘적벽’의 이미지가
있다. 그렇다면, 누구나 꿈꾸는 이상향이라고 보아도 좋다. 적벽을
어떻게 해석하든지 간에 문제는 그곳에는 도달할 수 없다는 뉘앙스
를 풍긴다. 아이러니다. 적벽을 찾아서 가고 있지만, 그곳에는 도달
할 수 없다는 것이다. 「적벽을 찾아서 · 2」의 제3수 “강물에는 가을
한날 목숨의 뼈들 이리 맑아/조약돌처럼 무릎 꿇고 손 모으는 다저
녁때/종소리, 그 견디는 赤身과 따순 등불 그립다”는 맑고 깨끗한
강물이 적벽 이미지를 투영한다고 볼 수도 있다. 그런 이상적인 공
간 속에서도, 한 사람에게 가 등꽃 그늘 되는 일은 어렵다는 것이
다. 그래서 마음 속에서 山 하나 세운다. 「적벽을 찾아서」는 연작시
조로서 이제 막 진행되는 것이기 때문에 어떻게 전개될지는 예단할

수 없지만, 2편만 보아서는 혼탁한 이 세대에서, 현실을 떠나 적벽을 찾아가는 것이, 현실에 몸담고 있는 것만큼이나 고단한 여정이 될 것 같다. 누구나 다 희망을 찾아 나섰지만, 그 희망이라는 것을 완벽하게 찾은 사람이 있었던가.

> 이윽고
> 화려한 것들이 몸을 오그릴 때
> 너는 깨어
> 기(氣)를 모으고
> 허옇게 사정을 했구나
> 오오! 겨울 오르가슴!
>
> — 홍성운 「수선화」에서

이 작품은 『시와 생명』 창간호(99년 여름호)에 발표한 것이다. 한 겨울에 핀 수선화에게서 역시 희망을 읽고 있다. 겨울은 이 시대를 환기한다. 이 시대가 고단하고, 혼탁해서 '山間 사행천'을 찾거나 '적벽'을 찾든지, 혹은 '고드름'에게서 하늘을 거꾸로 건너가는 고단함을 읽는다. 홍성운은 고단한 이 시대에, 겨울 수선화에게서 희망을 애써 읽어내는 것이다. "허옇게 사정했구나/오오! 겨울 오르가슴!"이라고 수선화를 이미지화한 것이 색다른 느낌을 준다.

지난 계절의 작품들을 읽으면서, 역시 새로운 목소리 새로운 시학이 그립다는 생각밖에 들지 않았다. 이런 점에서 뉴 페이스인 서연정을 주목했다. 그는 분명히 가능성이 있는 신인이라고 생각했다. 현실의 문제를 정면으로 다룬 「희망공원」이나 사유의 폭이 넓어 진 폭이 크게 보이는 「구근(球根)을 산다」는 뉴 페이스다운 점이 없지 않다. 그러나 윤금초처럼 보다 새로운 시도를 새로운 목소리에다 담는 노력을 더 하여, 현대시조의 지평을 넓혀주기 바란다. 윤금초, 서연정 외의 작품들은 완성도는 확보하고 있지만, 거의가 유사한 주제

와 발상이 아닌가. 유사한 작품만 계속하여 확대 재생산한다면 시조
의 앞날은 기약할 수 없다.

제 2 부

탈근대적 패러다임과 생태시학
─강남주론

    강남주는 자신의 분명한 시론을 가지고 그것에 입각하여 시를 쓰는 시인이다. 그가 최근에 펴낸 평론집 『중심과 주변의 시학』(전망, '96. 6.)에는 후기 현대사회에 대응하는 시의 흐름을 일목요연하게 기술하고 있는데, 그 중에서 「이데올로기로서의 생태주의시」 「DMZ와 생태주의시 문제」는 이 글의 텍스트인 생태시집 『흐르지 못하는 江』(전망, '97. 7.)의 시론에 해당한다. 같은 출판사에서 한 달 간격으로 시론서를 먼저 출간한 후에 시집을 상재한 것 자체가 하나의 상징이 된다.

    시인으로서의 나는 억압적인 시론에서 자유롭고 싶었다.…… 그것이 최근에 내가 관심을 갖게 된 생태와 인간의 문제들이다. 이는 이론을 뛰어넘는 인간의 당면 과제다. 보다 절실하고 소중한 현실이 시의 제재 또는 시의 주제로 접근하게 된 것은 이 때문이다. ……생각하는 것을 자유롭게 쓰는 시인의 자유와 시의 자유를 다시 생각한다. 어설픈 포스트모더니즘이나 혼성모방을 모방해야겠다는 유행을 거부한다. 그것이 옳다고 믿으며 나의 선택에 대하여 스스로 기뻐한다.[1]

시집 자서의 일부에서 보듯이, 강남주는 자신의 시론에 입각한 시 쓰기를 즐겨 한다. 그것이 최근의 유행적 시론과 상반되는 것일지라 도 상관하지 않는다. 그러나 그가 최근 관심을 갖게 된 생태와 인간 의 문제는 실상 90년대의 중심담론인 것이다.

우리 사회는 60년대 이후 '보다 나은 삶'을 위해 모든 것을 유보 시킨 채 건설과 진보를 주창하는 성장에만 주력했다. 그 결과 거리 에서 집안에서, 도시에서 또는 농촌에서, 우리의 생활환경과 주거공 간이 급속도로 파괴 되어가는 것을 바라보며 오늘을 살고 있다. 이 와 같은 상황 속에서 우리는 우리의 정신건강 또한 급속도로 붕괴 되어 가고 있는 것을 목격한다. 대기와 수질의 오염은 생명을 위협 하고 있으며, 물신주의 · 이기주의 · 쾌락주의는 우리 사회의 근본을 뒤흔들어 놓고 있다.2) 이런 와중에도 60년대에는 4 · 19로 촉발된 민주화 운동, 70년대에는 유신체제에 대한 저항, 80년대에는 광주항 쟁을 시발로 군사정권에 대한 저항 등에서 보듯이, 우리 詩는 80년 대까지만 해도 억압적 정치상황에 대한 응전에 급급하여 생태환경 문제에 심각하게 대응할 여력이 없었던 셈이다.

90년대에 진입하자 국내외적으로 새로운 정치환경이 도래하였다. 동서냉전 체제가 붕괴되고 국내에서도 억압적 정치상황이 어느 정 도 완화되면서 새로운 문학적 환경이 조성되기 시작한 것이다. 90년 대 초입부터 문학 생태학3)이 작가나 비평가들 사이에 점점 절박한 문제로 부상했다. 그동안 간과해 왔던 생태적 위기의식을 실존적 위 기로 받아들이면서 생태학이야말로 탈근대적 패러다임으로 여기기

1) 강남주, 『흐르지 않는 江』(전망, '97. 7.), pp.4-5.
2) 김성곤, 「문학의 생태학을 위하여」, 『외국문학』(열음사, 1990. 겨울호. 제25 호), p.79.
3) 김성곤은 앞의 글(90년 7월)에서 문학 생태학은 아직 사전에도 없고 또 아직 은 학자들 사이에서 널리 통용되고 있지 않지만, 지금 작가들과 비평가들 사 이에 점점 절박한 문제로 인식되고 있다고 했다.

시작한 것이다. 앞서 예시한 바대로 생태위기는 근대화 과정에서 유발되었다. 진보의 이름으로 산업문명을 추진시키는 원동력을 제공하는 과학과 기술은 육체가 배제된 이성의 산물인데, 이러한 이성에 기초한 인간중심적 근대성과 그 주요조건을 차단하거나 파괴하려는 것이 바로 생태철학의 기본이념이다.4) 이런 관점에서 문학의 생태학은 탈근적 모험이다.

여기서는 문학의 생태학에 대한 일반론보다 시인 강남주가 인식하고 있는 문학(시)에 있어서 생태의식을 잠시 살펴보는 것이 좋을 듯하다. 생태시와 환경시를 구분하는 자리에서 그가 인식하는 생태시학을 잘 드러내고 있다. 그는 생태시가, 환경시가 의미하는 바를 모두 포괄하는 것으로 본다. 환경이 단순한 환경일 때에는 우리의 관심이 멀지만, 그것이 생태계에 영향을 미칠 때 비로소 관심의 대상이 된다. 환경시의 원래의 모습은 환경에 대한 시인의 자각에서 비롯되고, 그 자각이 환경에 적극적으로 개입하게 만든다. 그 개입 가운데 중요한 것은 환경파괴가 인류의 행복을 꾸려나가는 생태를 파괴하는 것과 이어진다는 것이며, 이를 막아야 하겠다는 의지가 시에 굴절된다. 따라서 환경시보다 생태시는 보다 적극적으로 인간과 자연의 생명에 대한 존중의식이 드러나는 것이다. 생태시는 자연과 인간의 생명이 둘다 대등한 위치에서 존엄성을 가진 것으로 파악하는 것이다.5)

생태위기는 인간의 왜곡된 정신에서 기인한다. 이성에 기초한 인간중심적 사고가 빚어낸 것이다. 과학과 기술이 만능인줄 알고 인간 스스로 바벨탑을 쌓았다. 인간은 지구의 절대적 정복자로서의 오만과 자만 그리고 편견에 취해 있었던 것이다.

---

4) 정화열, 「생태철학과 보살핌의 윤리-다시 거주할 만한 지구를 위하여」, 『現代詩學』('97. 9.) p.202.
5) 강남주, 「이데올로기로서의 생태주의 시」, 『중심과 주변의 시학』(전망, '97. 6.), pp.86-87.

부자유의 협수로(峽水路)에 끌려들어
쇠붙이 톱니바퀴에 나뒹굴었다.
염색에 탈색되며
또다른 아우성
검은 상처가 흘렀다.

박력은 안개되어 풀려난다.
풀이 죽는다.
때묻은 모래 위에 떠 흐르는
기인 행렬
오만(傲慢)의 과학 그리고 기술
그 방자한 유린에
패잔병의 모습되어 노래가 없다.

—「흐르지 못하는 江」 제3장 일부

「흐르지 못하는 江」은 이 시집의 표제시로서 강남주의 생태주의 시적 입장을 대변하는 작품으로 보인다. 전6장으로 이 시집에서는 장시에 해당한다. 제1장에서는 "탄생이 몸을 틀 때"로 시작하는데 생명의 탄생과 싱싱한 생명의 역동성을 그리고 있다. 제1장에서 보인 생명성은 제2장부터 반 자연의 제방, 인공의 제방들과 만나면서 제3장에서는 협수로에 끌려들어 쇠붙이 톱니바퀴에 나뒹굴었고 검은 얼굴에 상처가 흐르는 것이 패잔병의 모습으로 바뀌어지면서 태초의 생명성은 소멸되고 말았다.

생명을 억압하고 유린하는 것이 "오만의 과학 그리고 기술"임을 드러내었다. 시인은 '과학 그리고 기술' 앞에다 '오만의'라는 수식어를 붙여 두었다. 시인 강남주도 소위 인간중심적 사고인 근대화의 소산으로 생태환경이 유린되었다고 인식하는 것이다.

위풍당당의 저 오만이

축복의 이름으로 역사에 새겨졌다.
패자의 눈물 대신
비둘기는 그 위에 똥을 쌌다.
전쟁은 언제나 승전비나 낳고
역사는 거짓으로 축복을 기록한다.
그대로의 모습 간직해야 할 땅에
없어야 차라리 좋았을 비극의 표상이
두껍게 두껍게
비둘기의 똥을 뒤집어 쓰고
할말 잃고 서있다.

— 「대첩 기념비」

 '대첩 기념비'란 게 축복의 이름으로 역사에 새겨 놓은 위풍당당
한 오만이다. 힘의 논리로 승리를 미화하고, 강자의 논리만이 우뚝
서 있게 하는 것이 인간역사다. 승리하면 그만이다. 과정이나 절차
가 어떠하든지 상관할 바가 아니다. 화자는 승전비를 찬란한 영광이
아닌 비극의 표상으로 본다.
 이 시에서 인상적인 이미지는 승전비가 비둘기의 똥을 뒤집어 쓰
고 있는 모습이다. 비극적 이미지의 절정이다. 일반적으로 비둘기는
평화를 가리키는 인습적 상징이다. 현대시에서 비둘기는 더 이상 평
화의 상징으로 잘 쓰어지지 않는다. 여기서 비둘기는 인습적 상징에
불과하지만, 전쟁과 평화가 대비되는 승전비와 비둘기의 결합은 상
투성을 벗어나고 있다. 단순한 비둘기가 아니라 비둘기의 '똥' 때문
에 오만한 승전비가 무참하게 짓밟히는 효과를 거두고 있는 것이다.
'똥'은 인간의 왜곡된 정신을 질책하는 시인의식의 상관물이다.
 이번 시집은 생태문제를 집중적으로 다루면서 현장성 혹은 상황
성이 강조되고 있다. 이런 경우, 시인의 의도가 직접적으로 표출되
기 쉽다. 이는 강남주 자신이 서문에서 지적한 대로 시에 있어서는
미학적 약점이 된다. 인용작품의 "위풍 당당한 저 오만이/축복의 이

름으로 역사에 새겨졌다” “역사는 거짓으로 축복을 기록한다”, “없어야 차라리 좋았을 비극의 표상이” 등에는 메시지의 직접적 노출이 보인다. 그러나 이같은 직접적 진술과 대응할 만한 강렬한 이미지(비둘기의 똥)가 구사됨으로써 직접적 진술의 생경성을 상쇄한다.

　왜곡된 인간 중심중주의의 오만과 편견은 하나 뿐인 지구를 병들게 했다. 근대화라는 개발논리로 자연을 무참하게 훼손한 것이다.

> 선혈이 되어버린 바다.
> 어둠 속에서 어부가 죽고
> 사람들도 차례로 하물어진다.
>
> 일그러진 해가 빨갛게 솟았을 때
> 쾡한 눈에 비치는
> 피폭지가 된 여기 저기.
> 사람들은 어디로 가고
> 시커멓게 서있는
> 숲의 뼈다귀.
>
> 뼈다귀를 흔드는
> 예언의 바람이 분다.
> 창세기가 끝나고 종생기가 시작된다.
> 종생기는
> 이보다 더 이렇게 적막할지니.
>
> 　　　　　　　　　― 「숲의 뼈다귀」 일부

　인용작품은 이 시집 제일 앞에 수록되어 있다. 시인은 왜 「숲의 뼈다귀」를 앞에다 배치한 것일까. 그것은 아마 오늘의 생태환경의 실존적 정황을 상징적으로 보여주려는 배려 때문일 터이다. ‘숲의 뼈다귀’는 생태위기를 한 눈에 볼 수 있게 응축이미지 그 자체이다. 「대첩 기념비」에서 승전비가 ‘비둘기 똥’을 두껍게 뒤집어 쓴 모습이 강렬한 이미지로써 시의 의미를 압도하듯이, '숲의 뼈다귀'도 매우 통렬한 이미지로써 독자의 시선을 끌어당긴다. 강남주는 이번 시집에서 강렬한 이미지가 메시지를 압도함으로써 시의 미학을 유지시키는 기지를 발휘하고 있다. '숲의 뼈다귀'는 "뼈다귀를 흔드는/예언의 바람이 분다"와 연결되면서 鬼類的 음산한 이미지로 확산되기도 한다. 생태파괴 현장을 뼈다귀를 흔드는 鬼類的 음산한 분위기로 귀결시켜서 생태위기의 현장성을 생생하기 묘파한 것이다.

> 비 맞아 낙엽이 됐고
> 비 맞아 썩지 못했고
> 불행한 탄생에 불행한 죽음
> 계속되는 사멸 속에 중지된 사멸.
>
> 바스락거리기만 하며
> 비극의 소리가 지나가고 있다.
>
> ― 「썩지 않는 잎」 일부

'썩지 않는 잎'도 역시 제목이면서 이 시의 중심 이미지로 드러나고 있다. 제목인 '썩지 않는 잎'의 비극적 정황은 인용부분에서 구체화되고 있다. 그것은 사멸 속에 중지된 사멸이다. 중지된 사멸로 존재하는, 바스락거리기만 하는 그것은 바로 비극의 소리로 지나가고 있다. 이를 두고 모골이 송연하다고 할 수 있겠다. 그런데 화자의 목소리는 차분하기만 하다. 아주 담담히 비극적 정황을 그리거나 설명하고 있을 뿐이다. 화자의 감정이 개입되지 않은 담담한 정황의 제시가 독자의 능동적 참여를 보증하는 것이다.

생태환경의 실존적 위기상황은 사물이나 현상 하나 하나마다 구체적으로 그려지고도 있다. 「도토리」「허수아비의 실어증」「하루살이」「공항주변」「휴전선의 지뢰」「대한해협」「불쌍한 낙화」「광안리는 어디로 가고」「앰블런스 소리」「핏자국 자몽」 등등, 이 외에도 다수가 있다.

> 모든 것이 완성되는 가을이 되려 걱정이었다.
> 쬐그만 제 무게를 견디는 것이 큰 일이었다.
>
> —「도토리」 일부

> 남루해진 눈으로 우두커니 서있는 허수아비
> 논두렁 변색한 풍경을 꾸미며
> 화학만 안개로 피어오른다
>
> —「허수아비의 실어증」 일부

　두 편만 인용해 보았다. 강하고 단단한 나무에 매달렸던 도토리가 병든 몇 톨만 가을을 맞았고, 허수아비는 참새떼가 더 이상 날아들지 않는 상황에서 우두커니 서 있기만 한다. 이는 자연환경의 파괴를 그린 것이다. 자연생태의 파괴는 곧바로 인간의 생존과 직결된다.

> 마른 땅을 건너갈 때
> 마음도 말라 붙는다.
> 푸른 색깔을 뚫고
> 전신에서 내미는 가시에
> 물끼마저 뚫려 죽는다.
> 살기 위해서는
> 저래야 하구나.
>
> 파삭파삭 소리나는 인정
> 여기가 사막임을 일러준다.
> 이 사막을 건너려면
> 나도 독침을 준비해야지.
>
> —「사막을 건너며」 일부

자연환경과 인간의 삶은 등가를 이룬다. 땅이 마르면 인간의 마음
도 마른다. 식물이 가시를 내어 버티면, 인간도 독침을 준비하는 것
이다. 인간의 오만과 독선이 자연을 황폐화시켰다면, 이제는 자연환
경의 훼손으로 인간의 삶 혹은 인간성 자체가 파괴되는 것이다. 자
연환경의 생태적 위기는 우리네 삶의 총체적 위기로서 작용하는 것
이다. 그것은 정치적, 사회적, 윤리적 문제까지 예외일 수 없다.

> 얼굴이 검게 탄 배부른 여자가
> 기형아를 안고 간다.
> 살갗이 변색된 대머리 남자가
> 휘어진 허리로 절고 간다.
> 차례차례 사라져 간다.
>
> 들판 끝에서 일던 무지개와
> 무지개 빛으로 달려가던 일만가지의 꿈.
> 깡그리 재가 된 뒤
> 화장터 잔뼈만 줍고 있는 꿈.
>
> ― 「뚫린 하늘 아래서」 일부

자연의 황폐화는 인간에게 재앙을 가져다주었다. 인간이 자연에게
가한 그대로 자연은 인간에게 되돌려주는 것이다. 인용시는 그것을
구체적으로 보여주고 있다.

> 그러면서
> 밀리면서
> 오늘은 어쩌다 여기 서있다.
>
> ― 「불시착」 일부

비극적 정황 속에 오늘 어쩌다 여기 서 있는 것이 화자의 실존이
고 곧바로 우리에게 닥칠 실존인 것이다. 이 시의 다른 부분에서

"절룩이며 걸어온 길에는/나를 닮은 얼굴이 많기도 하구나"라고 노래한 시인의 의도는 비극적 실존이 어느 특정 개인의 문제가 아니라 오늘 우리들의 문제임을 부각시키고자 한 것이다. 또한 여기서 오늘 왜 불시착하게 되었는지, 회상적이거나 반성적 어조를 보인다.

> 더러는 긴 숨 내쉬고
> 이마에 흐르는 땀도 닦았으며
> 오늘은 기린으로 서서
> 다시 되돌아 보는
> 나의 발자국.
>
> ...「중략」...
>
> 다시 어디 쯤에서 걸음 멈추고
> 자괴(自愧)의 목을 빼
> 부끄러운 발자국을 바라보게 될까.

화자는 매우 진지한 면모를 보인다. 이데올로기를 전면에 내세운 시편들이 거칠고 흥분된 어조를 드러내는 경우가 많았던 점을 상기해본다면, 상황성이나 현장성이 강조되는 생태 이데올로기를 담은 강남주의 이번 시집에서는 몇몇 작품을 제외하고는 의외로 차분한 어조를 보이는 것은 특기할 만하다. 생존의 터전이 황폐화되어 가는 것을 목격하고 그것에 대한 절박한 심정을 노래한 생태시임에도 불구하고 톤을 조절할 수 있었던 것은 인용부분처럼 자아성찰의 과정을 충분히 거쳤기 때문이다.
　어쨌든 깊은 사유의 결과는,

> 결국은
> 종신형을 받고
> 철거덩,

세상이라는 감옥에 갇힌다.

　　　　　　　　　　　　　　　— 「감옥 만들기」

라는 인식이다. 불시착한 곳의 실존은 '감옥에 갇힌 존재'로 놓인 것이다. 강남주의 생태주의적 시론은 감옥에서의 탈출이다. 이것이 탈근대적 패러다임이다. 근대적 패러다임이라는 것이 결국은 감옥만들기였다. 둑을 쌓고 공장을 짓고 집을 지었지만, 그곳은 세상이라는 감옥이었다.

「뭐라고, 강을 살리자고?」같은 작품에서는 행정당국자의 食言을 "동천강을 살리겠다고 큰소리 하시던/턱도 아닌 시장님의 말씀은/동천 똥물이 되어버렸다"라고 서슬 푸른 질책이 번뜩이기도 하지만, 그의 많은 시편에서는 현실공간과 이상공간의 병치를 통해서 우리들이 지향해야 할 것이 탈근대적 패러다임을 간접적으로 제시하고 있는 것이다.

　　　토끼처럼 풀을 먹어 파란 이빨
　　　물 속의 물고기처럼
　　　미끈했고 투명했고 깨끗했다.

　　　…「중략」…

　　　상처나기 시작한 땅
　　　나무는 시들고
　　　숲은 병들고
　　　강에서 고름이 흐르고
　　　견딜 수 없는 지극의 통증

　　　　　　　　　　　　　　　— 「아프다 아프다」 일부

비온 뒤 논 도랑을 더듬으면 스멀거리다가 손가락을 꽉 깨무는 것.

    아야, 아야, 하면서도 얼굴 찌푸린 채 좋아라 좋아라 하던 것.
     ...「중략」...

    상처난 논도랑 참게도 쩔뚝거리고 다녀, 낫기도 전 농약에 취해
    골로 간 게 많아.
    이젠 다 틀렸어
                                                    ― 「참게잡기」 일부

    각각의 텍스트에서 전반부는 과거공간 후반부는 현실공간으로 나
타난다. 과거공간은 생태계가 잘 보존된 이상공간이다. 그러나 실존
공간인 현실공간은 생태계가 파괴되어 절망공간으로 전락된 곳이다.
인용한 작품 외에도 많은 작품들이 이와 같은 구조를 보인다. 강남
주는 의도적으로 과거공간은 긍정항으로 현실공간은 부정항으로 병
치된 구조의 작품을 시집 곳곳에 반복적으로 배치해두고 있다. 동일
구조로 된 일련의 작품들이 반복적으로 등장함으로써 강조의 효과
를 거두고 있다. 이대로는 안 되겠다는 메시지가 강화되면서 근대적
패러다임으로부터 벗어나고자 하는 의욕을 불러일으키게 한다.
    앞에서 생태위기는 인간의 왜곡된 정신에서 기인한다고 지적했다.
그것은 이성에 기초한 인간중심적 사고가 빚어낸 것임도 밝혔다. 오
만과 편견이 자연환경을 황폐화시켰음이 자명해졌다. 이대로 방치할
경우 후세들은 정신과 육체가 함께 쇠멸하는 비운을 맛보게 될 것
이다.

        아버지께옵서는
        카 섹스를 즐기셨나이다.
        그렇게 생명이 점지되어
        불효장도 카 섹스를 즐기옵니다.

        걷는 일 없고

기는 일 있고
차만 타고, 타면서 삽니다.

어, 내 다리가 왜 이래?

카 섹스는 아들에게도
유전자가 흘러갑니까.

걷는 일 없고
기는 일 있고
카 섹스만 하고
곯아버린 채 삽니다.

어, 아들 다리가 왜 저래?

자동차는 흔하고 흔한데도
아들이
카 섹스도 못할까 걱정이옵니다.
— 「차만 타고—가는 곳이 있구나②」

생태위기는 우리시대의 문제로만 머무를 수 없다는데 더 큰 문제
가 있다. 생태위기는 점점 더 심각한 양상을 드러낼 것이기 때문이
다. 생태계의 복원이 이루어지지 않는다면, 다음 세대는 「차만타고」
처럼 비운을 맞게 될 것이다.

80년대까지 중심담론이었던 민주주의나 사회주의 이데올로기는
정치 혹은 경제 혹은 인권 문제였지만, 생태주의 이데올로기는 보다
심각한 생존의 문제와 직결되어 있는 것이다. 생태주의시는 90년대
의 중심담론으로 부상했다. 그 한 복판에 강남주의 생태시집 『흐르
지 못하는 江』이 자리한다. 생태시에 대한 논의는 그동안 무성했지
만, 특정 시인이 분명한 시론과 그것에 입각한 작품집을 상재한 경

우는 드문 일이었다. 강남주의 생태시집 『흐르지 못하는 江』은 생태
시학이야말로 탈근대적 패러다임으로서 90년대의 중심담론임을 여
실히 보여주었다.

존재의 심연

— 김규화론

　시집 『망량이 그림자에게』(시문학사, 1998)는 김규화 특유의 투명한 언어 속에 내장된, 존재의 심연을 환기시키고 있다.

　먼저, 이 시집을 읽으면 "시인은 자신을 드러내지 않고 존재를 드러내는 것이다"라는 명제가 떠오른다. 하이데거에 의하면, 존재는 사물들의 보이지 않는 근거로서, 구체적 사물을 통해서 계시된다. 존재는 본질적이고 근원적인 것으로서 비밀에 가득 차 있기 때문에 명료하게 지시될 수 없다.

　김규화 시인은 이 시집에서 단순히 존재를 드러내는데 그치는 것이 아니라, 존재의 심연을 환기하고 있다는 점에서 주목의 대상이 된다. 또한 그가 환기하는 존재의 심연은 지시되거나 추상화되지 않고 시간성과 공간성의 조응미학으로 구상화되고 있다는 점에서 더욱 그러하다.

　　　하늘은 한치 더 내려오고
　　　땅은 한치 더 올라가
　　　눈부시게 빛나는
　　　오늘

                                        ―「하늘과 땅」 일부

      누가 가져가, 이 마약
      먹으면 미쳐버릴 소리
      미쳐 날뛰어
      북통 찢어지는 저, 오요요 흰 떼
                                        ―「사물놀이」 일부

  시집 맨 처음에 나오는 두 편의 일부를 먼저 인용한다. 전자는 은
빛 투명한 날개로 하늘이 가까이 내려와 얼굴을 마주 댈 듯이 지긋
이 내려다보며, 그의 사랑을 쏟고 또 쏟는 장면을 보인다. 땅은 단
내를 풍기며 맑고 따뜻한 눈을 뜨고 이 세상의 꽃과 나무와 열매로
가장 아름답게 맺어서 올려다보며 응답한다. 하늘과 땅의 조응, 바
로 그것이다. 하늘공간과 지상공간이, 꽃과 나무와 열매로 표상된
매개공간으로 인하여 아름답게 만나, 조응의 미학으로 드러나고, 그
것은 개성적이고 투명한 언어로 채색된 것이다. 이같은 공간성의 조
응 이면에는 꽃이 피고 나무의 열매가 자라는 시간성이 개입되었다.
공간성에 개입된 시간, 곧 공간성과 시간성의 어우러짐이 또 다른
미학적 국면을 연출한다. 후자도 하늘과 땅 사이, 곧 광대한 공간
속에서 이루어지는 각양각색의 소리가 어우러져 빚는 또 하나의 조
응미학이 역동적으로 펼쳐진다. 공간 속에 펼쳐지는 청각 이미지는
과거의 시간과 미래의 시간이 혼용되는 공감각 이미지로 전이된다.
강물이 무겁게 내리는 가운데 되살아난 봉두난발의 선조들, 할아버
지의 할아버지들, 신라의 화랑들, 고려의 망나니들, 주몽, 혁거세, 단
군왕검, 이들은 오랜 잠에서 우쭐우쭐 일어나 질펀한 춤을 춘다. 나
중에 나올 태아의 아이들, 아직 태아도 아닌 아이들의 아이들의 아
이들도 한 덩어리가 된다.
  시간성과 공간성의 조응은 시간은 시간성대로 공간은 공간성대로

그 상상력의 진폭이 웅장하게 나타난다. 이 웅장함 속에 배태되는
존재의 심연은 그만큼 깊이를 더할 것이다. 그러니까, 단순한 존재
의 계시 차원을 훨씬 넘어서게 되어 있다.

시인은 이렇듯 웅장한 스케일의 시간성과 공간성의 조응미학을,
어떻게 자유자재로 구사할 수 있는 것인가?

> 날개를 단 시간이
> 도시의 아황산가스 큰길을 따라
> 바람을 일으키며 지나간다
> 한 밤 자고 나면 하루가 지나간다
> 하루가 지나가면
> 어제의 모습은 보이지 않고
> 오늘 아침이 된다
>
> —「시간」 일부

시인은 '시간'에 대하여 깊은 성찰을 보인다. 그 만큼 시간성은
이 시집에서 주요 모티브로 작용하고 있다.

인용 작품 후미에 등장하는 "시간의 날개 속에 파묻혀버린다/날개
의 뒷꼬리에 붙은/지금 이때의 모습/시간의 날개 터는 소리," 같은
시간성이 은유되어 이미지화되는 미학적인 국면도 눈여겨 볼 대목
이지만, 미처 인용하지 못했다. 이는 시인이 '시간'에 깊은 통찰을
보이는 이유부터 해명해야겠다는 나의 조급성이 주마간산 격으로
표층만 읽고 지나가게 만든 것이다.

이 시집에는 연작시 「병실부근」과 「의홍 형 들리나요?」에서 엿볼
수 있는 시인의 자전적 체험이 시간성에 대한 인식을 절박하게 만든
단초로 작용한 것처럼 보인다. 병실체험이나 동인(진단시)의 죽음이,
시인으로 하여금 「날마다」「때」「줄어든다」「우리는 홍수처럼」「꿈」
「상실」「이별」「단절」 같은 작품을 생산하게 만든 동인으로 작용한
것 같다. 시간성에 대한 관심이 이러한 이유에서였다면, 시인이 작품

속에서 보이는 폭넓은 공간성 확보는 어떻게 이해할 수 있을까? 일단 그것을 시인의 다양한, 국내외의 여행체험으로 이루어졌다고 볼 수 있을 것이다. 시집 제4부에 수록된 많은 시편들이 해외 여행체험을 바탕으로 생산된 것임은 유의할 만하다. 「본 운동장의 잔디」「라인강에 나란히」「다운타운 뉴욕」「모하비 사막」「자이안트 세코이아」 등등. 또한 시인이 폭넓게, 다양한 개성적 인물들과 교유한 것을 작품화한 것도 특기할 만하다. 그러나 시인이, 이 시집에서 확보한 시간성과 공간성의 조응미학은 현실적 체험으로서만 해명될 수는 없다. 오히려, 시인이 그 동안 구축한 세계에 대한 인식의 깊이와 넓이에 기인한 것으로 보는 것이 타당하다. 다시 말해 시인의 사유의 깊이가, 이번 시집의 시간성과 공간성을 확보할 수 있도록 하는데 결정적으로 작용한 것이다.

그렇다면 이제, 시간성과 공간성에 배태된 존재의 심연, 곧 이 번 시집이 구축한 가장 빛나는 성과를 구체화시켜야 한다. 이 시집에서 보이는 존재의 심연은, 웅장한 공간성에, 그만큼 직접적으로 개입한 시간성의 조응 속에서 환기되는 것이기에 리얼리티를 확보한다.

> 저것 봐, 우리들의 아들들이 서로 뒤엉켜 있는 저기. 철모가 나뒹굴어지고 뼈가 으스러진 저기. 땅이 타 들어가고 초목이 몸서리친 시뻘건 연기의 곳에 핏물을 섞었던 저기, 저것봐, 우리들의 아들들의 수많은 사지들로 무덤을 만든 자리, 저 깔깔거리는 웃음 좀 봐. 풀이며 나무이고, 꽃이며 새이고, 저 동산 뛰노는 짐승이며 푸르른 호수의 물고기이고, 그 아닌 이들은 그들 사이를 스치는 바람으로, 말없이 내려다보는 구름으로 그러나 저것 봐. 한결같이 우리들 세계와는 달라. 저 싱싱하고 깨끗하게 살아 움직이는 이들. 서로 쓰다듬으며 저만큼 자라 한꺼번에 웃고 있는 저들 합창소리를 봐. 녹슨 철모 사이로 꽃얼굴 내미는 예쁜 우리들의 막내 좀 봐. 구경하는 우리들에게 들어오라고는 말하지 않으나, 그러나 저 동산의 저 반짝이는 눈물 좀 봐.
> ─ 「부활 ─DMZ」 전문

산문시이지만, '저것 봐... 저기', '저기 저것봐....자리', '이며... 이고....이며...이고', '봐.... 좀봐' 등의 반복이나 대구로 미묘한 리듬을 갖는다. 약간은 처연하면서도 경쾌하고, 무거우면서도 가벼운 역설적인 리듬과, 의미가 병치되면서 산문성을 우선 극복하고 있다. 외부로 드러나는 운율보다는, 이 작품은 비무장지대라는 소재 자체가, 분단의 완충지대, 공간성 위에 펼쳐진 시간성, 혹은 과거의 현장성 등의 특별한 뉘앙스를 풍기면서 전경화된다. 이 시집에서 보인 김규화 시학이 조응의 미학이라는 점을 염두에 둘 때, 이 작품은 더욱 의미심장해진다. 남/북, 과거/현재, 자연/인간, 죽음/생명, 적군/아군 같은 온갖 이질적인 것이 공존공생하는 마술적인 시간과 공간이 바로 DMZ이기 때문이다. 그런데 문제는 DMZ가 환기하는 존재의 심연이다. "그러나, 저 동산의 저 반짝이는 눈물 좀 봐."는, 공존공생 중에서도 지울 수 없는 존재의 심연이 존재함을 강조한 표현이다. 즉, '눈물'은 심연의 속성이고 본질이라 해도 좋다. 따라서 제목 '부활'이, 죽음이 생명으로, 분단이 통일로 진전됨을 표상하는 것임에도 불구하고, 그것으로 한정될 수 없는 심연을 거느리는 것이다. 제목 '부활'은 비극적인 현장성의 드러남이 오히려 강조됨으로써, 그것은 패러독스나 아이러니가 된다. 결국 이 작품은 민족적인 존재성의 심연을 환기하는 것이다.

존재의 심연은 민족적인 것보다는 개인적 실존성이 더 원론적일 수 있다는 점을 기억해야 한다. 이 시집에서도 개인의 실존적 존재성이 문제가 된다. 개인적 실존성에 있어서도, 물론 공간적 깊이나 시간적 거리로 말미암아 더욱 존재의 심연이 처연하게 환기되기는 마찬가지다.

때죽나무 열매가 주루루
수직으로 매달려
어린 목숨들이 매달려

산책길은 언제나 간절하다
연등나무도 그 옆에 서서
가는 길을 비추고 있다

바람이 불 때마다 뎅뎅뎅
경보음 소리를 내는
때죽나무도 어쩔 수 없나 보다
한 여름의 매미가
쩨지는 울음 소리를
보따리로 풀어놓을 때는

잠옷바람으로 꿈꾸는 행렬들
꿈깰 듯이
그의 감옥으로 되돌아간다

— 「병실부근 · 2-산책길」 전문

    때죽나무 열매, 어린 목숨, 연등나무는 하나의 계열이고, 바람, 매미의 울음소리는 또 하나의 계열이다. 전자의 계열과 후자의 계열이 대립되어 있다. 전자는 약하고 후자는 강하다. 후자는 전자를 억압하고 상하게 한다. 그렇다면, 산책하고 있는 환자와 그 가족은 전자의 계열이고, 환자를 괴롭히는 질병은 후자의 계열일 것이다. 산보길의 환자와 환자를 부축하는 보호자, 어린 목숨인 때죽나무의 열매와 그 옆에선 연등나무의 아름다운 병치는, 이 작품의의 미덕이라 할 것이다.

    이런 아름다운 조화 속에서, 내포된 생명과 죽음의 대립구조는 병원을 감옥으로 인식케 하는 존재의 심연을 환기하고 나아가 섬짓한 느낌을 불러일으킨다. 결국, 병원 이미지는 삶과 죽음에 대한 개인적인 존재론적 성찰로 이끈다.

알으켜다오, 그대

별들의 적막한 거리를 지나
언제 찾아올 것인가
불켜진 도시를 들어설 때는
머리 손짓을 좀 하여
먼 곳에서부터 언뜻언뜻
검은 옷자락도 내비치며
깜깜한 그 날,
날짜도 슬그머니 귀띔하여
비록 반갑잖은 손님이라도
그대 따라 떠날 차비를 할 것이니
아니 간다고 몸은 비틀어도
울며 끌려가는 아이의
낯선 암흑의 엄마,
손을 잡히운 채 끌려갈 것이니

— 「궁금증」 일부

「병실부근·2―산책길」에서 보인 실존적 불안 의식이 이 작품에서 구체화된다. 실존적 인식은 일단 '궁금증'으로 표상되고 있다. '궁금증'은 추상이나 관념 속에서 나타나기 일쑤이나, 이 작품은 구체적인 공간과 시간 속에서 존재의 심연으로 나타난다는 점에서 관념성을 극복한다. 궁금증은 바로 낯선 암흑의 엄마손에 잡히운 채 끌려갈 것이니, 그 시간이 언제냐 하는 것이다. 개인적 종말을 암시하고 있다. 그 종말의 정보를 알고 싶은 것인데, 그것은 별들의 적막한 거리를 지나, 불켜진 도시를 들어설 때의 구상적 공간 속에 경과되는 시간성이 강조된다. 제2연에서도 "시간이 아직 설익었거든/수미산을 한 번 더 돌아와서/아주 천천히 귀띔해다오"처럼, 역시 시간성과 공간성을 구체화시켜 놓고 있다. 존재의 심연에서 유발되는 실존적 불안의식을 추상화하는 것이 아니라, 구상화하고 있다는 점에서, 관념성을 극복하고 있다고 지적했는데, 그것은 역시 시간성과 공간성의 조응으로 나타났기 때문이다.

아이 엠 에프
유아 에프
히 이스 에프
쉬 이스 에프
중학교 일학년 영어교실입니다

우이 아 올 에프
우리는 아, 올케 제채기했습니다

우이 아 올 폴
우리는 아, 올되게 풍당 **빠졌습니다**

대한 민국은 이제야
영어를 열심히 배웁니다

— 「아이 엠 에프 · 2」 전문

이 작품은 언어유희로 끝나는 것으로 치부할 수도 있을 것이다. 그러나 이것이 이중의 목소리를 지니는 것으로 읽는다면, 결코 가볍게 넘길 수는 없다. "대한 민국은 이제야/영어를 열심히 배웁니다"는 아이러니이다. 물론 이 작품은 구조적 아이러니이다. 표면적으로는 중학교 일학년 교실에서 영어공부하는 장면을 그대로 옮겨놓은 것이다. 이 작품이 결코 영어공부 이야기로 한정되는 것이 아님은 명백하다. 그렇다고 구사된 아이러니가 고급스럽다고 볼 수는 없다. 그러나, 이 작품을 시집 전체맥락 속에서 읽을 때, 보다 심각한 의미를 지니고 있음을 알 수 있다.

존재의 심연이 민족적인 것, 개인적인 것, 나아가 또 다른 다양한 국면이 있다면, 이 작품은 경제적 환경 속에서 드러나는 존재의식으로 확장하여 읽을 수 있다. 서울이나 지방 할 것 없이, 그 동안 노숙자 같은 사회에 소외된 존재성에 대해 주목하지 못했다. 이번

IMF 체제하에서는 일상인들이 어느날 갑자기 노숙자로 전락하게 된 모습을 보면서 새로운 인식을 하게 된다. 단순히 경제 위기를 인식하는 정도로 그치는 것이 아니라, 보다 자본주의 체제가 빚은 모순이나 그 밖의 사회전반에 대한 문제를 인식하는 계기를 마련한 것이다. 이처럼 이 작품은 다양한 각도로 해석되면서, 현대인에게 언제 닥칠지도 모르는 경제적 심연을 환기하는 것이다.

이 시집은 다양한 층위에서, 존재론적 심연을 환기하고 있다. 그 심연의 깊이는 물론 시간성과 공간성의 조응 속에서 구축되는 것이다.

이 같은 존재론적 심연에 대한 깊은 인식은 또다른 세계에로의 눈뜸을 보이기도 한다.

> 본래 너의 집은 없었다
> 너의 존재, 너의 모양이 없었다
> 그러나 네가 신이 날 때는
> 허공 위에 사랑의 집
> 초원 위에 펼쳐 놓은 아늑한 집
> 성큼성큼 걸어서 들어가서
> 노닐고 싶은 구름의 마을.
>
> …중략…
>
> 너의 존재는 본래 없었던,
> 그대로 돌아가 입맛도 다시며
> 또다른 하늘에 신부의 옷깃
> 흩어져 날아가는 구름,
> 너의 본래 없었다
>
> ─ 「구름의 집」 일부

이 같은 작품은, 존재의 심연을 넘어서 달관의 경지까지 도달한 것이 아닌가 하는 생각을 갖게 한다. 구름이 신이 날 때는 허공 위에다 온갖 아름다운, 토끼, 호랑이, 나무, 건물, 공룡 따위의 형체를 만들고, 나아가 집을, 마을을 만든다. 그러다가 스스로 자기가 만든 속박을 순간에 지워버린다. 따라서 자유로이 흐르기도 때론 나를 감싸 안기도 하지만, 너의 본래는 없었다고 인식한다. 시인이 노래한 것이 단순한 구름에 대한 이야기이겠는가? 이는 구름에 고착된 허무의식을, 새로운 감수성으로 이미지화시켜, 존재성의 초월의식으로 전이시켜 놓은 것이다.

　김규화 시인은 이번 시집을 통하여, 그의 시세계를 더욱 확장하고 있다. 그는 투명한 언어, 깨끗한 언어로 빚은 상큼한 이미지에다, 시간성과 공간성이 조응하는, 존재의 심연을 환기하고, 나아가 그 심연을 넘어서려는 시도까지 보인다.

병든 시대와 병든 시인
—김명수론

　　김명수 시집 『하급반 교과서』(創作과批評社, 1983)를 다시 읽는다. 김창완이 쓴 발문이 재미를 더한다. 김창완은 1977년 서울신문 신춘문예 시상식에 선배 자격(1973년 서울신문 신춘문예 시 당선)으로 참석해서 김명수를 보았다. 김명수는 양복이 어깨로 흘러내릴 것만 같은 수척한 몸매에, 의자에 앉아 있기도 괴로운 듯한 모습이었다. 그는 병색이 짙은 그리고 가난해 보이는 갈데 없는 시인이었다. 이윽고 시상식이 진행되었다. 상장이 주어지기 전에 그의 친척들이 그를 부축하고는 밖으로 나가는 것이었다. 도저히 몸이 괴로워 앉아 있을 수가 없어 먼저 간 것이다. 김명수는 그렇게 해서 상장도 그의 친척이 대신 받았고, 그의 젊음을 송두리째 던져서 얻어냈을 당선의 영광의 상장도 받아보지 못한 채 식구들의 부축을 받으며 집으로 돌아갔다는 것이다.

　　1977년 신춘문예 시상식장의 한 풍경이다. 시인이란 어떤 존재인가를 생각하게 한다.

　　　그가 우리처럼 건강한 몸을 가졌더라면 그도 우리처럼 밥 빌어먹는 일에 시간과 정신을 소모했을는지도 모른다. 좀 잔인한 이야기일지 모르지만, 영하로 떨어지는 기온을 견디지 못하고, 사정없이 달리는 차를 타지 못하고, 정해진 출근시간을 대지 못할 만큼 '연약한 몸'을 극복하기 위하여 시와 밀착해서 살 수 있는 '은혜'를 그는 입고 있었는지도 모른다.

김창완의 발문 마지막 대목처럼, 정말 그런 것 같다. 김명수는 80년대의 광포한 시대를 위해 신이 예비했던 인물이었는지도 모른다. 이 시집은 1981년에서 1983년 봄까지 씌어진 작품들이라고 한다. 누군가는 80년대를 정직하게 노래해야 했는데, 그 일을 위해 선택된 사람이 김명수였던 것 같다. 80년대 초반의 광포한, 왜곡된, 뼈아픈 현실을 자신의 것으로 받아서, 병든 시대를 병든 몸으로 껴 앉고 노래했던 시인이 김명수였다. 어쩌면, 병든 시대에 육체적으로든 정신적으로든 너무 건강해도 죄스러운 일이 아닐까. 병든 시대에 너무 건강하여, 밥 잘 먹고, 잘 입고, 잘 자고, 잘 배설하는 것이 죄스러운 일이 아닌가. 시대가 병들어 있는데, 자신은 홀로 건강해 있는 것이 온당한 일 같지가 않다. 병든 시대를 향하여, 건강하고 여유만만한 사람이 무엇을 말할 수 있을까. 병든 시대에 병든 시인이 있어서, 병든 시대를 병든 몸으로 증언한다면 이보다 더 설득력이 있을 수 있겠는가.

> 아이들이 큰 소리로 책을 읽는다
> 나는 물끄러미 그 소리를 듣고 있다
> 한 아이가 소리내어 책을 읽으면
> 딴 아이도 따라서 책을 읽는다
> 청아한 목소리로 꾸밈없는 목소리로
> "아니다 아니다!" 하고 읽으니
> "아니다 아니다!" 따라서 읽는다
> "그렇다 그렇다!" 하고 읽으니

　　"그렇다 그렇다!" 따라서 읽는다
　　외우기도 좋아라 하급반 교과서
　　활자도 커다랗고 읽기에도 좋아라
　　목소리 하나도 흐트러지지 않고
　　한 아이가 읽는 대로 따라 읽는다

　　이 봄날 쓸쓸한 우리들의 책읽기여
　　우리나라 아이들의 목청들이여

　　　　　　　　　　　　　　　── 「하급반 교과서」 전문

　이 작품은 아이러니를 설명할 때, 자주 인용되는 텍스트이다. 첫 연은 알라존의 시점이고 둘째 연은 에이런의 시점이다. 물론 시인의 퍼소나는 에이런의 시점일 것이다. 당시 대부분의 사람들은 첫 연의 하급반 교과서를 공부하는 장면처럼, 시대를 꿰뚫어 바라보는 눈을 상실한 채, 아니 알면서도 모르는 채했던 것 아닌가. 매스컴이 시대의 실상을 제대로 보도했던가. 지식인들이 양심의 소리를 그대로 전달했던가. 그러하지 못함으로써 정의와 공의가 추락한 시대가 아니었던가. 이 작품의 책읽기는 무엇이겠는가. 아이들의 단순한 책읽기 모습을 보여주는 것으로 그치지 않음은 삼척동자도 안다. 책읽기는 당대 지식인의 시대 읽기일 것이다. 그 시대가 당면하고 있는 삶의 문제를 깊이 있게 읽어야 할 지식인들이 그 시대를 왜곡하여 읽을 때, 대다수의 사람들이 그것을 또한 왜곡하여 읽을 수밖에 없는, 우민화 정책의 풍자가 아닌가. 예나 지금이나 진리의 길, 정의의 길, 양심의 길은 가시밭길이고 좁은 길이 분명하다. 사람들은 이 길을 가려하지 않는다. 편하고 넓은 길을 선호한다. 그러나 누군가는 이 길을 가야 했다.

　그 시대에 시인은 어떤 길을 가야했는가. 예술적 의장보다, 더 시급했던 것이 당대 현실에 대한 정직한 노래였던 것 같다. 가려지고 왜곡된 당대 삶의 문제를 정직한 목소리로 표출하기만 해도 시가 되던 시절이었다.

　김명수의 『하급반 교과서』가 그런 시집이다. 이 시집에는 아이러니나 알레고리를 주로 구사하면서, 당대의 삶의 문제를 에이런의 목소리로 정직하게 표출했다. 그런 측면에서 투명한 유리창으로 세상을 바라보는 것 같았다. 어쩌면, 이 시대는 난해거나 현란한 비유나 상징보다는 아이러니나 알레고리로써 시대에 정직하게 대면하는 것이 더욱 절실했는지도 모른다.

> 한밤중 캄캄한
> 우리 마을에
> 붉은 달 피칠하고 뛰어들어와
> 누렁이 목줄기를 송곳니로 물어뜯던
> 저 네 다리 비슷한
> 늑대를 보고
> 누가 저 늑대를 개라 이르느냐
> 누가 저 늑대를 보고
> 우리 집을 지키는 누렁이라 속느냐
>
> —「늑대와 개」 일부

　누가 저 늑대를 개라 이르느냐라고 시작하는 작품이다. 꼬리가 길고, 털이 누렇고, 두 귀가 쫑긋하고 겉모습이 같다고 누가 저 늑대를 우리집 누렁이라고 하겠느냐라는 논리이다. 개와 닮았지만, 붉은 달 피칠하고 뛰어들어와 누렁이 목줄기를 송곳니로 물어뜯던 늑대는 분명히 개가 아니라는 것이다. 이 작품을 읽는 독자는 이것이, 단순한 늑대와 개의 이야기가 아닌 것을 안다. 이 작품이 알레고리에 의존하여, 그 당시의 집권세력의 정통성 없음을 폭로한 것임을 쉽게 알아차릴 수 있다. 이 시집이 83년도에 간행되었다고 생각해보면, 김명수의 정직성은 단연 빛난다고 볼 수밖에 없다. 아마 감옥에 갈 각오를 하고 쓴 시가 아니겠는가. 서슬 푸르던 군부통치기에 그

정권의 정통성을 문제삼은 이런 시를 쓴 시인이 어찌 무사할 수 있었을까.

> 오래묵은 짐승은 사람으로 변한다네
> 사람이 짐승으로 변하는 것보다도
> 짐승이 사람으로 변하는 걸 보았소
> 밤 깊으면 인두겁 뒤집어쓰고
> 한 우리 개도 닭도 다 잡아먹는다네
> 인두겁을 뒤집어쓴 거짓주인 짐승은
> 주인아가씨 방에도 어험 하고 들어가고
> 그 집안 재산도 다 노린다네
> 그 집안 기둥 뽑아 쑥대밭 만들고
> 그 집안 주인 목숨 다 노린다네
>
> ─「오래묵은 짐승」 일부

이 작품도「늑대와 개」와 같은 알레고리이다. 전설을 소재로 채택한 것이지만, 이 소재는 역시 당대성을 지닌다. 집안에서 키운 오랜 짐승이 주인밥 받아먹고 사람으로 변하여 주인행세하고, 나중에는 주인까지 잡아먹는다는 것은, 그 시대 정치상황을 풍자한 것이다. 무릇, 민주사회는 국민이 주인이고 정권 담당자는 국민의 공복이 아닌가. 공복이 국민을 탄압하고, 업신여긴다면, 그것은 바로 이 작품의 오래묵은 짐승과 같을 것이다. 이 시집에는「늑대와 개」나「오래묵은 짐승」처럼 당시의 집권세력에 대하여, 비수를 던지는 작품을 당당하게 수록하고 있다. 시가 무기가 되던 시절이었다.

왜 이렇듯, 정권담당자에게 알레고리 기법으로 비수를 던졌을까. 그것은 예나 지금이나 민생의 파탄과 관계가 있다. 집권자들의 권력놀음에 민초들은 황폐한 삶을 살아갈 수밖에 없었던 것이다.

(1)인순이와 저는요

형제였어요
파주땅 기지촌에 함께 오던 날

　　　　　　　　　　　　　　　　　　—「百日紅」일부

(2)섬나라 비행기 반도에 내려
　밤마다 밤마다 우릴 찾지만
　가야금아 신선로야 서러운 어깨춤아
　옛부터 우리가 꽃이더냐

　　　　　　　　　　　　　　　　—「풍인각 지하실」일부

(3)아우야
　나는 안다
　네가 하루 종일 안마기 팔기 위해
　끝없이 걸어갔던 서울의 거리

　　　　　　　　　　　　　　　　　—「보도블록」일부

(4)아무도 눈여겨보지 마라
　김포발 중동행
　보잉 707
　전세 비행기를
　이 겨울에 우리는 떠나간다.

　　　　　　　　　　　　　　　　　—「傳貰機」일부

(5)봄이 와도
　봄이 와도
　고단한 봄날
　우리 어매 홀로 조밭을 맨다

　　　　　　　　　　　　　　　　　—「노고지리」일부

(6)화학섬유 제품에서 뿜어내는
　독한 기운이 눈을 쓰라리게 하는
　청계천 평화시장

　　　　　　　　　　　　　　—「청계천 평화시장」일부

(1)은 난리통에 부모를 잃은 인순이와 화자의 이야기이다. 둘은 고아원에서 자라 함께 파주땅 기지촌에 왔다. 기지촌 뒷마당에 백일홍이 피었다. 백일홍의 붉은 꽃 이미지는 인순이와 화자의 슬픔의 등가물이다. 월남에서 전속 온 흑인병사를 따라 인순이가 미국으로 떠나던 아침에 기지촌 뒷마당에 백일홍이 피었던 것이다. (2)는 아현동 산마루에 사는 주인공은 섬나라 관광객들을 대상으로 관광요정에서 웃음과 몸을 판다. 밤을 지새우고 기다리는 엄마와, 지쳐서 쓰러져 있는 동생이 등장하는 것으로 보아, 주인공은 실제적인 가장이다. (1)은 미군을 대상으로, (2)는 섬나라 관광객을 대상으로 몸을 파는 것으로 나타난다. (3)의 아우는 안마기 행상이다. 안마기를 팔기 위해, 보도블럭이 깔린 서울의 거리를 하루 종일 끝없이 걸었다. 오늘 저녁 늦게 돌아와, 문 앞에 놓여 있는 낡은 구두, 그 뒤축 닳아진 검정구두를 바라보면서, 화자는 마름모꼴 끝없는 서울의 보도가 아우의 육신과 희망을 가둔다고 생각한다. 빌딩이나 마름모꼴의 보도블럭은 현대화되고 도시화된 서울의 표상이다. 보도블럭이 아우의 희망을 가둔다는 것에, 시인의 의도가 강하게 드러나 있지 않은가. (4)는 상계동 언덕받이 전세방에 다섯 식구를 두고 미장이 박씨가 밤이면 들개 울음 들려오는 뜨거운 사막으로 돈벌러, 김포발 중동행 707 전세 비행기를 타고 이 겨울에 떠난다는 이야기이다. 이 작품의 제1행의 "아무도 눈여겨보지 마라"는, 아이러니이다. 이같은 현실이 외면당하고 있음을 말하는 것이다. (5)는 민족의 서러운 가락으로 황폐한 농촌의 실상을 노래한다. 봄이 와도 어매 홀로 조밭을 맨다. 혼처마저 나지 않는 고향을 누가 지키랴. 자식은 서울로 떠나버렸다. 기심은 자라서 쑥밭이 되어버렸고, 그래서 더욱 서러운 가락으로 노고지리는 운다. 서울 간 아들은 어제도 오늘도 소식이 없다. (6)은 고단한 서울살이를 하는 이 나라 서민들, 영세한 장사꾼들의 삶을 보여준다. 화학섬유 제품에서 뿜어내는 독한 기운이 눈을

쓰라리게 하는 청계천 평화시장 일이층 삼층 끝없이 이어진 옷가게
들에는 빼곡이 들어찬 신사복 숙녀복 어린아이 옷들이 있다. 그 이
면에는 어느 한 구석 칸막이 친 밀실, 실밥 떠도는 탁한 공기 속에
폐를 망가뜨리는 직공들이 미싱을 돌리고 있는 것이다.

　이들 시편들은 거의 직설적 어법을 취하고 있다. 몸을 팔거나 중
동으로 떠나거나, 서울거리를 구두뒤축이 닳기까지 안마기 팔러다는
사람이나 미싱공, 이들 모두는 민초들의 삶의 전형성을 드러내고 있
다. 집권층에 대하여 알레고리 기법으로 비수를 날릴 수밖에 없는
그 당위가 민초들의 고단한 삶을 통해 입증되고 있는 것 아닌가. 이
들 시편들이 형상화의 과정을 거의 거치지 않고 직설법으로 노래한
것은 무엇 때문일까. 그것은 절박성 때문이 아니었을까. 형상화보다
더 화급한, 절박한 삶을 우선 들추어내어 이슈화해야겠다는 의도가
앞섰기 때문 아니었을까. 그 시절에는, 이렇듯 직설법으로 정직하게
노래해도 시가 되었던 것이다. 「하급반 교과서」의 알라존의 시점처
럼, 대다수 지식인들이 왜곡된 현실에 대하여 외면하거나 침묵하고
있었기 때문에, 부당한 현실을 고발하는 것 자체만으로도 시가 되었
던 시절이었다.

> 멀리서 앞산을 바라본다
> 안개에 가려져 산 모습이 흐려 있다
> 멀리서 뒷산을 바라본다
> 비에 싸여 봉우리도 흐릿하다
> 저 산에는 오늘도 나무들이 섰으리라
> 안개에 가려져
> 비에 가려져서
> 소나무는 솔씨를 간직하고 섰으리라
> 지나간 겨울 산에 갔다가
> 내가 보았던 나무들의 작은 씨앗
> 멀리서 오늘처럼 비 오는 날도

비바람에 나무들 작은 씨앗들이
제 몸을 묻어 푸른 산을 꿈꾸며 섰으리라

　　　　　　　　　　　　　　　　　— 「솔씨」 전문

　이 작품은 황폐한, 고단한 삶 속에서도 미래에 대한 낙관을 노래
하고 있다. 앞의 여러 시편들이 현실의 고단한 삶을 거의 직설적으
로 제시한 반면에, 이 작품은 비유구조에다 차분한 어조로 노래함으
로써 앞의 시편들과는 차별화를 보인다. 멀리서 바라보는 앞산과 뒷
산은 안개와 비에 가려져 흐릿하지만, 저 산에는 오늘도 나무들이
섰으리라고 노래한다. 나무들은 이 땅을 딛고 서 있는 민중으로 읽
을 수 있다. 안개와 비에 가려진 소나무는 솔씨를 간직하고 있고,
그것들이 제 몸을 묻어 푸른 산을 꿈꾸며 섰으리라는 확신에 찬 목
소리를 보인다. 이처럼 황폐한 현실을 딛고, 꿋꿋한 미래에 대한 낙
관적 전망을 보이는 작품들이 있다.

　(1)우리나라 꽃들에겐
　　설운 이름 너무 많다
　　이를 테면 코딱지꽃 앉은뱅이 좁쌀밥꽃
　　건드리면 끊어질 듯
　　바람불면 쓰러질 듯
　　아, 그러나 그것들이 일제히 피어나면
　　우리는 그날을 새봄이라 믿는다

　　　　　　　　　　　　　　　— 「우리나라 꽃들에겐」 일부

　(2)그러나 바람이 불면 바람에 흔들리면서 표범이나 삵괭이 눈치를
　　피하며 사는 그것들은 때때로 자기의 목숨이 경각에 달렸을 때 소
　　낙비처럼 산사태처럼 최후의 수단으로 나무에서 쏟아져내려 그 무
　　서운 삵괭이와 표범을 깔아덮쳐 죽이기도 한다는 것이다.

　　　　　　　　　　　　　　　　　　— 「주먹원숭이」 일부

(3)팽이가 돌아갈 때는 어째서
　하나의 조그만 나무토막이
　불타는 하나의 노여움이 되는지
　불타는 하나의 울음소리가 되는지

— 「팽이치기」 일부

　(1), (2), (3)은 모두 민중의 힘이 두드러진 작품들이다. (1)은, 우리
나라 꽃들에는 유독 설운 이름들이 너무 많은데, 건드리면 끓어질
듯, 바람불면 쓰러질 듯하지만 그것들이 일제히 피어나면 그날을 새
봄이라 믿는다는 것이다. 자연의 현상 속에 현실의식이 투사된 작품
이다. (2)는 민초들의 분노를 보인다. 표범이나 삵괭이의 눈치만 살
피는 주먹원숭이지만, 어느 때는 집단으로 항거하는 그들의 집단행
동은, 지배층과 피지배층의 관계를 알레고리화한 것이다. (3)도 (2)와
마찬가지이다. 팽이가 불타는 노여움, 울음소리가 되는 것은 채찍질
당할 때임을 밝히고 있지 않은가.
　시집 『하급반 교과서』가 간행된지도 벌써 십오년이 더 지났다. 세
기말, 뉴 밀레니엄의 전야에 읽는 이 시집의 맛은 색다르다. 격세지
감이 없지 않다. 80년대에는 시가 무기가 되던 시절이 아니었던가.
당시, 이 시집을 읽으면서 많은 사람들이 타는 목마름처럼 진리와
자유와 정의를 갈구하였던 것이다. 진리와 자유와 정의에 불을 지폈
던 추억의 시집, 『하급반 교과서』의 시인 김명수는 80년대 초반의
광포한 시대를 위해 준비되었던 것이다. 병든 시대를 병든 몸으로
껴 앉고 노래하기 위해.

시와 멀티오르가슴
— 김용오론

1

멀티미디어 시대에 김용오 시인이 『멀티오르가슴』(시문학사, 1998. 5)이란 시집을 출간했다. 『신의 수염』, 『동화작용』, 『두 사람에 관한 성찰』 이후 네 번째인 이번 시집은 그가 13년 이상 일관되게 성 테마를 고수하며 구축한 김용오 시학의 결산의 의미가 있다. 그는 첫 시집 『신의 수염』이 '기', 『동화작용』은 '승', 『두 사람에 관한 성찰』이 '전', 『멀티오르가슴』은 '결'에 해당된다고 '시인의 말'에서 지적해 두었다. 그동안 그의 시는 너무 야하다고 해서 발표를 거절한 잡지사도 있었고, 오히려 힘과 용기를 실어준 시인과 평론과도 있었을 만큼 양극적 평가를 받아왔다. 세번째 시집 『두 사람에 관한 성찰』의 '시인의 말'에서 밝힌 "지금의 내 시도 앞으로의 내 시도 시로서 대접받기보다는 非詩로 읽히기를 원한다. 만약 가까운 분들이나 미지의 독자들이 참 이상한 시도 다 있구나 하며 곱지 않은 시선으로 숫제 외면하는 경우, 미안한 일이지만 나는 내 인생에 있어 가장 행복한 순간으로 기억할 것이다. 뿐만 아니라 나는 내 시가 詩史에 길이 남는 것조차 별로 달가와하지 않는다. 왜냐하면 나는 철저한 허무주의자요 내 시도 그 허무주의자가 배설한 쾌감의 언어들이기 때문이다."를 액면 그대로 읽은 독자는 그의 시학을 부정적인 것으로 평가할 것이다. 마찬가지로 그의 시가 성을 테마로 하되, 기존의 시법과는 달리 매우 도발적으로 성을 다루고 있기 때문에 저속·통속시 혹은 외설·포르노시로 쉽게 단정할 수도 있을 것이다. 가뜩이나 IMF 시대를 맞아 문학을 새롭게 정립해야 한다는 목소리가 여기저기서 높아지는 상황에서는 더욱 그렇다. 90년대 후반기 문학에 대한 반성의 일환으로, 말초적인 감각문학이나 외설문학의 부추김으로써 소비지향성 향락문학이 성행케 됐고, 그것은 포스트모더니즘의 외피를 쓴 것이었다는 지적이 있고 보면, 시집 『멀티오르가슴』은 비판받을 소지가 없지 않은 것이다.

그러나 내가 시집 『멀티오르가슴』을 읽고 먼저 내린 결론은, 김용오의 시가 비시적이기보다 시적임은 물론이고 현대시의 지평을 넓히고 있다는 것이다. 무릇 시란 관습화된, 닫힌 감수성에 새로운 물줄기를 공급하는 것이어야 한다는 측면을 고려하면, 이 시집은 기존의 고정된 가치체계나 형이상학적 세계에 던진 비수와 같다. 후기현대사회에서 요구하는, 탈근대적 패러다임을 육체적 욕구의 절정인 '오르가슴'을 통해, 개성적으로 형상화하고 있는 것이다.

시집 『멀티오르가슴』을 제대로 읽기 위해서, 먼저 시집 제목이 '오르가슴'이 아니고 '멀티오르가슴'이라는데 유의해야 한다. 오르가슴이 성적 흥분의 최고조를 의미하는 닫힌 채널이라면, 멀티오르가슴은 성적인 것만이 아니라 삶의 총체성을 드러내는 열린 채널이다. 시가 단선적 코드가 아니고 다층적 코드를 취하는 것이라는 점을 상기해보면, 이 시집을 단순히 오르가슴이라 하지 않고 멀티오르가슴이라고 표제를 붙인 시인의 의도는 분명하다. 시집 『멀티오르가슴』이 연작시로서 첫번째 시 「오르가슴」으로 시작하여 마지막 시

「오르가슴 – 창세기」로 구성되어 있는 것, 또한 유의해야 할 대목이다. 세속적 욕망의 절정의 표출인 오르가슴이 마지막에는 창세기라는 부제가 붙은 오르가슴으로 끝맺음 된 것이 우연한 배치일 수는 없다. 연작시 '멀티오르가슴'에는 정교한 시적 장치나 기교가 얽혀서 의미체계를 형성하고 있다.

그가 테마로 취한 '오르가슴'은 세속적 독자의 관심거리다. 표피적 오르가슴에만 주목하는 독자는 이 시의 진수를 파악할 수 없다. 시인이 취한 제재로서 '오르가슴'은 의사가 아이에게 쓴 약을 먹이기 위하여 약 가장자리에 바른 설탕에 불과하다. 그의 시학을 부정적으로만 보는 독자나 비평가는 약에 발린 설탕만 핥아먹고 나머지를 버린 아이와 같다.

> 올해가 다 가기 전에 내가 손수 무술영화 한 편을 만들어야겠어 다들 잘나고 똑똑하다고 믿고 있는 세기말의 관객들에게 뻔히 알면서도 속아주는 가상현실의 즐거움이 어떠한 것인지를 한 번쯤 새롭게 보여주기 위해 황당무계한 거짓말과 가히 상상을 초월하는 신출귀몰한 검술을 수준높은 영상언어로 소개해야겠어 그렇다고 해서 언제나 마지막 장면에 필연처럼 악인이 죽는 도식적인 해피엔딩으로 싱겁게 끝내지는 않겠어 진짜 검법은 생명을 죽이는 데 있는 것이 아니고 생명을 살리는 데 있다는 것을 한 번쯤 새롭게 일깨워주기 위해 당대 최고의 고수로 추앙받는 주인공을 빙그레 웃으며 죽게 만들고 형편없는 검술의 악인이 바보같이 승리하는 비상식적인 결투장면으로 대단원의 막을 내려야겠어 당연히 감독과 주인공은 내가 맡아 열연하기로 하고
>
> — 「오르가슴」

그의 시학은 세기말의 관객들에게 펼치는 검법이다. 마지막 장면에 필연처럼 악인이 죽는 도식적인 해피엔딩으로 싱겁게 끝나는 무협영화처럼 '시'는 이러저러해야 한다는 기존의 시법으로 시집 『멀

티오르가슴』을 재단할 수 없다. 비평가들은 나름의 시학을 만들어서 그 틀 안에서 이러쿵저러쿵 무성한 말들을 만들어내지만, 전위적 시인이 구사하는 현란한 검술을 어찌 다 해독하겠는가.

2

시집 『멀티오르가슴』은 일상성이나 규범성, 혹은 도식성과 일정한 거리를 두고 있다.

오르가슴에 대한 일반적 인식은 지극히 세속적인 것이지만, 그의 시에서는 철학적이기도 종교적이기도 하다. 俗과 聖을 넘나들고 있다. 때로는 육체적인 것이 종교적이기도 하고, 종교적인 것이 육체적이기도 하다. 거룩한 것을 육체적인 것으로 패러디화하여 가차없이 비판하기도 하고, 육체적인 것이 정신적인 것, 나아가 종교적인 영역으로 승화되기도 한다.

    ― 지난밤 저는 섬광처럼 번쩍 피었다 떨어지는 이상한 별을 보았어요
    ― 더디어 눈을 다 떴군
    ―? (궁금해 죽겠다는 듯 빤히 쳐다보는 저 우라질 눈빛)
    세상사람들은 입고 있는 겉옷만 다 벗고는 서로 사랑한다고 쉽게 말들을 하지 그러나 보이지 않은 속옷을 깡그리 벗을 줄 아는 이는 그리 흔하지 않아 너는 비로소 자존심이라든가 수치심, 계산, 조건, 심지어 자의식까지 훌훌 벗어던질만큼 자신에게 정직해졌다는 뜻이야
    ― 글쎄요 그저 온몸이 텅 비는 느낌 뿐이었어요
    ― 바로 그거야 사랑이라고 하는 것은
                                                    ― 「오르가슴」

화자는 오르가슴을 화두로 말하고 있지만, 이면에는 철학자이거나 종교가의 면모를 보인다. 참된 '사랑'은 이런 것이라고 설법이라도 하고 있는 듯하다. 물론 그것이 표면적으로 드러나지는 않지만, 자존심이나 조건이나 계산 따위를 훌훌 벗어던질만큼 자신에게 정직해지는 상태에서 사랑의 실체가 드러나는 것이라는 논리는 독자를 설복할 수 있겠다. 그가 여기서 말하는 사랑은 세속적인 사랑의 단계를 넘어 종교적 영역인 아가페적인 것이다. 세속적 욕망의 절정인 오르가슴을 제재로 하고 있지만, 실상은 가장 종교적인 사랑을 말하고 있는 것이다. 이것은 어쩌면 性과 聖의 이원법을 해체하고 일원화시키는 의도일 수도 있다. 性과 聖의 일반적 거리는 이 시에서 무화된다고도 볼 수 있다. 가장 에로스적인 것이 가장 아가페적일 수 있다는 역설이 성립된다. 이처럼 그의 시에서 육체적 '오르가슴'은 표면적 의미에 불과하다. 빙산의 일각이라 해도 좋다. 오르가슴이 거느리고 있는 감추어진 거대한 의미의 덩어리를 읽어내는 작업이야말로 시집 『멀티오르가슴』을 제대로 이해하는 단초이다. 가장 세속적인 것에서 가장 종교적인 심상을 투영해내는 그의 시법은 놀랍다.

> 잠시 지상에 머물다 가는 모든 생명의 속성처럼 끊임없이 이어지는 수축과 이완 물다 놓다 물다 놓다 물다 놓다 물다 놓다 물다 놓다 물다 놓다 물다 놓다 물다 놓다 물다 놓다 물다 놓다 물다 놓다 물다 놓다 물다 놓다 더는 참지 못하고 마침내 뜨거운 번뇌의 육신을 말끔히 태워버리듯 화들짝 해탈하는 여인의 신음소리 아, 아, 아, 아제아제 바라아제 바라승아제 보리사바하 보-리-사-바-하
> — 「오르가슴」

그가 규정하는 오르가슴에는 俗과 聖의 경계가 없다. 일반적으로 육체에서 육체성을, 종교에서 종교성을 보지만, 그는 육체에서 종교

성을 읽어낸다. 반대로 종교에서 육체성을 읽어내기도 한다. 俗과 聖의 넘나들기는 그의 시에서 자연스럽게 이루어지고 있다.

> 밤마다 사랑하는 여자가 세상 모르게 잠이 드는 자정 무렵이면
> 몹시 기다렸다는 듯이 벌렁 누워있는 그녀의 벌거벗은 배꼽 위로
> 은근슬쩍 올라가 부동의 알몸으로 결가부좌를 하고 나는 텅빈 유리
> 병처럼 앉아 있었으니 두 눈마저 반쯤 지긋이 내려뜬 채 모든 생각
> 을 깡그리 끊어버려 그저 있는 듯 없는 듯 부동의 알몸으로 결가부
> 좌를 하고 나는 넓은 허공처럼 앉아 있었느니
> 허허, 연꽃 위의 부처도 별것이 아니었구나
>
> ― 「오르가슴」

벌거벗은 배꼽 위에 올라가 부동의 알몸으로 결가부좌를 한 모습을 하고는 "허허, 연꽃 위의 부처도 별것이 아니었구나"라고, 종교적인 것을 육체적인 것으로 패러디하고 있는데, 이는 俗과 聖의 경계를 무화시키는 것이거나 화자가 펼치는 에로티시즘의 높이를 보이는 것이기도 하지만, 한편으로는 종교적인 것을 희화하는 작업이기도 하다. 생명없는 지나친 엄숙주의나 경건주의를 세련된 수사로 비판한 것이다. 육체적인 것은 외설스럽고 종교적인 것은 거룩한 것, 육체적인 것은 탐욕스럽고 종교적인 것은 경건한 것이라는 고정관념조차도 해체하려 한다. 그는 육체/영혼의 고착된 이분법조차 타파하려 하는 것이다. 이제까지 관습적으로 육체와 영혼은 화합할 수 없는 것으로 인지되었지만, 그는 육체적인 소욕은 영혼을 거스르고 영적인 소욕은 육체를 거스른다는 견고한 관념을 넘어서 육체와 영혼의 합일, 일원화라는 유기적 사고, 혹은 보충과 대체의 관계성을 구축하려 한다. 선/악, 영혼/육체, 남자/여자, 정상/광기 같은 이분법적 대립항의 '폭력적인 서열제도'(데리다)를 해체함으로써 탈근대적 패러다임을 지향하고 있는 것이다. 첫 번째 것에 특권을 부여하고, 두 번째 것은 이차적인 것으로서 첫 번째 것의 오염된 형태라고 생

각해온 기존의 형이상학적 세계관을 붕괴시키고 새로운 관계성을 창출하려는 시도이다.

> 기분좋게 흔들거리는 시간의 침대 위에 똑바로 뉘워 있었어 그것을 살살 문질러서 꼿꼿히 세운 채 지긋이 두 눈을 감고는 도시광장의 분수처럼 미학적으로 바라보고 있었어 마냥 꿈틀거리는 허공의 질속을 더듬더듬 적시며 까마득히 올라가서는 여기가 어딜까, 어딜까 고개를 좌우로 흔들어 보지만 죽음이 곧 삶이라는 듯이 산산히 부서지며 뛰어내리던 무지개빛 생명의 물보라, 황홀한 추락의 순간을 아득한 심정으로 바라보고 있었어 흥건히 마음까지 적시고 있었어

> 때로는 여자가 하늘이 되고
> 내가 땅이 되어
>
> ― 「오르가슴」

자위행위를 미학적으로 묘사하는 것이지만, 이것을 단순한 쾌감의 자기배설로 읽어서는 무의미하다. 앞서 지적한 데리다의 '폭력적 서열제도'인 하늘/땅, 남성/여성의 서열을 전도시키는 새로운 세계관의 표출이다. 때로는 여자가 하늘이 되고 남자가 땅이 되기도 하는 것이다.

시집 『멀티오르가슴』에서 보이는 俗과 聖의 경계의 해체, 혹은 俗이 聖이고 聖이 俗이 되는 역설, 혹은 俗과 聖의 넘나들기는 결국 두 층위의 합일을 모색하면서, 유기적 세계관으로 이분법적 대립항을 일원화시키는 동양적 사고의 시적 모색이라고도 할 수 있다.

> 당신이 주말마다 부드러운 사랑의 모음으로 다가와 비워놓은 옆자리에 가만히 눕고 나 또한 힘이 넘치는 외로운 자음으로 포개어지듯 그 위에 엎드려 서로 빈틈없이 맞물린 뜨거운 생명의 누드화가 되어서 왈칵 쏟아지는 하얀 눈물을 자꾸 흘리다 보면 그 언제 따뜻

한 봄날 높고 그윽한 경지의 새로운 낱말 하나를 한송이 꽃으로 피
워낼 수 있겠지 아 그 언제 쓸쓸한 늦가을 열매로 완성된 낱말 하
나를 허공중에 매달아 놓고 빙그레 웃음을 흘리듯 이 세상을 떠날
수는 있겠지 아직은 태어나서 한 번도 들어본 적이 없고 불러본 적
도 없는 오직 우리 둘만을 위한

— 「오르가슴」

남/녀는 이분법적 대립항의 표상이다. 여기서 폭력적 서열제도를
전도시키고자, 후자(녀)에 대해서 새롭게 조명하고 인식하는 것이
소위 페미니즘의 시각이다. 그러나 시집 『멀티오르가슴』의 '오르가
슴'은 남성이 여성을 억압하는 것도 여성이 남성의 우위에 서는 것
도 아니다. '모음'(여성)과 '자음'(남성)의 사랑으로 만나 뜨거운 생
명의 누드화가 되어 '열매로 완성된 낱말 하나를 허공중에 매달아
놓'는 것이다. 이질적 세계를 통합된 일원적 세계로 완성시키는 탈
근대적 패러다임은 이번 시집 『멀티오르가슴』에서 보인 김용오 시
학의 미덕임이 분명하다. 俗/聖, 인간/자연, 남성/여성, 육체/영혼 등
처럼 이원 대립적 사고로 구축된 것이 근대적 사유방식이라면, 그의
시학은 탈근대적 사유방식으로 근대성을 극복하려 하는 것이다.

3

이번 시집이 '오르가슴'이 아니고 '멀티오르가슴'으로 표제를 붙
인 것은 '오르가슴'의 의미체계의 다층성을 암시하기 위한 장치였
다. 이 글 2장(앞의 글)에서는 육체적 '오르가슴'의 의미체계(제1부)
를 분석해 보았다. 그러나 시집 『멀티오르가슴』이 육체적 오르가슴
만으로 한정된 것이 아니다. 이 시집이 '오르가슴'을 테마로 한 연
작시집이지만, 제1부에서 육체적 '오르가슴'의 체험을 다루고 있고

제2부는 정신적 '오르가슴'을 다루고 있는 것이다.

> 나는 지금도 알 수가 없어 이른새벽 스카이라운지에서 우연히 합
> 석한 반백의 노시인께서 서로 마주 쳐다보며 커피를 들다가 무심코
> 창밖의 허공에 돌을 던지듯이 그렇게 멀리 던진 그 한마디의 말이
> 무엇 때문에 내 마음의 등어리에 시퍼런 칼자욱을 남기고 지나갔는
> 지, 무엇 때문에 답답한 허무의 안개를 확 쓸어내고는 아침햇살처럼
> 번쩍 하고 내 눈을 스치며 지나갔는지, 나는 지금도 알 수가 없어
> 우연히 합석한 반백의 노시인께서 가볍게 탁자 위로 커피잔을 내려
> 놓으며 무심코 창 밖의 허공에 돌을 던지듯이 그렇게 멀리 던진 그
> 한마디의 말이
>
> ― 김시인, 그동안 우리들이 헛되고 부질없다고 생각해온 것들이
> 사실은 가장 소중하고 귀중한 인간의 몫이라는 느낌이 들어
> ― 「오르가슴」

육체적 오르가슴은 성적 쾌감의 절정의 상태를 일컫는 의미이지
만, 정신적 오르가슴은 정신적 깨달음의 절정의 상태를 일컫는 의미
로 이해하면 된다. 인용작품은 시집 『멀티오르가슴』의 제2부 세번째
「오르가슴」이다. 제1부의 육체적 오르가슴과는 달리 정신적 깨달음
의 절정의 상태를 노래하고 있다. 그것은 "내 마음의 등어리에 시퍼
런 칼자욱을 남기고", 혹은 "아침햇살처럼 번쩍 하고 내 눈을 스치
며"처럼 정신적 오르가슴의 상태를 은유하고 있다. 그가 시적 대상
으로 취한 것은 오르가슴인데, 그것이 육체적인 것이든 정신적인 것
이든 한결같이 일상성이나 규범성과 거리를 두고 있음은 물론이다.
이 시에서도 간접화법으로 말하고 있지만, "우리들이 헛되고 부질없
다고 생각해온 것들이 사실은 가장 소중하고 귀중한 인간의 몫"이
라는 지적은 주변부의 중심화를 꾀하는 포스트모던한 사유방식을
표출한 것이다. 제1부에서 끊임없이 보인 육체적 오르가슴, 그것은

은유와 상징, 아니면 아이러니 혹은 역설로써 간접화법을 취한 것이
지만, 매우 색욕적인 풍경이었다. 이와는 달리 제2부에서는, 오르가
슴에서 있어서 주변부로 치부된 정신적 국면을 새롭게 조명한다.

　그는, 아니 우리는 오르가슴 하면 그것은 육체적인 것, 곧 탐스러
운 몸매, 매혹적인 눈빛, 뽀얀 피부, 오똑한 코, 빠알간 입술, 우유빛
속살, 젖가슴 따위의 색욕적인 것에서 찾아왔다. 오르가슴에 있어서
육체/정신의 이원대립, 그것은 전자가 중심부, 후자는 주변부라는 생
각이 지배적이었다. 시집 『멀티오르가슴』의 제2부는 오르가슴에 있
어서, 육체와 정신의 서열이 역전되는 기미를 보인다.

> 너를 만나기 위해
> 너를 떠나야 해
> 끊임없이 나를 유혹해 온 너의 우유빛 속살로부터 깨물어주고 싶
> 었던 젖가슴 언저리의 불쑥 돋아난 까만 점이며 어린아이처럼 칭얼
> 거리다 슬그머니 두 눈을 감는 귀여운 잠버릇으로부터 그동안 숨돌
> 릴 틈도 없이 마냥 내 영혼의 뿌리를 송두리째 흔들어온 너의 허벅
> 지 사이, 감각적인 사랑의 골자기로부터 아니면 지금까지 내것이라
> 고 믿어왔던 그 모든 쾌락의 어리석은 이름들 이 지상의 아름다운
> 허상으로부터
>
> 　　　　　　　　　　　　　　　　　　　　　　— 「오르가슴」

　이 시는 육체적 오르가슴의 원천이 되는 온갖 색욕적인 것, "쾌락
의 어리석은 이름들 이 지상의 아름다운 허상"인 '너'(육체적 가치)
를 떠나 또다른 '너'(정신적 가치)를 만나야 하는 당위성을 노래한
다.

　제1부에서 보인 육체적 오르가슴에서 俗과 聖의 넘나들기, 혹은
俗이 聖이 되고 聖이 俗이 되는 탈규범적 사유, 개방적 혼, 정신의
자유, 여기에 이르는 무수한 고뇌와 갈등에서 유추된 새로운 세계에
눈뜸이 제2부에서 정신적 오르가슴의 세계로 나타난 것이다. 이런

과정에 도달하기 위해서는, 이전의 시집 『신의 수염』, 『동화작용』, 『두 사람에 관한 성찰』 등에서 이미 육체성에 대한 깊은 성찰이 전제되고 있었다. 제3시집 『두 사람에 관한 성찰』에서 가장 본능적이면서도 인간적인 두 캐릭터, 황진이와 가롯 유다의 정신적 합궁을 통한 인간의 원초적인 참모습을 찾는 미학적 시도는 그 일례가 될 것이다. 육체성에 대한 다층적이고 심층적인 탐색에서 섬광같은 한 줄기 빛을 받아, 정신적 오르가슴에 이르게 되었으리라.

> 동산이나 부동산 그 무엇이든 많이 소유하면 좋다는 욕심 하나로 늘 바쁘게 살아왔어 비근한 예로 한들한들 외롭게 서 있는 한송이 들꽃보다 커다란 정원에서 무더기로 피어 있는 형형 색색의 화려한 꽃들을 더욱 사랑하며 지내왔어 좀더 솔직하게 고백하여 자기가 무슨 삼천궁녀를 거느리고 살다 비명에 간 어느 옛임금의 유전인자라도 물려받은 것처럼 이곳저곳 아무도 모르는 하늘의 빈터 같은 데 별별 여자들을 다 숨겨 놓고 수시로 파트너를 바꿔가며 함께 잠자리를 하는 것을 최상의 행복으로 생각하였어 하지만 조용히 뒤돌아서서 까맣게 떨어져나간 지난 나의 모습을 다시한번 살펴보았더니 글세, 동산이나 부동산 그 무엇이든 많이 소유하면 좋다는 욕심 하나로 살아온 그것이 실은 하나도 가진 게 없다는 역설적인 이치와 서로 맞물려 있음을 - 눈물 한방울 속에도 전 우주가 다 들어 있음을 어렴풋이 알게 되었어 다행스럽게 뒤늦게나마
>
> ― 「오르가슴」

육체성에 대한 탐닉, 무수한 시행착오, 그로 인한 축척된 경험들에서 이렇듯 새로운 가치관, 세계관을 보인다. 어쩌면, 참다운 오르가슴은 육체성에 있는 것이 아니라 정신성에 내재한 것이라는 것, 즉 "진정한 의미의 오르가슴은 성기에 있는 것이 아니라 인간의 뇌파 속에 있다는 체험적인 깨달음"(시인의 말)이 시집 『멀티오르가슴』의 압축된 메시지의 하나가 될 것이다.

　나는 가장 낮은 하층 신분이 되어 없는 듯이 살았으면 좋겠어 누
구 앞에서든 주인님, 무슨 일이든 시켜주십시오 하고 반쯤은 허리를
굽힌 떳떳한 자세로 행여 아무런 잘못도 없이 그가 채찍을 높이 들
어 싱싱 내리치는 고통의 순간을 만나도 선량한 눈망울 껌벅거리는
누런 황소가 되어 주인님, 죽여 주십시오 하고 깡그리 모든 걸 내어
맡긴 평화로운 표정으로 땅바닥만 내려다보고 있었으면 좋겠어 가
령 오랫동안 함께 산 여자가 불륜의 외박을 하고 술이 덜깬 풀린
몸으로 이른아침 귀가하는 있을 수 없는 사건이 일어나도 마냥 웃
는 얼굴로 가만히 안아준 뒤 따사로운 물통 앞에 쪼그리고 앉아 그
녀의 이쁜 발이나 열심히 씻어주는 행복한 바보같이 살았으면 좋겠
어 언제나 충직한 사랑의 종이 되어

—「오르가슴」

　제2부에서 천착하는 정신적 오르가슴의 한 극점이다. 그렇다. 오
르가슴은 육체적인 것에서 정신적인 것으로 옮아가는 것이다. "언제
나 충직한 사랑의 종이 되어" 맛보는 정신적 오르가슴은 육체적 오
르가슴보다 더 상위의 개념이다. 여기서 우리는 제2부에서 보이는
정신적 오르가슴이 어쩌면 다소 윤리적인 데로 귀속되어 상투성에
머무는 것이 아닌가 하는 우려도 할 수도 있다. 제1부에서 보인 개
성적인 어법이 제2부에서 다소 무디어진 것 아닌가 허탈해 할 수도
있을 것이다.

　그러나 나는 김용오의 시학이 일상적이거나 도식적인 것과 일정
한 거리를 갖고 있다는 믿음을 고수한다. 제2부에서 보이는 정신적
오르가슴의 세계가 제1부의 세계, 아니 그 이전의 세 권의 시집에서
보인 육체성에 대한 끝없는 탐색의 결과물이라는 점에서, 단순히 육
체/정신의 이원대립적 산물이라고 단조롭게 재단하고 싶지 않다.

4

시집 『멀티오르가슴』을 읽으면서, 제3부에서는 연작시의 화자가 서정주의 「국화 옆에서」의 '누님'같다는 생각을 하게 된다. 왜 그럴까. 제1부의 육체적 오르가슴, 제2부의 정신적 오르가슴의 세계를 다 체험하고 이제는 보다 원숙한 자아로서 삶을 되돌아보는 아름다운 모습을 보이기 때문이다. 제3는 인간적 면모의 절정으로서 인간적 오르가슴의 세계가 펼쳐진다.

> 흙냄새가 조금씩 구수하게 입맛을 자극하기 시작하는 계절 또는 눈앞에 거울보다는 지상으로부터의 눈길을 가만히 들어올려 저 깊고 푸른 가을하늘을 힐끔힐끔 쳐다보며 살아가야 할 나이 하여 영원히 내것인 줄 알았던 것들을 하나 둘 소리없이 떠나보내며 아무렇지도 않는 듯 허허 웃고 서 있지만 오늘따라 흰 머리칼 몇 개와 눈가의 주름살이 유난히 쓸쓸해 보이는 사람 결국은 겨우 걸음마를 떼어놓던 젖먹이 아기시절로 되돌아가서 어머니와 마주앉아 더듬더듬 말을 익히듯이 이제는 황금같은 침묵을 배워야 할 나이 아, 바로 그런 서럽고도 좋은 나이
>
> ─ 「오르가슴─50대」

흰 머리칼 몇 개와 눈가의 주름살이 유난히 쓸쓸해 보이는 50대의 화자, 그를 현재의 시인 김용오의 모습과 겹쳐서 읽어도 좋을 듯하다. 그는 이제 인생을 아는 나이이다. 시집 4권을 상재한, 시인으로서도 원숙경에 이르렀다. 이제 "이른 아침 빈손으로 떠나리라 세상 사람들이 잘 다니지 않는 더러 낙엽들이 제멋대로 깔려 있을 법한 쓸쓸한 가을의 외딴길을 혼자 뒤로 뒤로 걸어서 가리라 그곳이 어딘지는 잘 모르지만 이미 몇 십년 전에 슬그머니 잃어버린 동화같은 나를 만나기 위해"(「오르가슴」) 새로운 길을 찾아 나선다. 그의 인생길도 시의 길도 이제 또다른 새로운 길찾기를 시작할 단계에

진입했다.

> 막막하다 자정도 지난 깊은밤에 어쩌다가 뒤늦게 돌아와 엘리베
> 이트를 타고 7층에 떨어져 터벅터벅 문앞에 서 있는 나의 몸뚱아리
> 를 내가 보고 있으면 오래 전에 아내며 아이들도 이미 다 떠나버리
> 고 없는 마른 콩껍질같은 빈 집인 줄을 빤히 알면서도 행여나 벨을
> 누르고 서 있는 나의 마음을 내가 보고 있으면, 어제보다는 한치쯤
> 키가 더 자란 고독이란 놈이 쪼르르 달려나와 말없이 열어주는 집
> 안으로 들어가 한동안 깜깜한 어둠이 되어 서 있다가 긴 소파 위로
> 털석 무너져 내리는 나의 서러움을 내가 보고 있으면, 마치 성욕을
> 다 쏟아버린 뒤 갑자기 밀려오던 순간의 공허감처럼 그 모든 것이
> 그저 막막하고 막막하다
>
> ── 「오르가슴」

시집 『멀티오르가슴』의 제3부는 극히 인간적인 시인의 면모를 읽
을 수 있는 것이다. 아이도 아내도 다 떠나버린 아파트 7층에서 혼
자 고독과 함께 보내는, 그것을 미화하지도 않고 있는 그대로 진솔
하게 펼쳐 보이는 그의 모습은 필부의 모습 바로 그것이다. 제3부에
서는 뉴욕에 있는 아이, 중소인쇄업자 김태훈씨, 시인 윤강원의 죽
음, 수락산, 수입 바나나, 통일전망대 등 본문이나 부제에 걸쳐서 여
러 가지 얘기를 독자들에게 들려준다. 그것이 사변적일 때도 있고,
때로는 철학적 · 종교적일 때도 있지만, 제3부의 화자는 시인의 맨얼
굴처럼 보인다.

5

시집 『멀티오르가슴』은 연작시집이지만, 3부로 나누어져 있음은
이미 지적한 바와 같다. 제1부는 육체적 오르가슴, 제2부는 정신적

오르가슴이다. 제3부는 제1부와 제2부가 통합된 극히 인간적인 면모의 절정을 보인다는 점에서 '인간적 오르가슴'이라 규정할 수 있는 것이다. 이렇듯 이번 연작시집은 오르가슴을 테마로 하되, 멀티오르가슴이 된다. 연작시 한편 한편마다 그 작품이 보이는 다층적 코드까지 염두에 두면, '멀티'오르가슴이란 표제의 상징성은 더욱 선명해질 것이다. 연작시인 『멀티오르가슴』은 구조적으로도 완결성을 보인다. 앞에서 거칠게 분석한 것만 보아도, 제1부의 '육체'와 제2부의 '정신'이 통합되어 제3부에서는 '인간'의 모습을 드러낸 것, 이 하나만 보아도 이 작품집의 구조적 통일성을 엿볼 수 있을 것이다. 이 글에서는 연작시 전체의 거시적 구조를 중심으로 거칠게 살펴보았기 때문에 각 작품이 구축하고 있는 미시적 구조분석에는 다소 소홀한 감이 없지 않다. 따라서 서술형식이 산문시임에도 불구하고 자연스럽게 시적 리듬을 어떻게 획득하고 있는지, 산문시인 개별 작품에서 구사된 은유나 상징, 혹은 아이러니나 역설이 어떻게 시성을 획득하는데 기여하는지 등등, 이 시가 갖고 있는 여러 가지 미학적 장치들을 심도있게 조명하지 못한 점은 아쉬움으로 남는다.

현대시에서 성을 테마로 하여 후기 자본주의적인 욕망의 문제나 현대인의 황폐한 내면풍경을 다룬 시, 나아가 페미니즘적 시각에서 성을 테마로 다룬 시들이 많이 있지만, 김용오처럼 俗/聖의 이원대립구조를 와해하면서 탈근대적 패러다임을 보인 시편은 거의 찾기 힘들다. 이런 점에서 나는 시집 『멀티오르가슴』의 제1부가 더욱 빛을 발한다고 본다. 그가 일관되게 탐색한 소재적인 측면과, 그것을 개성적으로 해석해내는 주제적 측면, 모두 예사롭지 않다. 80-90년대를 거치면서 구축된 개성적인 김용오 시학은 앞으로 시사적 측면에서 진지하게 탐색되어야 할 것이다.

시대의 중심
— 김춘랑론

　지금은 사이버시대니, 정보화시대니 하여서 모든 부문에서 새로운 패러다임을 요구하고 있다. 시인이라는 존재도 이전처럼 경의로운 대상이 아니다. 독자의 수나 시인의 수가 거의 비슷하다는 자조 섞인 말들이 오고가는 이 시대에 시인이 뭐 별스런 존재일 수 있겠는가. 이런 점에서 김춘랑은 이 시대의 마지막 시인의 한 사람이 아닌가 생각해 본다. 시인이라는 칭호 하나만으로도 행복할 수 있었던 시대를 풍미하며 시인이라는 이름을 달고 기행도 일삼고, 호기도 부리고, 목청도 높여보았던 시인 김춘랑, 그는 여전히 이 시대에서도 변함없는 시인의 풍모를 지니고 살아가고 있다.

　제2회 경남시조문학상 수상의 영예가 그에게 돌아간 것은 당연지사가 아닌가 한다. 그는 시대의식이나 역사의식에 있어서 남 다른 데가 분명히 있다. 이번 수상작품 「貧者의 雪」도 예외가 아니다.

　　　감당못할 삶의 무게
　　　어깨 짓누르는 짐퉁벗고

　　　무대책의 지아비가
　　　歸巢하는 하오쯤에

빈자의 낮은 지붕위로
눈이 내려 쌓였었네.

고장난 흑백TV
채널을 다투다가

선한잠의 아이들이
꿈길속을 헤매일 때

지어미
일만가지 근심
발이 푹푹 빠졌었네.

길들여진 가난살이
해토절엔 풀리련만

몇날을 손꼽아도
제설차는 오지않고

적자로 쌓인 눈더미
태산같이 길막았네.

　이 작품 속의 지아비는 시인 자신의 얼굴이 아닐까. 어쩌면 전 시대의 시인이라고 일컬어졌던 사람의 전형적인 모습이 아닐까. "무대책의 지아비"가 전 시대 예술가의 초상으로 여겨지는 것은 무엇보다 많은 예술가들은 아웃사이드였기 때문이다. 시가 일상적 문법을 일탈하는데서 출발하는 것처럼 시인의 삶이라는 것도 일상적 문법을 일탈하는 경우가 많았다. 삶을 짓누르는 짐통같은 속박이나 무게에 짓눌릴 것 없이 훨훨 벗어버리고 자유로이 비상하고자 하는 시인의 인생행로가 엿보인다.

그런 지아비가 돌아오는 하오쯤에 눈이 내려 쌓였다. 빈자의 낮은 지붕 위에 눈이 가득 쌓인 것이다. 아무 것도 모르는 아이들은 고장난 흑백TV 채널을 다투다가 잠이 들었다. 지어미만 세상살이 걱정에 발이 푹푹 빠졌었다. 이 대목이 묘미가 있다. 지아비가 눈길을 걸어온다면, 발이 빠지는 쪽은 지아비인데, 지어미 발이 푹푹 빠졌다는 것은 무엇인가. 지어미가 가장으로서 지아비가 감당해야 할 몫까지 대신 짊어지고 있음을 우회적으로 표현한 것이다. 눈의 이미지가 이중적 의미를 거느리면서 재미를 더한다. 눈이 쌓여서 공간적 두절이 나타나는 것도 있지만, 지어미의 걱정, 근심을 구체적으로 형상화한 측면도 있는 것이다. 한편, 지아비는 아이러니이기도 하다. 대책 없이 무능한 지아비의 이미지가 짐짓 무책임한 가장처럼도 보이지만, 사실은 매우 고달픈 인생을 살아가는 IMF 시대의 가장의 모습도 투영하고 있다.

김춘랑의 신작도 보면, 이 시대의 고통의 문제를 형상화하고 있다. 「별도 뜨지 않는 밤」에서는 IMF 구조조정으로 쥐꼬리만한 명퇴 위로금을 손아귀에 움켜진 숙련공 김씨가 차마 가족들의 얼굴을 볼 면목이 없어 쓸쓸한 공원 벤치에 노숙의 자리를 까는 장면이 제시되고, 동시에 이태원 어느 골목에서는 네온사인이 명멸하고 골프채 울러 맨 졸부들이 공항대합실을 붐비는 풍경을 제시한다. 자본주의 왜곡된 자본의 흐름이나 도덕적 부패상을 대립구조로 선명하게 제시한 것이다. "별들도 춥고 배고픈지? 이밤엔 뜨지 않았다"라고 끝맺는 데서, 가진 자들의 부도덕한 삶의 모습을 풍자하고 있는 것이다. 「썩은 나무 가지치기와 세기말적 증후군」에서는 자연과 인간의 상생관계를 생태시조적 관점에서 형상화하고 있다. 상록수 분재가 병들고 그 분재를 관리하던 원정 또한 병들어 죽게 되는 것을 통해서 생태학적 상상력을 도입하고 있는 것이다. 나아가 지상의 나무와 강물, 바닷물 그리고 하늘마저 오염되거나 파괴된 현장을 심각하게 그려냈었다.

「별도 뜨지 않는 밤」이나 「썩은 나무 가지치기와 세기말적 증후
군」은 시인이 시대의 중심에 서서 오늘의 가장 심각한 문제를 이슈
화한 것이다. 이들 작품은 메시지가 전면에 강하게 드러나면서 시인
의 의도가 직접적으로 나타난다. 그러나 다음의 작품은 메시지가 내
재화되면서 그 형상성이 두드러진다.

> 끝내는 무너지리다
> 그대의 城, 견고한
>
> 허언과 감언으로
> 식상한 들풀들이
>
> 눈부신
> 청기와 용마루를
> 눈 흘기고 있나니,
>
> 차라리 묵묵부답하는
> 돌이 되리라
>
> 온세상 석공들이
> 낯선 검으로 쪼아
>
> 정수리 어깨어지고
> 피 흘린다 할지라도,

— 「은유의 돌」 전문

이 작품은 비유구조로 형상화되어 있다. 여기서 시인은 예언자의
모습을 보인다. 시대를 꿰뚫어보면서, 그 시대를 진단하고 경고하는
것이다. '그대의 城'은 견고하지만, 끝내는 무너지리라는 단정 어법

이다. 그 견고한 城은 무엇인가. 허언과 감언으로 식상한 들풀들이 눈 흘기는 저 눈부신 '청기와 용마루'가 바로 그대의 견고한 城이다. '청기와 용마루'는 환유적으로 읽으면, 권부의 핵심이다. 그렇다면, 들풀들은 민초임에 틀림없다. 예나 지금이나 민초들은 권력에 유린당하며 살아 왔다. 들풀과 청기와의 대립적 의미구조가 이 시의 의도를 드러내는 것이다. 화자는 예언자적 모습을 취하면서도 차라리 묵묵부답하는 돌이 되리라고 역설적 태도를 취한다. 정수리 어깨어지고 피흘린다 해도 돌이 되리라는 것은 무엇인가. 허언이나 감언 이설로 속이느니, 묵묵부답의 침묵으로 일관하겠다는 것, 그래서 권부의 부정적 이미지를 비판적으로 부각시켰다. 이 작품은 앞의 두 작품들과는 달리 상당히 밀도를 지니고 있다.

　김춘랑은 늘 역사나 시대의 한복판에 서서 카랑카랑한 목소리의 날을 세우면서도 다정다감함을 잃지 않는다. 「잊힌듯」은 그의 또다른 면모를 보이는 작품이다. 그의 시편들에서 때로는 메시지가 전면에 두드려져서 심미성을 해치는 것 같아도, 그 이면에 감추어진 짙은 서정성을 간과해서는 안 된다. 거듭 말하거니와 그는 언제나 시대를 비켜서지 않고, 당대현실을 아우르면서 항상 시대의 한복판에 맞서 있는 이 시대의 마지막 시인 중 하나이다.

세계와 자아의 변증법

― 박명용론

1. 들어가면서

박명용은 잘 알려져 있듯이 1976년 『현대문학』으로 등단한 이후,
일곱권의 시집―『알몸序曲』(1979), 『강물은 말하지 않아도』(1982),
『안개밭 속의 말들』(1985), 『꿈꾸는 바다』(1987), 『날마다 눈을 닦으
며』(1992), 『나는 마침표를 찍고 싶지 않다』(1995), 『바람과 날개』
(1997), 『뒤돌아보기·江』(1998)을 상재한 바 있는 중견시인이다. 그
동안 박명용 시집에 대한 개별 작품이나 시집에 대한 논의는 풍성
했으나 총체적 논의는 부족했다고 본다.

이 글은 널리 알려진 중견시인의 시세계를 이즈음 정리해 둘 필
요가 있다고 보아, 그의 시세계를 총체적으로 짚어보는 작업이다.
여기서 시세계를 통시적으로 살피면서 구획을 지으려 시도하겠지만,
결코 완결성을 지닐 수 없는 試論에 그칠 수밖에 없다. 왜냐하면,
아직도 현역 시인으로 활발한 시작활동을 계속하면서 새로운 지평
을 열어가고 있는, 시인의 시세계를 일단락하여 조명한다는 것은 상
당한 모험이고, 위험 또한 수반되는 일이기 때문이다.

박명용의 시력은 70년대 중반에 출발하여 80년대를 거쳐 현재(90
년대 후반)까지 20년이 넘었다. 나는 여덟 번째 시집을 제외하고 일
곱권의 시집을 통독하고서, 그의 시세계를 세계와 자아의 대응이 변
증법적으로 이루어지면서 크게 세 단계로 나누어진다고 보았다. 제1
기(80년대 중반까지)-『알몸序曲』(1979)·『강물은 말하지 않아도』
(1982)·『안개밭 속의 말들』(1985)-는 세계」자아, 제2기(80년대 후반
부터 90년대 초반)-『꿈꾸는 바다』(1987)·『날마다 눈을 닦으며』
(1992)-는 세계「자아, 제3기(90년대 중반 이후)-『나는 마침표를 찍고
싶지 않다』(1995)·『바람과 날개』(1997)-는 세계=자아로 나타난다.
제1기는 세계의 확대와 자아의 축소, 제2기는 그 반대, 제3기는 세
계와 자아의 공존 혹은 통합이다. 이같은 분류는 다소 도식적이긴
해도 시인의 시세계를 이해하는데 도움이 된다.

2. 세계의 확대와 자아의 축소

제1기는 70년대를 거쳐 80년대 중반까지로서 유신과 5월의 광주
로 상징되는 군부통치의 광포한 시대이다. 시인은 자아의 내면적 성
찰보다는 외부세계의 모순에 시선을 둘 수밖에 없는 처지였다. 이
때 민중시나 노동시 같은 목소리 높은 현실 참여파들이 득세한 것
은 우연이 아니다.

박명용은 이 시대를 어떻게 읽었을까. 그는 현실 참여파 시인들처
럼 생경한 목소리를 토하기보다는 감정을 지적으로 통제하면서 현
실을 비유나 상징으로 변용시켰다. 제1시집 『알몸序曲』(1979)에는
왜곡되거나 전도된 미적구조로 광포한 시대현실을 표상했다. 대표적
인 작품이 「異變」, 「晩秋」, 「이승과 저승」 등이다.

그렇지. 그렇지.
옷에 몸을 맞추어야 한다는
그 理致의 환한 대낮 양복점에서
내 벙어리 되어 진종일 마네킹처럼
있어야지
있어야지

겨울이, 겨울이,
窓밖에
내린다.

　　　　　　　　　　　　　　　—「異變」 전문

　주객이 전도된 상황, 곧 異變이다. '몸/옷'에서 몸이 주체이고 옷
은 객체인데, 옷에 몸을 맞추어야 하는 理致가 그것도 '환한 대낮'
에 주도하는 세상이다. 전도된 가치관에 대하여 화자는 벙어리이거
나 마네킹처럼 있어야 한다. 이것은 제1연의 상황으로 양복점 안,
그러니까 내부 공간이다. 제2연은 窓밖의 외부공간으로, 겨울이 내
리고 있다. '눈/겨울', 혹은 '눈/비'에서 비나 눈이 내려야 하는데, 겨
울이 내리고 있다. 여기서도 주객이 전도되었다. 내부공간이나 외부
공간 모두 가치의 전도로 나타난다. 이 텍스트는 주객이 전도된 왜
곡된 구조를 보인다.

아무렇게나 꽃밭 변두리에 꽂아논
오동나무 한그루
몇해 지나자 내키 세배는 자랐다.
이제는 텅빈속을 으젓히 감추고
말(言) 잃은 내게
떨어진 잎이나 줏으란다.

　　　　　　　　　　　　　　　—「晩秋」 전문

'나/오동나무'에서 나가 주체이고 오동나무가 객체인데 오동나무
가 나에게 떨어진 잎이나 줏으란다. 이것 역시 '異變'이다.

> 이승바람이 숲을 가른다.
> 丹邱마을이 저승에 어린다.
> 祖上의 封墳이 어제로 머문다.
> 新作路가 빗나간 세월이다.
>
> ― 「이승과 저승」 일부

'이승/저승'의 경계가 모호하다. 기존 질서의 와해이다. 이승공간
인 '丹邱마을'이 저승에 어린다는 인식에서 나타난다. 따라서 화자
는 新作路를 빗나간 세월로 인식하게 된다.

세 작품 모두, 주객이 전도거나 기존 질서의 와해된 구조로 나타
난다. 이같은 작품의 구조는 현실세계와 상호텍스트성을 이루는 것
이다. 다시 말해, 제1시집 『알몸序曲』은 당시의 광포한 현실의 왜곡
된 구조를 반영한 것이다. 시대현실을 읽는 시인의 시선은 매우 지
성적인 면모를 보인다. 그것은 감정이나 관념을 생경하게 드러내지
않고, 아이러니로써 시대의 왜곡상을 비판하고 있기 때문이다.

제2시집 『江물은 말하지 않아도』도 감정을 지성으로 통제하면서
현실의 구조적 모순을 구체화하고 있다. 그 대표적 작품은 연작시
「江 물은 말하지 않아도」이다.

> 물빛이 뒧 지난 애기처 맑다.
> 한 놈 두 놈
> 드디어 떼를 이루는 피라미 새끼들.
> 瞳孔을 고정 시킨다
> 그러나
> 쓸만한 놈은 영영 보이지 않는다.
> 푸른 하늘이 너무 푸르다.

푸른 하늘이 너무 부끄럽다.

연작시 「江물은 말하지 않아도」의 첫 수이다. 제목 '江물은 말하지 않아도'에는 침묵 속에 말씀이 있다는 의미가 강조된다. 이 텍스트에서 강물은 단순한 자연현상이 아니라 인생의 역사를 비유한 것임은 물론이다. 강물 속에 등장하는 피라미떼 역시 인간을 비유한 것으로 읽을 수 있다. 그렇다면, 이 시는 인생의 알레고리가 된다. 자연현상을 통해서 삶을 비판한 것이다. "물빛이 돌 지난 애기처럼 맑다"에서 아직 강물은 오염되지 않은 깨끗한 모습이다. 깨끗한 환경에 속에서도 쓸만한 피라미가 보이지 않는다는 인식은 무엇인가? 또 다른 관점에서 강물은 자연이고, 피라미는 인간이다. 자연/인간의 대비에서 전자가 긍정항이면 후자는 부정항이다. 오늘날 세계나 자연은 매우 훼손되었다. 인간의 생존권을 위협할 만큼 심각한 국면임은 널리 알려진 바이다. 연작시 첫 수에서 보이는 강물은 아직 오염되지 않는 맑은 상태로 제시되어 있고, 인간을 표상하는 피라미에게만 부정적 인식이 나타난다.

> 등뼈가 굽었다.
> 허리가 솟았다.
> 속살이 검다.
> 뼈가 허물 거린다.
> 이 세상에서 자란 놈은
> 새끼도 기형, 어미도 기형
> 햇살조차 얼굴을 돌리는
> 이 廢水

제9수에 오면, 제1수에 보였던 맑은 강물은 이제 '廢水'로 바뀠다. 표증구조를 보면, 환경시로 읽을 수 있다. 현대문명에 의해 오염된 오늘의 환경문제를 이슈화한 것이다. 그러나 연작시 전체구조 속에

서 이 텍스트 역시 인생의 알레고리로 볼 수 있고, 그 결과 심층구
조는 타락한 역사 속에 존재하는 왜곡된 인간상을 형상화한 것이다.
왜곡된 삶의 구조를 보이는 것은 정치적 현실과도 연관된다. 그것은
바로 80년의 광포한 현실이다.

> 「투망금지」표시 말이 섰다.
>   언덕 아래에는 질 좋은 투망이 물위를 덮는다.
>   쓸모 있는 놈
>   쓸모 없는 놈
>   마구 잡는 이 계절에
>   살아 남는 놈은
>   눈치 빠르고 요령 좋은 놈 뿐이다.

　제8수에 나타난 '마구 잡는 이 계절'은 시인의 의도와는 상관없이
'오월의 광주' 같은 현실과 상호텍스트성에 관계에 놓인다. '물위를
덮는 투망'은 부당하고 광포한 권력의 알레고리이다. 현실의 도덕적
지표나 가치를 함의하는 '「투망금지」' 푯말은 하나의 구호에 그치게
하고, 이를 무너뜨리는 투망질은 현실정치 폭거라는 의미를 지닌다.
이같은 폭거 하에서 살아 남는 몸은 눈치 빠르고 요령 좋은 놈뿐이
기에 제9수처럼 총체적 파국이 드러나는 것이다.
　제3시집 『안개밭 속의 말들』에도 제1-2시집에서 보여준 암울한
시대상황을 알레고리화하고 있기는 마찬가지다. 그 대표적인 작품은
「안개 속을 지나면서」, 「停電」, 「돌」 등이다.

> 언제부터인가, 이 부근에는
> 꿉꿉한 습기와 날지 못하는 수분이
> 맞부딪는 소리, 새벽마다 아득히 들려와
> 돌보다 무거운 안개가 세상을 뒤덮고 있다.

한 치의 형태와 스치는 숨소리도
가름하기 어려운 지척의 迷路
풀렸던 눈빛을 다시 세우고
하던 말을 멈추어야 하는 '안개지역'을
일 주일에 한두 번씩 오르내리면서
흐르는 강을 조금씩 머리에 담는다.
                          ―「안개 속을 지나면서」일부

　박명용은 그의 현실인식을 제목이나 소재를 통해 압축시켜 놓을 때가 많다. 제1시집의 작품 제목인 '異變'이나 제2시집의 소재의 하나인 '폐수' 같은 것인데, 제3시집도 마찬가지이다.「안개 속을 지나면서」의 '안개'도 '흐르는 강'과 대비되면서 시대상황을 표상하고 있다. 이 안개는 단순한 안개가 아니라 '돌보다 무거운 안개'라는 인식이다. 자가텍스트성의 원리에서 보면 '강'은 역사를 의미한다. 경부고속도로 신탄진 부근은 안개지역으로서 흐르는 물이 거대한 힘인 '안개'에 갇힌다.

햇빛이 궁한 지하다방에
그림자마저 사라지면
번개처럼 알몸이 되는구나.

호호호
근친상간을 해대고
히히히
둥근 달이 솟고
봉우리가 터지고
사방에서 알몸이 되는구나
                          ―「停電」일부

　'안개'와 '停電'은 동위소이다. 안개처럼 停電은 현실을 뒤덮고 있는 암울한 정치, 경제, 사회, 문화의 온갖 부정적 징후를 표상한다.

박명용의 시세계에서 제1기에 해당하는 80년대 중반까지는 시인 자신이 자아를 성찰할 수 있는 정신적 여유를 갖지 못했다. 이 시대는 거대담론이 문화계 전반을 주도하던 시대이다. 민중시나 노동시가 현실에 대해 거친 목소리를 퍼붓던 시대임을 다시 확인해둘 필요가 있다. 마찬가지로 그도 당시의 암울한 현실을 미적구조로 반영하거나 아이러니 혹은 알레고리 혹은 상징 등과 같은 수사를 구사함으로써 관념이나 감정의 노출을 지성으로 통제하면서 시의적절하게 현실에 대한 대응의지를 확고히 했다.

3. 세계의 축소와 자아의 확대

제2기에 해당하는 제4시집 『꿈꾸는 바다』와 제5시집 『날마다 눈을 닦으며』는 80년대 후반부터 90년대 초반까지의 성과물이다. 이 시기에는 널리 알려진 것처럼 국민의 민주화에 대한 열망이 열화와 같이 분출되면서 폐쇄된 사회의 제 분야가 조금씩 해결의 실마리를 찾아가기 시작하던 때이다.

> 나는 어쩌자고 중심을 잃고 있는가.
> 거북스런 안경을 쓰고 벗기를
> 일과처럼 연습하고 있는 지금,
> 햇살은 어찌 저리 무사한가.
>
> ― 「안경쓰기 연습」 일부

제4시집 『꿈꾸는 바다』 중의 한 작품이다. 갑자기 시야가 흐려져 안경을 썼다 벗었다 하는 행위는 눈의 노화현상으로써 생각한다면 매우 자연스러운 일이다. 그러나 안경쓰는 것이 '세상 바라보기'라는 관점에서 새로운 시각을 엿보인다. 이 텍스트는 박명용의 시세계의 변모를 보이는 상징체로 읽을 만하다. 그는 제1기에서 대부분 역사적 현실을 비판적 지성으로 형상화하는데 골몰했다. 그러나 그는 제4시집 『꿈꾸는 바다』와 제5시집 『날마다 눈을 닦으며』에서는 세계 속의 자아를 형상화하고 있다.

> 새장 속의 새가
> 죽음 직전처럼 푸드둑거리며
> 통제된 하늘을 향해
> 가냘픈 소리로
> 눈물을 뿌리고 있다.
>
> — 「새」 일부

> 허공을 차는
> 겨울새 한 마리
> 바람이 어지럽다.
>
> — 「겨울새」 일부

> 차라리 땅 쓰러져
> 차라리 풀잎으로 살자
> 이 세월을
>
> — 「풀잎의 노래」 일부

  세 작품 모두 제4시집에 수록된 것이다. 제1기에서 시인은 세계를 거시적으로 바라보았다. 그것은 현실을 하나의 구조로 압축되었으되, 전체를 조망하는 것이었다. 그러나 제2기에 오면 '새', '겨울새', '풀잎'처럼 하나의 구조가 아닌 단일한 생명체에 시선이 집중한다. 그것이 비록 비극적인 시선일지라도 세계 속에 존재하는 단일한 생명체로 향한다.
  「새」의 '새장/새', 「겨울새」의 '땅/겨울새', 「풀잎의 노래」의 '현실/

풀잎'는 각각 세계와 분리된 존재로서 그것은 자아의 표상인 것이다. 달리 말해, 실존의식이라고 해도 좋다. 서서히 거시적 시각에서 미시적 시각으로 바뀌어지고 있음을 알 수 있다. 제4시집에서부터 등장하는 자아에 대한 관심이 제5시집에서는 더욱 구체화된다. 제4시집은 자아가 '새'나 '풀잎' 같은 상관물로서 투영되고 있지만, 제5시집 『날마다 눈을 닦으며』는 자아 '나'가 그대로 투사된다.

> 몇 겹의 겨울옷을 한 겹 벗고
> 두 세 겹 벗고 알몸을 드러내도
> 줄지 않는 체중이다.
> 둑 길에 나서 수작을 거는 바람에게
> 가진 것 모두 내주고
> 돌아선 내가 다시 돌아서
> 슬며시 들여다 본 가슴 속엔
> 겨울옷보다 더 두터운 마음
> 그 무거운 가슴이
> 나도 모르게 버티고 있었다
>
> ― 「체중」 일부

제5시집에 수록된 작품은 제4시집과는 달리 자아인 '나'가 직접 드러나면서 자아탐구 자세를 보인다. 시인 자신의 알몸을 드러내는 작업이다. 그 중의 하나는 「체중」 같은 텍스트이다. 그동안 사물을 통해 자아를 투영하던 제4시집과는 달리, 보다 구체적으로 자아를 성찰하고 있다. 앞서 지적한 바대로 제5시집은 90년대 초반에 발간한 작품집이다. 80년대와 달리 90년대는 거대담론이 위축되고 미시담론이 등장하기 시작했다. 이것은 국외적으로 냉전체계가 와해되고, 국내적으로는 군사정권의 퇴진과 맞물려 있다. 90년대는 비로소 국가나 민족 단위의 역사적 억압으로부터 어느 정도 자유를 누릴 수 있게 된 상황이었다. 그동안 우리 현대문학은 늘 역사에 짓눌려 있었다 해도 과언이 아닐 것이다. 일제시대, 해방공간의 혼돈, 4·9, 5·16, 유신, 5월의 광주 등으로 이어지는 파란 속에서 차분하게 자아를 탐색할 여유가 없었다. 90년대는 불완전하나마, 서정성의 회복으로 드러나는 자아탐색이 큰 조류를 형성할 수 있는 기반을 마련한 셈이다.

> 내가
> 나날이 작아진다
> 나이가 들수록
> 작아지는 내가
> 내 눈에 희미하게
> 보이는데
> 나이가 들수록
> 크게 볼 수 있는
> 또 하나의
> 눈이 있어
> 날마다 눈을 닦는다
>
> — 「눈을 닦으며」 전문

"날마다 눈을 닦는다"는 자아성찰의 구체화이다. 이 작품에는 두 개의 눈이 있다. 하나는 육신의 눈으로 나이가 들수록 흐릿해진다. 또 하나의 눈은 나이가 들수록 크게 볼 수 있는 정신적 눈이다. 화자는 정신적 눈을 날마다 닦는다.

박명용의 시세계에서 제1기는 자아탐구나 성찰보다는 왜곡된 세계에 대한 비판적 의식을 지성적으로 형상화하는데 골몰했다. 그러다 보니, 정작 자아에 대한 관심은 소홀히 할 수밖에 없었던 것이다. 이런 점에서 제2기에 해당하는 제4-5시집에서는 내적 충일성을 기하는 소중한 체험을 형상화한 것이다.

4. 세계와 자아의 공존 혹은 통합

제3기에 해당하는 제6시집 『나는 마침표를 찍고 싶지 않다』와 제7시집 『바람과 날개』는 자아와 세계의 이상적인 만남을 기대할 만하다. 박명용은 제1기에는 '세계', 제2기에는 '자아'에 대하여 각각 깊은 성찰을 보였다. 그 결과 주체(자아)와 객체(세계)의 분리나 편중보다 공존이나 통합의 원리로써 파악할 수 있는 보다 원숙한 시세계를 펼칠 수 있는 토양을 마련한 것이다.

제6시집의 「이율배반」, 「숨결소리」 같은 것에 그 징후가 보인다.

> 믿을 수 없구나
> 허리는 지근지근 아파오는데
> 의사는 커퓨터 촬영 후
> 아무 이상이 없다니
> 믿을 수밖에 없지만
> 왠지 시름으로 오는 아픔
> 컴퓨터 고장인가
> 허리가 고장인가
> 오늘도 침을 꽂고
> 내가 나를 진단해보지만
> 가늠할 수 없는 상황
> 무슨 음모를 꾸미고 있는지
> 알 수 없구나
> 부지런히 침을 맞고
> 수영이나 자주 하면
> 낮겠다고 말한 지 벌써 몇 달
> 믿어지지 않으면서도
> 믿어야 하는 위정자의 말처럼
> 새벽이면 수영장에 나가

> 덩치 큰 여인네들 틈에 끼여
> 멋적게 허우적거리고 있는 나는
> 못된 세상을 닮아가는가

— 「이율배반」 전문

이 작품은 세계와 자아가 등가를 이룬다. 자아를 탐구하면서 동시에 세계를 읽는다. 세계와 자아의 융합이나 통합을 보이는 서정적 질서를 구축하고 있다. 의사는 병이 없다고 하는데도 몸은 아프기만하다. 과학적 진단과 실존적 인식의 상반된 결과는 역설적이다. 이는 인간의 내부에 존재하는 역설적 인식이 시의 구조를 이룬 것이지만, 나아가 왜곡된 현실구조를 반영한 것이기도 하다. 인간 내부 존재의식=왜곡된 현실구조=작품의 역설구조는 모두 동일시된다. 이 작품은 자아와 세계를 동시에 구조화시켰다는 점에서 매우 인상적이다.

"멋적게 허우적거리고 있는 나는/못된 세상을 닮아가는가"에서 시사하는 바가 크다. 다시 말하지만, 제1기에서는 세계를 비판적으로 성찰하고, 제2기는 자아를 성찰했다. 그 결과 제3기는 자아와 세계를 동시에 조망할 수 있게 된 것이다. 따라서 제3기는 자아와 세계를 아우르는 보다 원숙한 경지에 도달한 것이다.

> 누군들 저 굵고 우람한
> 나무의 뿌리를 볼 수 있으랴
> 세월이 엉겨붙은 밑동 속에
> 펄펄 끓고 있는 핏물
> 누구도 보지 못하고 더구나
> 지난 날 당한 고통 몰라도
> 대명천지에 푸르게 빛나는 잎새에서
> 할아버지의 정정한
> 숨결소리가 생시로 들린다

— 「숨결소리」 전문

이 작품에서도 통합의 원리가 제시되어 있다. 여기서는 현실과 이상의 통합이다. 나무는 하늘과 땅의 중간적 존재다. 머리는 하늘을 지향하고 뿌리는 땅을 지향한다. 머리는 이상을 지향하지만, 뿌리는 현실을 토대로 한다. 시인은 나무에서 '숨결소리'를 듣는다. 숨결소리는 바로 생명의 소리다. 생명의 원리, 삶의 원리를 나무를 통해 표상했다.

나무가 중간적 존재라는 점에서 자아의 상징 이미지다. 그렇다면, 나무가 놓인 땅이나 하늘은 자아에게 있어 세계와 같다. '나무'와 '땅·하늘'의 관계는 자아와 세계의 비유이다.

여기서 우리는 박명용의 세계인식의 원숙함을 읽을 수 있다. 제1기에서 '세계'를 바라볼 때의 시선은 이상이라는 프리즘을 통하여 본 것이다. 그곳에서는 비판적 지성이 작용하게 된다. 현실의 부조리한 실체는 이상과 괴리관계에 놓이기 때문이다. 제2기는 '자아'의 응시로써 현실의 토대를 배제한 자아 몰입일 수 있을 것이다. 그러나 제3기의 「숨결소리」의 '자아'는 현실 토대 위에서 이상을 추구한다.

자아가 세계를 바라보는 시선이 건강하다. 대명천지에 푸르게 빛나는 잎새에서 할아버지의 정정한 숨결소리, 곧 생명현상을 인식하면서 그 토대가 되는 나무뿌리의 엉겨붙은 밑동 속의 펄펄 끓는 핏물도 보고 있는 것이다.

> 날마다 나는 너를
> 깊이깊이 사랑하고 싶다
> 헉헉 정열을 토하여
> 거창한 꿈이며 삶이며
> 죄악이며 용서며

모든 것을 하나로 해체하여
사랑하고 싶은 욕망

— 「순수에 대한 탐색」 일부

제7시집 『바람과 날개』에 수록된 작품이다. '순수'란 무엇인가?
시인이 추구하는 사랑의 대상으로서 '너'이다. 자아가 추구하는 객
체인 '너'는 제1기의 '세계'와는 사뭇 거리가 있다. '너'는 '꿈/현실',
'죄악/용서'의 분리된 존재가 아니라, 이 둘이 해체되어 하나된 존재
이다. 우리가 순수라고 하면, 현실이 배제된 이상을 먼저 떠올리기
쉽다. 즉, 땅보다는 하늘, 뿌리보다는 머리를 말하기 쉽다. 시인이
추구하는 순수는 제6시집의 작품 「숨결소리」의 '나무' 이미지와 같
이 현실을 토대로 한 이상이다.

바다를 가로막은
방조제는 겁이 난다
너와 나를 갈라놓거나
또는 끈끈한 인연을 떼어놓거나
언제나 하나를 둘로 나누는
그것은 불안하다
환한 불빛을 앞세우고 질주하는
튼튼한 방조제는
우리를 위한 듯 우리를 배반하는
이항대립의 현장같다
절대로 어제밤엔 방조제가 무너지는
그런 꿈은 꾸지 않았다

— 「방조제에 올라 서면」 전문

방조제를 이항대립의 현장같다고 인식한다. 우리는 그동안 이항대
립 체제에 너무 익숙했다. 민주/독제, 꿈/현실, 나/너, 남성/여성, 순수
/비순수 등등. 박명용은 「방조제에 올라 서면」에서처럼 제6-7시집에

서는 이항대립을 해소하고 통합된 새로운 세계를 꿈꿨던 것이다.

5. 나오면서

박명용은 최근 제8시집을 냈다. 지금까지의 시적 태도와는 다르다. 김용직의 지적처럼 서정성이 서구적이며 예각적이다. 이처럼 시작활동이 활발하게 진행 중인 현역 시인의 시세계를 인위적으로 구획해 놓고 보니, 다시금 미심쩍은 생각이 든다. 어쨌든, 이 글에서 시인의 시세계를 크게 3기로 나누었다. 그렇다면, 제8시집은 제4기의 출발로 보아야 하는가? 모를 일이다.

이제까지 시인의 시세계가 제1기에는 시대상황과 맞물려 부조리한 현실세계를 작품구조로 반영하려 했고, 제2기는 자아에 대한 깊은 성찰, 제3기는 세계와 자아를 아우르는 통합의 원리를 보였다. 제1기는 민중시나 노동시 같은 현실의식이 과잉노출되던 시기로서, 시가 '무기'가 될 수 있을 만큼 현실세계에 엄청난 영향을 미쳤던 것은 널리 알려진 바와 같다. 이 때 문제가 된 것은 현실의식이 미적으로 형상화되지 못했다는 점이다. 현실적 상상력이 문학적 상상력을 압도하던 때문이다. 이 시기에 박명용은 현실적 상상력을 문학적 상상력으로 치환시켰다. 현실의 부조리한 구조를 시작품으로 미적 구조화하거나 아이러니나 알레고리로 현실의 왜곡상을 폭로했던 것이다. 이것이 박명용 시의 미덕이다. 제2기는 해빙기로서 현실적 상상력이 위축되고 문학적 상상력이 우세하던 시기이다. 90년대를 전후하여 시가 서정성을 회복하면서 미시담론으로 바뀌었던 것이다. 이 때 박명용의 시는 제2기에 속한다. 이 시기는 세계 속에서 놓인 실존적 자아에 대한 깊은 성찰이 두드러졌다. 외부세계로 향하던 비판적 지성을 내부세계로 돌리면서 자아의 충일성을 한껏 기하던 시기이다. 그러다 90년대 중반 이후에는 세계와 자아를 어우르는 통합의 원리를 구축하면서 보다 성숙한 인식을 보여주었다. 이것은 세계와 자아의 통합이며, 나아가 현실과 이상의 통합이다. 따라서 박명용의 시적 변모의 원리는 세계와 자아의 변증법이다. 그는 7권의 시집을 통해서 자아와 세계의 변증법적 원리를 선명하게 보여주었다. 7권의 시집은 정/반/합의 단계를 하나의 싸이클로 순환했으니, 하나의 거대한 세계가 구축된 셈이다.

상처와 희망의 패러독스

— 서연정론

　서연정은 1997년 중앙시조지상 백일장에 연말장원을 하고, 이듬해 서울신문 신춘문예에 시조가 당선되어 등단한 90년대 후반의 뉴페이스로서 주목을 받고 있다. 서연정은 90년대 후반 시조단의 최전선에 서서 시조단의 풍향을 조정하고 가늠하는 역할을 할 수 있고, 또한 그러한 기대에 부응할 만한 그릇으로 여겨진다. 작금의 시조단은 전 시대의 한계를 넘어서는 새로운 시대를 열어갈 새로운 목소리를 열망하는 것이다.

　어느 시대나 좋은 시는 당대의 현실을 껴안고 노래한 것이었다. 그러나 시조가 당대의 현실문제를 절박하게 껴안고 노래하는데 소홀한 감이 없지 않아서인지, 70, 80년대 이후에는 상당히 위축되거나 소외된 것이 사실이다. 특히, 80년대가 시의 시대라고 운위되면서 시가 맹위를 떨칠 때에도 시조는 변두리에 머물러 있었던 것 같다.

　이런 상황에서 90년대 후반의 시대의식을 배면에 깐, 현실인식에 치열한 서연정의 시조는 특별한 주목을 요한다고 볼 수 있다. 그가 다루는 당대의 현실문제는 생경한 이념의 파편이 아니라 이미지나 상징으로 매우 정교하게 형상화되어 있다는 것이 또한 미덕이다. 사

실, 80년대의 민중시 계열의 시들이 대부분 경직된 정치주의나 도덕
주의로 경도됨으로써 서정의 신선함이나 내밀함이 부족했다는 비판
을 받았던 점을 상기할 때 서연정의 시조는 더욱 주목을 요하게 된
다.

　서연정의 시조는 민중시의 결함을 지양하면서 90년대 현실인식의
선명성을 보여준다. 그의 첫시집 『먼길』(태학사, 1999)은 90년대 후
반 시조단의 가장 중요한 기류를 반영하고, 뉴밀레니엄 시대의 가능
성을 열어줄 텍스트로 부상할 수 있는 잠재력을 지닌다.

　80년대에 많은 시인들은 불의한 시대와 불화하면서 상처를 입었
다. 그러나 90년대에는 억압적 상황이 완화됨으로써 보다 열린, 자
유로운 예술적 상상력을 펼칠 수 있는 공간을 확보한 것으로 평가
된다. 역사와 민족에 억눌렸던 시적 상상력도 깨어나기 시작하여 90
년대에는 전 시대와 다른 다양한 시적 지형을 그릴 수 있었다고 볼
수 있다. 이런 일련의 과정에서 후기산업사회의 도래와 함께 대중적
이고 소비적인 저급문화가 발달하면서 현실인식의 약화와 예술적
엄정성의 훼손은 부정적 징후임이 분명하다. 80년대까지 지녔던 문
사적 전통이 여지없이 무너져 내렸던 것만 보아도 알 수 있지 않은
가.

　어느 시대나 문제없던 시대가 있었던가. 90년대는 그 양상이 다를
뿐이지 80년대만큼의 모순과 절망과 환멸이 존재한다. 80년대의 광
포한 시대가 지나면 파라다이스가 올 줄 알았지만, 이 땅에서의 실
현은 도무지 불가능한 일이었다. 태평성대는 역사서나 그림 속의 세
계이지, 현재적 상황에서 실현될 수는 없는가 보다. 이런 인식을 입
증하듯이 IMF체제에서 생존의 위협을 당하는 사람들이 쓸쓸히 거리
를 배회하는 세기말의 풍경은 뉴밀레니엄의 환상을 여지없이 무너
지게 한다.

　서연정은 90년대도, 상처의 시대로 읽고 있다. 그래서 상처를 어

느 시인보다 절실하게 껴안고 노래한다.

> 접히고 구겨진 지도를 뒤적인다.
>
> 낡은 가방 속에서 함께 낡아버린
>
> 방향도 축척도 틀려진 수없는 길 나부랭이
>
> 햇살이 들지 않아 이미 묵은 그 길에는
>
> 잘못 든 발자국들이 심한 흉터로 남아
>
> 아닌 길 아니라 말하며
>
> 목비로 서 있다.
> — 「상처를 뒤적이면 길이 보인다」

접히고 구겨진 지도를 뒤적이는 것은 상처를 뒤적이는 것이다. 방향도 축척도 틀려진 수 없는 길 나부랭이들, 그곳에는 잘못 든 발자국들이 심한 흉터로 남아 있다. 잘못 든 길, 곧 상처의 흔적이다. 그것은 목비로 서서 다음 길을 안내한다.

서연정의 많은 시편들은 이같은 상처의 흔적, 흉터들로 가득하다. 이런 상처들을 뒤적이면서 새로운 길찾기, 즉 희망의 시학을 꿈꾼다. 그의 상처의 시편들 중에는 <토르소>라는 연작시가 중심부에 놓여 있다. '토르소(torso)'는 머리·손발이 없는 나체 조상이다. 이 토르소 자체가 상처의 표상이다. 머리와 다리가 짤린 나체의 조상은 그 어느 이미지보다 자아의 상처를 잘 반영한다.

> (1)기도로도 녹지 않는
> 얼어붙은 삶이지만

목끝까지 차오르는
시간의 소금기여
그대의 손을 얹어다오
생목으로 견디리라

— 「토르소·1」 일부

(2)방석처럼 고무 다리를 깔고 앉은 그 사람
　지하도에 내리쬐는 손톱만한 봄빛을
　다 낡은 주머니 열고 쓸어 모아 담는다

— 「토르소·5」 일부

　(1)의 제1수 '사내'는 소매단에 남아 있는 비린 살내를 털며 저물녘 산문쪽으로 휘적 휘적 간다. 그가 내딛는 발자국마다 노을이 묻어 있다. 제2수에서 그 사내는 난분분한 기억들을 잘라내 한 잎 남은 들창마저 뜯어내고 말았지만 바람은 불쑥 찾아와 북을 둥둥 친다. 제3수는 인용부분이다. 그러니까, (1)에 등장하는 비극적인 '사내'는 제목 '토르소'의 이미지를 잘 반영하면서, 속세의 온갖 기억, 상처를 잘라내고 산문으로 들어서는 '사내'의 이미지로 제시되고 있다. (1)의 '사내'가 상처로 세상을 등지고 산문으로 들어서고 있는 반면, (2)의 '그 사람'은 방석처럼 고무 다리를 깔고 앉아 지하도에 내리쬐는 손톱만한 봄빛을 다 낡은 주머니를 열고 쓸어모아 담는다. 따라서 '그 사람'은, 생(生)을 켠, 어느 바람도 끄지 못하는 초 한 자루라고 은유된다. (2)의 '그 사람'의 희망찾기는 정말 눈물겨운 것이다. 그 사람은 어쩌면 서연정의 퍼소나가 아닐까. 절망할 수밖에 없는 세기말의 우울한 풍경 속에서 애써 희망을 찾아가는 것이 서연정의 시조쓰기가 아닌가. 아니면, '토르소' 자체가 서연정의 퍼소나일까.
　서연정은 '토르소'에서 상처를 표상화하면서, 그 의미를 깊이 성찰한다. 그 결과 <토르소·5>처럼 상처는 그 자체가 절망이 아니라

빛이 될 수 있다는 인식을 보인다. 연작시 <토르소>에 나타나는 상처의 이미지가 다채롭듯이, 서연정에게 있어, 90년대의 상처는 단일한 것이 아니라 매우 다층적이라고 말할 있겠다. 90년대가 불온하다면, 그 불온성 자체가 멀티적 징후를 보이는 것은 일반적 상황이라고 치부하더라도, 시조라는 형식이 갖는, 멀티적 현상을 받아내기의 버거움 또는 중압감이 또한 상처일 수 있을 것이다. 그는 이중적 상처를 체감한다. 그러면서도 그가 그 상처에 좌절하지 않고 상처를 딛고 힘차게 일어서려는 희망의 시학을 보이는 것이 대견스럽다. 그의 시조에서는 90년대의 어둠을 뚫고 일어서는 한 줄기의 광휘마저 보인다.

> 깊디깊은 어둠 속 등불 하나 못 켜고
> 무릎까지 쌓여버린 세월을 밟으며
> 단 한 벌 초라한 목숨
> 그림자로 짙어진다
>
> 가슴 속엔 언제나 몇 다발의 비애
> 갓 꺾은 꽃처럼 핏자국이 선명하다
> 겹겹의 옷을 입어도 가릴 수 없는 흔적
>
> 줄거리에 연연하는 부끄런 심장 아래
> 한 자 한 자 짚어가며
> 더듬더듬 읽어온 삶
> 파랗게, 싱싱한 후회 알알이 박혀 있다
>
> 기억 저편 졸고 있는
> 황금빛 수리여,
> 발톱이며 겨드랑이 굳어버린 관절들
> 즈믄 밤 벼린 비수로 획을 친다, 일어나라
> ― 「황금빛 수리를 기다리며」

이 작품에서 화자의 내면적 상처의 깊이를 읽을 수 있다. 겹겹의 옷을 입어도 가릴 수 없는 상처의 흔적이 몇 다발의 비애, 그것은 갓 꺾은 꽃처럼 핏자국으로 자리한다. 상처의 흔적이 꽃과 피의 이미지로 책색되었는데, 처연한 아름다움으로 드러난다. 즉, 비극적 정조를 다루고 있음에도 불구하고, 꽃의 아름다움과 피의 처연함이 결합되어 비극적 아름다움을 창출하고 있는 것이다. 화자의 깊은 상처는 무엇 때문에 기인한 것일까. 그것은 제1수에서 어둠 속 등불 하나 켜지 못한 자책감으로 말미암고 있다. 무릎까지 쌓여버린 세월이 지났으니, 어둠 속에 오래 침륜된 셈이다. 그래서 단 한 벌의 초라한 목숨이 그림자로 짙어가는 것이다. 제3수에서는 지나온 삶을 다시 반추하는 것으로 나타난다. 그것은 역시 파랗게, 싱싱한 후회로 알알이 박혀 있다. 서연정은 관념을 감각화시킨다. '상처'나 '후회' 같은 관념을 감각적으로 표현함으로써 형상성을 획득하고 있다.

여기서도 화자는 내면적 상처를 응시하면서, 그 상처를 치유하고자 하는 새로운 희망을 갈구하는 것이다. '황금빛 수리'에게 새로운 생명을 요구하고 있다. 생명을 얻은 황금빛 수리는 그 얼마나 역동성을 표상하는가. 이 작품 한 편이 서연정의 시의식을 매우 압축적으로 잘 표현하고 있다. 이 작품에는 어둠/등불 대립구조가 나타난다. 어둠의 공간에는 발톱이며 겨드랑이 굳어버린 관절, 곧 박제된 황금빛 수리가 환기하는 죽음의 세계이다. 그러나 등불, 곧 빛이 환기하는 세계는 황금빛 수리가 생명을 얻어 훨훨 나는 역동성의 세계이다. 따라서 이 작품은 어둠/빛, 밤/낮, 절망/희망 같은 대립구조를 드러내는 것이다. 화자의 내면적 상처는 어둠과 절망의 세계에서 기인한 것이다. 이같은 대립구조는 이 시집 전체의 지배구조로 보아도 좋겠다. 다음 몇 편에서도 그것은 입증된다.

　(1)얼마나 어두워져야 빛을 만나게 될까

푸른 하늘 들여놓을 창문 하나 열어두고
제 안의 내밀한 울음 귀기울여 들으면
벅차게, 가슴 벅차게
은빛 날개 돋는 소리

— 「날개를 꿈꾸다」 일부

(2)구겨지고 접혀진 마음의 갈피 열어
용서하고 용서받는 생애의 어느 순간
얼음 깬 맨발 아래서
길 하나가 뚫린다

— 「겨울 과원에서」 일부

(3)기어코 꽃대를 세워
하늘을 들어올립니다

— 「무모한 꿈이라구요?」 일부

(4)상처가 피고 지는 골목 끝 그대 가슴에
가난하나 지극히 아름다운 약속으로
오늘은 저녁별 하나를 바친다, 눈물 같은.

— 「먼길」 일부

(5)글썽이는 눈매 끝에 미쁜 소롯길 하나
옹찬 쑥뿌리 암팡스레 키워내는,
어둑한 응달을 걷고 돋을볕도 드는 그 길.

— 「폭설 아래 길이 있을까」 일부

　(1)에서 화자는 가느란 줄에 매달려 꿈꾸고 있는 도롱이벌레 한 마리로 표상된다. 움켜쥔 마지막 한 잎의 소망으로 떨어질 듯 떨어질 듯 허공에 기대어 바람의 휘파람에도 파르르 떨고 있는 한 마리의 벌레가 화자의 실존적 정황이다. 이런 전제 아래서 인용부분이 의미를 획득한다. 인용부분에서는 얼마나 어두워져야 빛을 만나게

될까라는 물음을 던진다. 이 물음에서도 어둠/빛의 대립구조를 보인
다. 어쨌든, 여기서 화자의 실존공간은 창안이다. 창안은 갇힌 공간
이고 어둠의 공간이다. 이 공간에서 푸른 하늘 들여놓을 창문 하나
열어두고 벅차게, 가슴 벅차게 은빛 날개 돋는 소리를 듣는다. 이
작품에서, 화자가 처한 공간은 도롱이벌레 한 마리의 위태로운 존재
상황이거나 창안에 갇힌 국면이지만, 창 밖 열린 공간으로 비상할
꿈과 확신을 갖고 있다. (2)에서 어둠/빛의 대립구조와 같은 계열체
로 읽을 수 있는 냉/온 감각의 대립구조가 변이체로 등장한다. 겨울
이라는 혹독한 시련에도 굴하지 않는 과목의 핏줄 속의 '종소리'나
'투명한 햇살', '체온' 등이 모두 겨울 이미지와는 대립적인 이미지
들이다. (1)에서 '은빛 날개'가 함의하는 비상의 이미지는 (2)에서는
얼음 깬 맨발 아래서 뚫리는 하나의 '길' 이미지로 변용된 것이다.
(3)에서는 보도 블록 틈에 긴 민들레가 희망의 이미지로 나타난다.
"견디면 어둠도 환해지는/어떤 비밀을 알까요"라는 진술 속에 내포
되듯이, 보도 블록 틈에 힘겨워하는 어린 민들레가 화자의 실존적
정황을 표상하는 것이라면, 그것이 결국 기어코 꽃대를 세워 하늘을
들어올리는 역동적 이미지는 '은빛 날개'나 '길'의 이미지와 같은 맥
락이다. (4)에서는 상처/저녁별의 대립구조 속에서 역시 서연정의 상
처와 희망의 시학을 읽을 수 있다. 상처 없이 어떻게 저녁별이 빛날
수 있으며, 상처 없는 별은 또 무슨 희망이 되겠는가. 서연정의 시
학은 맨발로 먼길을 뛰어가면서, 깨어지고 터진 상처자국에서 결국
만나는 저녁별의 아름다운 약속을 얻어내는 것이다. (5)에서 만나는
'별' 역시 은벽진 가슴 속에 낙뢰의 흔적 같은 그루터기나 글썽이는
눈매 끝에 어둑한 응달을 걷고서야 만난다.

　서연정의 시조는 상처와 희망의 지형으로 수놓은 것이다. 상처 없
이 '날개', '꿈', '길' 같은 희망의 이미지는 존재할 수 없다. 어둠이
존재함으로써 별이 존재하듯이, 상처를 딛고 희망이 자라나는 것이

다. 그의 대부분의 시편들은 상처 속에서 희망을 찾아가는 여정을 보여주고 있음이 이미 확인되었다. 그의 시학이 상처를 딛고 일어서는 희망이라면, 그것이 관념 속에서만 드러나는 것이 아니라, 「구근(球根)을 산다」처럼 구체적인 현실을 토대로 하고 있다는 점에서 믿음이 간다.

> 칸나 아마릴리스 히야신스 또는 튤립
> 이민족 소녀 같은 이름의 구근을 산다
>
> 코소보 어느 뜨락에 피었을 법한 그 꽃들
>
> 비폭력 맨주먹의
> 마지막 파르티잔처럼
> 올봄도 내년 봄도
> 푸른 기를 흔들 것이다
>
> 지상의 조병창마다 심고 싶은 이 알뿌리
> ──「구근(球根)을 산다」

　세기말의 불안과 혼돈의 시대에 평화, 즉 희망을 염원하는 것이 구근을 사는 행위로 표상하는 이 작품은 시조라는 전통적 틀에 이국적 풍모를 보이는 소재에다 세계평화를 기원하는 폭넓은 사유를 담아내고, 게다가 비폭력의 마지막 파르티잔처럼 푸른 기를 흔들 것이라는 비유를 곁들임으로써, 민족정신을 토대로 하고 있는 것이 매우 인상적이다. 서연정이 꿈꾸는 희망은 단순한 개인적 소망에 그치는 것이 아니라 세계평화를 염원하는 데까지 확산되고 있다. 또한 그는 희망을 감상적으로 염원하는 것으로 그치는 것이 아니라, 희망을 사서 절망의 공간에 심고자 하는 적극성을 드러낸다.
　서연정 시조는 상처와 희망의 대립·지양이 주된 구조로 나타났다. 이것은 거시구조이기도 하고 미시구조이기도 하다. 그만큼 상처와 희망은 서연정 시조시학의 본질이기 때문이다. 그에게서 상처 없는 희망이나 희망 없는 상처는 생각할 수 없다. 따라서 서연정의 시학은 상처와 희망의 패러독스이다.

시인의 위의, 시의 힘
— 설창수론

1

　파성(巴城) 설창수(薛昌洙: 1916-1998)는 시인의 위의와 시의 힘을 보여준, 이 시대 마지막 시인의 한 사람으로 살다가 갔다. 이 지역 (경남)에서 누가 파성처럼 시인으로서 많은 사람들의 흠모를 받았고, 또한 흠모를 받을 만하게 시인으로서 당당하고 도도하게 살아갔던가. 그는 시인으로 누구보다 선 굵은 행로를 지속적으로 보여주면서, 시인으로서의 정체성을 확보했다. 시와 삶을 분리하여 운위할 수 없을 만큼, 삶이 바로 시론이었다 해도 과언이 아니다. 때론, 그의 삶이 하도 드라마틱하여 오히려 시인으로서보다는 일제하의 사상범으로서 옥고를 치른 것, 경남일보 주필이나 사장으로 봉직한 것, 문교부 예술과장 및 초대 참의원을 지낸 것, 개천예술제 창시자로서 향토문화발전에 공헌한 것 등이 부각되어 시작품 자체에 대해서는 그동안 제대로 조명받지 못한 것처럼 보인다.

　　그가 펼쳐 보이는 悟性의 시세계는 시의 形象性의 巧緻나 언어의 遊戲性에 沒頭하고 置重하는 오늘의 우리 시단에서 지금은 疏外마

저 당하고 있는 형편이지만 앞으로 우리 시가 그 생명의 全一性을
회복한다면 자연히 精彩를 발할 것이라고 나는 믿는다.
— 『薛昌洙 全集』의 「간행사」 일부

結義 형제인 구상의 지적도 필자의 생각을 뒷받침하고 있다. 설창
수전집(1986)만 보아도 산문을 차치하고 시작의 편수가 무려 육백여
편으로 그 양만으로도 당대의 시단에서는 다섯 손가락 안으로 꼽히
는 대시인임에도 불구하고, 그가 다 아는 바와 같이 '賣文賣名과는
거리가 먼 시골 붙박이 시인'(구상)이라는 점에서 그동안 시사적인
적절한 조명을 받지 못한 것이 사실이다. 특히, 우리시단이 순수와
참여의 논쟁으로 점철될 때, 파성은 차츰 어느 진영에도 상관하지
않는 문단권 외의 존재로서 민족문학을 스스로 추구하게 된 것이,
양 진영 어느 쪽도 별다른 관심을 보이지 않은 계기가 되었고 그
자신도 그런 것에 상관하지 않은 터에, 그의 시인으로서의 존재는
제도권에서 마치 미미한 존재인 양 치부되었다. 그러나 파성은 마치
일제시대 만해 한용운처럼 협소한 문단이 그를 재단할 수 없을 만
큼 큰 도량을 지녔으므로, 시인으로서의 존재는 오히려 문단권 밖에
서 더욱 대중성을 확보했었다.

2

파성은 1939년 日本京都立命館大 豫科 재학 때 草日朱라는 필명
으로 日文 풍자시 「사이내리아」를 교지 발표했고, 日本大 예술과 창
작지도 시간에 습작시를 많이 썼다. 그 당시 썼던 「선(船)」, 「낙타」
등은 그 수준을 인정받았고, 마침내 습작시편들을 모은 日文시집
『야백편(夜百篇)』 원고를 담당교수 구노 사(師)가 추천하여 제일서

방에 넘기기까지 했으나 화재로 소실되었다. 이렇듯 파성은 일본 유학시절에, 문학이론 공부와 아울러 한일 남녀 문하생 8명으로 결성한『화요그룹』동인활동 등으로 시력을 키울 수 있었던 것이다. 그러나 그는 유학 중 학업을 다 마치지 못하고, 사상범으로 몰려 부산 수상서에 수감되는 비운을 맞게 된다.

1942년 겨울 형무소 독감방에서도 멸치그물뜨기 대바늘로 횟가루 벽에 다음과 같이 썼다.

> 산 사람의 영혼속에 낙엽이 굴러
> 낙엽성은 돌아가는 고원의 노래외다
>
> 영혼이 그 고원 대지로 돌아서 갈 때
> 걸음 멈추고 걸음 멈추며 눈 감고 절하노니
> 하도 고마워 삶이 고마워
>
> ─「낙엽의 노래」

그는 유폐된 공간 속에서 영혼의 절망 속에서도 삶에 대해 감사하는 마음을 노래하고 있다. 그는 수감생활 중에 구약 시편23편을 읽으며 감사의 눈물을 흘렸다고 고백한 바도 있다. 유학시절에 고학하면서 온갖 신산을 맛보았고, 또한 투옥되어서 더 없는 절망의 늪에서도 시를 횟가루 벽에 쓸 만큼, 그의 삶과 시는 분리할 수 없는 행로를 보인다. 절망의 끄트머리에서도 희망의 끈을 놓지 않는 그의 가열한 정신은 그의 삶과 시 속에 일관되게 나타난다.

파성은 습작기인 일본 유학시절과 수감생활을 거치고 난 후, 광복 이후 본격적인 시작활동을 펼치게 된다. 1947년 5월『등불』2집에 「百八의 恨」, 「四月」, 「滄溟」, 「胎動의 詩」를, 동년 9월『등불』3집에 「배」, 「낙타」외 5편을 발표했다. 이들 작품들이 그의 공식적인 처녀 작품군에 속하는 것이다.

일찍이 方丈 小閣에 유폐되어
그대 묵묵한 靑銅 巨姿를 보았노라
이해 내 異邦에 표랑하다가
水陸 萬里의 除夜에 듣노니
시달린 魂에 울려 드는 "힘"

榮華면 얼마이었나
찬란하던 宗廟의 꽃들
―千년―
허다한 바람비에 허무러진 空爐 위,
늙은 부엉새의 넋이런가.
그대 風相만이 예대로 남고

거룩할손
녹설은 後裔의 영혼 속 깊이
망치로 쳐서 드는
百八의 소리야.

―「百八의 恨―봉덕종 電韻―」

　　이 작품이 파성의 처녀작군에서 제1호라 할 수 있다. 봉덕종의 자
태와 그 소리를 보고 들으면서 느끼는 심회를 노래하는 형식을 취
하고 있다. 화자는 종소리에서 異邦에 표랑하다가 除夜에 시달린 魂
에 울려드는 힘을 느낀다. 강력하게 끄는 봉덕종에 대해 그 의미를
천착해보는 것이 제2연이다. 봉덕종에서 화자는 천년의 영화가 허무
러진 공허로, 풍상만이 옛날 자태를 간직하고 있음을 발견한다. 그
래서 제3연은 봉덕사의 종소리가 바로 녹슬은 後裔의 영혼 속 깊은
百八 번뇌임이 드러난다. 이렇게만 한정하여 읽는다면, 이 작품의
지시적 의미만 맛본 것에 불과하다. 이 작품 속뜻인 비유적이나 상
징적 의미를 들추어내어야 제대로 이 작품을 감상하는 것이 된다.

봉덕종은 바로 당대의 민족현실인 광복 직후의 혼맥상을 표상하는 것이다. 화자가 이방에 표랑하다가 봉덕종에 강한 끌림을 느낀 것이, 파성의 전기적 사실-일본 고학과 투옥 후 조국에 대한 강한 집착-을 투영한다. 그렇다면, 파성의 시적 출발은 애초부터 민족의 현실이나 서민대중의 삶이 중심축을 이루고 있었던 것이다. 물론 처녀작군에 관념이 배제된 투명한 순수 서정시 「四月」 같은 작품이 없는 것은 아니지만, 파성의 작품성향은 그의 삶이 보여주듯이 거대담론이 주류를 이룬 것이다.

> 나그네 낙타일세
> 걸어 온 뒷길엔 모래의 山만 쌓여
> 수 많은 傷魂이 잠들은 무덤인가,
> 뒤라 오늘도 서녁으로
> 나의 낙타는 간다.
>
> ― 「駱駝」 일부

'낙타'의 이미지를 시인 자신의 표상으로 읽을 수 있다. 낙타가 지나온 모래산이 쌓였던 길, 수많은 傷魂이 잠들은 무덤의 길은 파성이 걸었던 청년기의 비유로 읽어도 좋다. 더불어 '낙타'는 개체적이면서도 집단적 의미를 거느리고 있다. 낙타의 여정에서 민족사를 읽을 수도 있다. 모래의 산이나 傷魂이 잠든 무덤은 개인사적 의미로 한정되기에는 너무 무거운 의미체로 등장한다. 이런 의미체는, 광복 이후 얼마 되지 않은 시기의 지난날 흔적들이기에 그것은 일제시대의 수탈이나 압제와 유연성을 드러내는 것이다. '나의 낙타'라는 서정적 사유공간에서도 집단적, 민족적 의미체와 연결되어 나타난다. 이런 점에서도 파성의 시적 사유가 협소한 서정적 공간에 한정될 수 없는, 매우 크고 넓은 사유공간 속에서 이루어지고 있음을 여실히 보인다.

어쨌든, 파성의 처녀군에 속하는 시편들에 드러나는 민족현실은 직설적 어법으로 나타나지 않고, 비유나 상징을 통하여 암시적으로 처리되어 있어, 시적 형상화의 밀도가 짙다. 처녀군에 속하는 작품들이 서정성을 확보하면서 민족현실을 암시적으로 덧칠한 것이, 유학시절의 충일한 습작기를 거친 소산이다. 특히, 日本大 예술과 창작지도 시간에 창작과 토론으로 연마되었던 것이 밑거름으로 작용하고 있음은 쉽게 추단된다.

3

파성은 그의 시적 재능을, 단촐한 서정적 자아의 독백이나 언어적 유희, 혹은 어설픈 실험성으로 내몰지 않았다. 그는 지사적 풍모를 온몸으로 풍기면서, 작품 속에서 민족적 현실을 그 시대마다 접목하여 갖가지 색다른 꽃을 피웠다. 그 대표적인 것 중의 하나가 논개정신을 고양한 다음과 같은 작품이다.

하나인 것이 동시에 둘일 수 없는 것이면서 민족의 가슴팍에 살아 있는 논개의 이름은 백도 천도 만도 넘는다.
마지막 그 시간까지 원수와 더불어 노래하며 춤췄고 그를 껴안고 죽어 간 입술이 앵도보다 붉고 서리맺힌 눈썹이 반달보다 고왔던 것은 한갓 기생으로서가 아니라 민족의 가슴에 영원토록 남을 처녀의 자태였으며 만 사람의 노래와 춤으로 보답받을 위대한 여왕으로서다.
민족 역사의 산과 들에 높고 낮은 권세의 왕들 무덤이 오늘날 우리와 상관이 없으면서 한 줄기 푸른 물과 한덩이 하얀 바위가 삼백 예순 해를 지날수록 민족의 가슴 깊이 한결 푸르고 고운 까닭이란 그를 사랑하고 숭모하는 뜻이라.
썩은 벼슬아치들이 외람되어 높은 자리를 차지하여 민족을 고달피고 나라를 망친 허물과 표독한 오랑캐의 무리가 어진 민족을 노

략하므로 식어진 어미의 젖꼭지에 매달려 애기들을 울린 저주를 넘
어 죽어서 오히려 사는 이치와 하나를 바쳐 모두를 얻는 도리를 증
명한 그를 보면 그만이다.

　피란 매양 물보다 진한 것이 아니어 무고히 흘려진 그 옛날 민족
의 피는 어즈버 진주성 터에 풀 거름이 되고 말아도 불로한 처녀
논개의 푸른 머리카락을 빗겨 남가람이 천추로 푸르러 굽잎치며 흐
름을 보라.

　애오라지 민족의 처녀에게 드리고픈 민족의 사랑만은 강물 따라
흐르는 것이 아니기에 아아 어느날 조국의 다사로운 금잔디 밭으로
물옷 벗어 들고 거닐어 오실 당신을 위하여 여기에 돌 하나 세운다.

　　　　　　　—「義娘 論介의 碑文—가신 6甲 해, 祠堂 앞에 세운—」

　제목 그대로 논개의 비문에 새긴 시임을 알 수 있다. 이 작품을
통해서도 파성은 진주의 시인임이 드러난다. 진주는 역사의 숨결이
원형적으로 간직된 도시이다. 그 중심부에 촉석루가 있고, 논개바위
가 있고, 이들을 안고 남강이 흘러간다. 남강은 늘 義娘 논개정신을
안고 흐르는 것이다. 논개정신은 진주정신이고 진주정신은 민족정신
이다. 이런 정신을 노래하기에 가장 적절한 시인이 바로 진주의 파
성이었다. 「義娘 論介의 碑文」는 파성이 노래했기 때문에 울림이 크
다. 꼭같은 내용을 다른 시인이 노래했더라면, 과연 큰 울림으로 다
가왔겠는가. 한 번 생각해 볼 일이다.

　진주가 지역의 한 도시에 불과하지만, 진주정신이 민족정신으로
승화된 것과 마찬가지로 파성은 진주의 시인이지만 민족의 시인이
다. 지역이나 이념이나 유파가 그를 가둘 수 없음이 분명하다. 남북
이, 동서가, 남녀가, 계층이 한반도에서는 하나일 수밖에 없다. 다음
의 작품은 민족의 바다에서 온갖 잡다한 것, 이질적인 것은 모두 하
나로 통합되어야 할 당위성이 확신의 찬 어법으로 노래한 일례이다.

　　一切는 아름다워라

찢어봤자 兄弟.
씹은들 姉妹.

千萬 千萬 三千萬,
銀실 金실 谿流는 흘러간다.
암벽에 부디쳐 가루나도
다시 모여 청담이 되다.

千年 千年 半萬年.
흘러감만 凜嚴하여라.
咆哮도 憤激도 旋廻도
飛躍도 沫散도 呪罵까지도
오로지 한 개 絶對의 交響

— 「民族의 바다」 일부

4

거듭 말하거니와 파성은 그의 삶과 시를 분리할 수 없는 시인이
다. 그에게 있어서 삶과 시는 행복한 만남이었다. 그의 삶은 언제나
시로 인하여 빛났고, 그의 시는 그의 삶으로 인하여 빛났다. 우리
시사를 살펴볼 때, 이같은 행복을 누린 시인이 얼마나 있었는가. 특
히, 이 시대에는 더욱 파성 같은 시인을 만나기 힘들게 되었다. 지
금 우리는 영상매체시대를 산다. 이 시대는 대중적 스타가 영웅이
다. 시인이라는 칭호가 이 시대에 대중적 호소력을 지니지 못한다.
그만큼 상업주의에 익숙한 세대들이, 영상매체가 급조한 대중적 스
타에 이미 정신을 빼앗겼으므로, 서정적 울림과 정신의 깊이를 동시
에 탐색하는 시인에게 더 이상 관심을 두지 않는다. 그러나 파성은
그의 생애 마지막 순간까지 문단권 밖에서 오히려 시인의 위의를

누렸다. 제아무리 상업주의에 익숙한 매스컴이라도, 결코 외면할 수 없을 만한 스스로의 가치를 확보하고 있었던 것이다. 그는 청년기까지 연마한 창작자로서의 문학적 재질을 민족적 현실에다 접목하여 꽃피운 시인이다. 600편이 훨씬 넘는 시편 속에 대하처럼 흐르는 그의 정신세계는 앞으로 계속 탐구되어야 할 텍스트임이 분명하다.

뉴미디어 시대와 예술
— 유병근론

　뉴미디어 시대에 문학은, 시는 과도기적 국면을 보인다. 영상매체
에 길들여진 신세대들, 새로운 문화환경에 적응하고 있는 뉴페이스
들에게 시는 무엇인지, 진지하게 고민해야 할 때이다. 한 때, 시의
위기란 말이 난무하게 된 것도 따지고 보면, 새 시대에 걸맞는 새로
운 시에 대한 갈망을 대변한 것이라고 보아도 좋다. 이런 와중에서
문학은, 시는 독자의 이목을 끌기 위해 신기성을 과도하게 좇는 형
국이었다. 시셋말로 튀는 시를 쓰려고 안간힘을 쓴 것 같다. 이것이
지나쳐 상업주의로 치달은 면이 없지 않다. 90년대가 80년대의 엄숙
주의를 거부하고 발빠른 감각주의로 나아가 주로 성담론을 확대재
생산하면서 독자의 기호를 자주 건드렸던 것이다. 이런 시대에 예술
에 대한 진지한 물음을 보이는 유병근 시집 『돌 속에 꽃이 핀다』(빛
남, 1998)이 관심의 대상으로 부상하고 있다.

　　　여자는 상자 속으로 들어간다
　　　여자는 상자 속에서 손을 흔든다
　　　여자는 상자 속 문을 닫는다
　　　여자는 상자 속에서 몸을 꿈지락거린다

꿈지락거리는 여자는 하반신만 있다
여자의 머리 부분에 그는 칼을 꽂는다
칼이 꽂힐 때마다
여자의 하반신이 꿈지락거린다

— 「상자詩- 마술」 일부

여자를 상자 속에 들어가게 하고 상자 속 문을 닫은 다음, 상자 속에서 여자는 몸을 꿈지락거리는데, 꿈지락거리는 여자는 하반신만 있다. 꿈지락거리는 여자의 하반신이 환기하는 것은 성적 욕구이다. 여자의 머리 부분에 칼을 꽂을 때마다 여자의 하반신이 꿈지락거린다는 성적 이미지를 더욱 강화시킨다. 여자의 머리와 하반신은 이 마술에서 분리되어 있는 것이다. 머리에 칼을 꽂을 때 여자의 하반신은 움직임을 정지하는 것이 아니라 더욱 꿈지락 거린다.

시인은 마술을 그대 보여준다. 이것은 시인이 연출한 것이 아니다. 이 시대의 문화를 그대로 보여주기만 했다. 마술은 대중이 즐기는 오락이다. 오락은 대중의 기호를 매우 정밀하게 반영한다. 따라서 마술은 이 시대 문화의 표상이다. 시인은 이 시대 대중문화를 우리에게 보여주고 있다. 머리에 칼이 꽂히고 하반신만 꿈지락거리는 것이 이 시대의 대중문화라는 것이다. 지적이거나 이성적인 것은 죽고 감각적이고 육체적인 것만 꿈지락거리는 것이 이 시대의 대중문화이다.

연작시 「상자詩-마술」과 같은 부류에 속하는 「상자詩-아침마당」도 대중매체가 생산하는 대중문화의 저급함을 비유적 언어로 쏟아놓았다. 이 시는 제목에서 암시하듯이, 바보상자에 담기는 아침의 저급한 눈요깃거리가 아파트 마당귀에 썩고 있는 고기상자와 등가를 이루고 있다. 텔레비전의 아침마당 프로에 눈을 맞춘 이들을, 썩은 성찬을 즐기는 파리떼의 출몰로 은유한다. 이같은 읽기가 필자의 감상적 오류일 수도 있을 것이다. 그러나, 이 작품에 등장하는 낱말

들에 묻어나는 부정적 정서는 시인이 이 시대의 저급한 문화를 비
판하고 있음을 보이는 것만은 분명하다.

　시인은 이 시대의 대중문화를 비판적으로 읽는 것으로 그치지 않
는다. 실상, 예나 지금이나 대중문화가 무슨 고급스런 향수 같을 수
는 없기 때문이다. 「상자詩」에서 '마술'이나 '텔레비전'이 환기하는
대중문화에 대한 시인의 부정적 정서는 새삼 새로운 것은 아니다.
그렇다면, 그가 지향하는 예술정신은 어디에서 찾는 것인가. 이 번
시집에는 「散調 저녁에」, 「춘향가를 들으며」, 「朴均錫옹의 하루」,
「징소리를 찾아」, 「김소월 풍으로」, 「옹기마을에 가서」, 「겨울 툇마
루」, 「북을 치는데」 등의 시편에서 시인이 지향하는 포에지를 엿볼
수 있다.

　　　달군 쇠는 메질로 불러냅니다 쇳덩이의 몸 속으로 소리 먹입니다
　　진양조에서 중몰이 중중몰이로, 바람끝에서 물끝으로, 초승달에서
　　보름달로 길 들입니다
　　　마음 공부하듯 쇠를 공부합니다
　　　망치질 먹여 남은 옹이를 도닥거립니다 옹이 속에 짓무른 울음을
　　잡아냅니다. 메질로 다시 길 들입니다 자진몰이에서 휘몰이로 걸쭉
　　한 상소리도 넌즈시 휘몰이입니다 아픔으로 짓무른 응어리도 먹입
　　니다
　　　옹이가 곰삭아 제일 깊은, 한밤엔 혼자 우는 애장터를 처바릅니다
　　　　　　　　　　　　　　　　　　　　　　— 「징소리를 찾아」 전문

　「징소리를 찾아」에서 징소리는 이 시대의 참다운 예술의 환유이
다. 그렇다면, 참 예술이 무엇인지, 어떻게 제작되는 지를, 세세하게
그려 놓은 것으로 이 시를 읽을 수 있다. 경박하고 저급한 예술과
변별성을 드러내는 것을 우리는 이 시에서 쉽게 읽을 수 있다. "마
음 공부하듯 쇠를 공부"하는 것만 보아도 예술이 어떻게 생산되어
야 하는지, 그것은 어떤 정신을 지니게 되는 지가 확인된다. 「散調

저녁에」에는 '피리 소리'가 '징소리'와 같은 맥락이다. "요 코딱지만 한 피리 구멍에 눌어붙은 세상 아궁이 좀 찍어봅니다 솔갱이가 타다가 직직 끓는 송진기름 같은 거 게워내는 가슴앓이, 부지깽이로 미적미적 다독입니다 인두질로 찌지더라도 과수댁 속 울음 죄다 요 코딱지만한 피리 아궁이에 몇 백년 몇 천년 소리의 송진으로 끈적입니다"(「散調 저녁에」일부) 피리 소리는 단순한 유희가 아님을 보인다. 피리 구멍에 눌어붙은 세상아궁이, 솔갱이가 타다가 직직 끓는 송진기름 같은 가슴앓이 등과 같은 삶이 진덕진덕 묻어나는 소리가 바로 피리소리이다. 피리 소리가 환기하는 예술은 과수댁의 속 울음 같은 가슴 저리는 삶의 진정성이 묻어나는 엄숙한 것이다. 「朴均錫옹의 하루」의 '朴均錫'도 예술가의 제유이다. "북을 메우자면 말이다 한쪽 배때기는 어미소 가죽으로 또 다른 배때기는 새끼소 가죽으로 애간장 달달 끓게 해볼 일이다 암내 앤 암소를 찾아 울대 치세우는 수소 가죽으로 처발라 볼 일이다"(「朴均錫옹의 하루」일부) 朴均錫옹의 하루는 바로 예술가의 하루이다. 예술가가 어떻게 작품을 창작하는가를 이렇듯 구체적으로 보인다. 朴均錫옹이 만들어내는 '북소리', 이런 것이야말로 진정한 예술품이다. 앞서 예거한 다른 작품들에서 같은 맥락의 예술가 정신을 엿볼 수 있다.

시인이 찾는 예술세계는 멀티미디어 시대에 흔히, 화제가 만발하고 베스트 셀러가 되는 작품들이 아니다. 오히려, 이 시대에 버려지고 눈에 띄지 않는 유물로 존재하는 것 같은 데서 그의 참다운 예술정신을 찾는다.

그의 예술정신은 상업주의나 대중주의를 결코 용납하지 못한다. 그의 예술정신은 시퍼런 작살이 등짝을 찍는(「시퍼런 작살」) 날카로움이거나 달군 쇠를 메질하는 (「징소리를 찾아」) 혹독함이다. 유병근 시의 이미지는 미지근한 것보다는 격렬하거나 날카로운 금속성의 이미지가 많다. 이런 것을 그의 치열한 예술정신으로 읽을 수 있

을 것이다. 이같은 치열성은 「팝콘을 튀기면서」 같은 작품과 같이
풀무질과 메질로 달구어지는 가열함에서도 나타난다.

> 후라이 팬 속에서 팝콘이 하얀
> 꽃잎을 깨물고 있어요 튀어야만
> 야무진 꽃잎이 된다고 풀무질과
> 메질에 몸 달구고 있어요 튀밥을
> 잎에 문 불똥이래요 티브이 브라운관
> 밖으로 팝콘 한 봉지 튕겨 올라요
> 삼백 육십 오도의 열기로 달군
> 꽃잎이래요 튄다와 뛴다로 헷갈린
> 삼백 육십 오도의 오르가즘이래요
> 그런 노래 하나가 화끈거려요 삐딱한
> 곡조라야 잘 나가는 팝콘의 길
> 후라이 팬에 튀김기름을 치고 잇어요
> 풀무질과 메질로 뜨겁게 달구어요
> 폭죽처럼 곷잎이 튕겨 올라요
> 때로는 거품이 된 꽃잎을 손바닥에
> 받았어요 거품을 걷어야 한다고
> 어떤 꽃잎은 어떤 몸짓으로 파들거려요
>
> ― 「팝콘을 튀기면서」 전문

　시인은 팝콘을 튀기면서 이 시대에 예술이란 무엇인가를 생각한
것 같다. 후라이팬 속에서 팝콘이 하얀 꽃잎을 깨물고 튀는 것, 풀
무질과 메질로 꽃잎이 되는 것이 예술의 형상화 과정임을 직관적으
로 인식하는 것이다. 그의 예술정신은 이렇듯 냉정하거나 뜨겁다.
90년대 문학이 많은 부문에서 상업주의로 치달아가는 양태를 보이
는 가운데, 기존의 문학의 엄숙주의나 진정성이 약화되거나 흐트려
진 것으로 확인된다. 이런 와중에 작가가 소수의 독자만을 상대로
자신의 예술혼을 불태우기에는 오늘의 문화적 풍토 속에서는 정말

힘겨운 것이 현실이다. 그러나 유병근이 보여주는 예술정신은 여러 부문에서 이 시대의 대중주의나 통속주의를 거스르는 쪽으로 시선을 두고 있음이 이번 시집 도처에서 보인다.

그러나 시대를 역류하면서 자신의 고집을 지키는 일이 결코 평탄한 길이 아님은 물론이다. 언뜻언뜻 고뇌의 일면이 감지되기도 한다.

> 찻잔을 떨어트렸다 바닥으로
> 손아귀가 풀리고 요즘은 자주
> 떨어지는 꿈에 시달렸다
> 그날 아침 까마귀 울음을 들었다
> ―「찻잔이 깨진다」 일부

이는 시인의 자의식의 표출이다. 견고하기 잡고 있던 손이 풀려서, 떨어져 깨어지는 꿈에 시달린다고 진솔하게 고백한다. 이 시집에서 보기 드물게, 유병근의 자의식이 비교적 직접적으로 표출한 작품의 일부이다. 그의 시는 고도한 비유와 상징으로 이루어져 있어 속내를 짐작하기는 쉽지 않다. 이 대목에서는 그가 처한 현재의 심경을 진솔하게 표출하고 있는 것이다. 그가 고집스럽게 추구해왔던 예술정신, 그가 결코 타협할 수 없었던 시정신이 오늘의 대중문화의 물결에 위기의식을 맞고 있다는 무의식의 표출일 것이다. 다시 말해, 자기도 모르게 예술정신이 퇴색하는 것이 아닌가에 대한 무의적인 우려가 쥐고 있던 찻잔이 떨어져 깨어지는 것으로 표출된 것 아니겠는가.

> 돌 속에 꽃이 핀다고 그랬다 개미자리꽃이 피었다고 수군대는 소리 들린다 천둥이며 번개, 돌 속에 제일 깊은 늪이 잠겨 있다는 세상이었다 겨울 저녁 쑤군 쑤군 눈이 쌓이고 안산은 까마득히 동안거중이라는 전갈이었다 돌 속에 들앉아 끊임없이 돌을 쪼는 딱따구

리 한 마리도 살고 있었다. 북두칠성에 치성 올렸다 더 깊은 돌 속
으로 별똥별이 날아가고 繩문자 혹은 갑골문자 같은 은밀한 내막을
돌이 제 가슴 깊이 새겼다고 그랬다 밤엔 안산도 한 무더기 시커먼
개미자리꽃이었다 어느날은 길손이 과수댁을 업고 안산을 넘어가더
라는 수상한 풍문이 돌았다

　　　　　　　　　　　　　　　　　　　　— 「돌 속에 꽃이 핀다」 전문

　이 시집 전체에 흐르는 기류는, 예술정신의 탐색이라고 볼 수 있
겠다. 뉴미디어 시대에 시란, 예술이란 무엇인가. 대중매체 시대에
시란, 예술이란 무엇인가. 상업적 소비시대에 시란, 예술이란 무엇인
가.

　이 시집 제목의 돌 속에 피는 '꽃'이 환기는 의미맥락은 다양하지
만, 나는 시인이 꿈꾸는 예술정신의 표상으로 읽고 싶다. 시집에 나
오는 「돌 속에 꽃이 핀다」 외 70여편의 작품들이 모두 돌 속에 피
는 꽃의 이미지이거나 아니면 같은 의미맥락이라고 읽고 싶은 것이
다. 유병근은 이번 시집을 통하여 뉴미디어 시대에 예술이란 무엇인
가에 대한 진지한 물음을 우리에게 던지고 있는 것이다.

시조와 실험

― 윤금초론

1

"시조는 이념의 相異를 넘어선 이 땅 대표적 詩心이자, 이 겨레의 自己同一的인 포에지다." 박철희의 지적이다. 이같은 지적과는 달리, 현대시조는 자유시에 비해 부차적인 장르로 인식되고, 현대시라면 자유시를 우선적으로 생각한다. 이것은 시조라는 장르의 문제가 아니라 시조시인들의 창작력 빈곤에서 기인한 것이 아닌가 한다.

윤금초의 장편시조 「청맹과니의 노래」는 시조에 대한 일반의 잘못된 인식을 불식시키기라도 하듯이, 현대시로서 시조라는 장르의 가능성을 한껏 드러낸다.

「청맹과니의 노래」는 전9편으로 구성된 장편시조다. 이 작품은 윤금초의 제2시집 『해남 나들이』(민음사, 1993)에 수록한 것으로 70년대에 처음 발표한 연작 「漁樵問答」에다 다섯편을 추가한 것이다.1)

---

1) 「청맹과니의 노래」중 「2 사동짓소리」「3 비황정책」「4 壬午野乘」「4 탈놀음」은 이미 연작형태의 「漁樵問答」이란 제목으로, 1977년에 간행한 첫시집 『漁樵問答』에 수록되었던 것이다. 연작인 「漁樵問答」은 봉건사회를 배경으로

「청맹과니의 노래」는 「漁樵問答」보다 더욱 실험적인 형태를 취하고 있어 기존의 시조형식에 익숙한 독자에겐 낯설게 여겨지는 데다 어휘 또한 난삽하여 텍스트 읽기가 여간 까다롭지 않다. 그래서인지 이 작품이 시조문학사적 의의를 지녔음에도 불구하고 그 진가를 구체적으로 밝힌 경우는 드문 편이다. 「청맹과니의 노래」는 아직 처녀림처럼 그 자태는 신비롭기만 하다.

　이런 경우, 작가의 변이나 작품의 프롤로그는 텍스트읽기의 단초로 유효하다. 이 작품이 수록된 윤금초의 시조집 『해남 나들이』의 自序 일부를 먼저 읽어보는 것이 좋겠다.

> 　「청맹과니의 노래」는 앞에서 말한 「권력의 불」에 동상을 입거나,
> 거기서 한 걸음 비켜서 있는 사람들의 이야기를 다룬 것이다. 「청맹
> 과니의 노래」는 옴니버스형식의 장편시조(이 표현이 적절한지 모르
> 지만)로서, 새로운 영역에 대한 도전의식을 가지고 수삼 년 공들인
> 글이다.

「청맹과니의 노래」는 정치, 사회적으로 굴절이 심했던 한 시대를 살아온 시인이 부당한 권력에 저항하거나 그 권력에 의해 소외된 민중의 이야기를 옴니버스 형식으로 그린 것이다. 시인이 살았던 굴절된 시대는 해방 이후 70, 80년대를 거친다. 그렇다면 이런 시대를 살아온 민초들의 아픔이나 한이 어떻게 표출되고 있는지에 대해서, 프롤로그에 해당하는 제1편도 시집 『해남 나들이』의 自序처럼 텍스트 읽기의 실마리를 제공하고 있다.

> 　사람의 설움이 어지간해야 눈물이 나오는 법이지, 기가차고 먹이

하고 있지만, 실상은 70년대의 포악한 지배계층에 대한 민중의 저항의지를 강력하게 시사한 것으로 주목을 받았다― "대단한 입심"(김춘수), "현대의 인간불신과 위선과 모순에 대해 통렬한 비판정신"(민희식), "현대의 구조적 모순을 재현하려는 강력한 노력"(유종호)

꽉 차면 뛰곡 치치고 환장을 하는 법이렷다.
— 판소리 「심청전」에서

쑥대머리
애원성을
임방울나 울었다더냐

한 세상 오만 시름
시궁을 딛고 서서

여보게
우리네 연꽃
살 비비고 오리라.
—「1 쑥대머리」 전문

　해제인 판소리 「심청전」 일부는 시인의 의도를 선명하게 드러낸다. 장편시조 「청맹과니의 노래」의 전체적인 정조는 깊은 '설움'이다. 이 설움이 극도에 달해서 환장할 지경에 이르면, 격렬한 리듬과 시조형식의 과격한　변조가 나타날 것임을 예고해둔 듯하다. 소설로 치면 일종의 복선이다. 프롤로그에 해당하는 제1편 「1 쑥대머리」는 폭풍 전야와 같다. 현대시조의 보법을 한치도 어긋남이 없이 정연한 리듬을 구사하고 있지만, 앞으로 다가올 태풍의 조짐과 함께 팽팽한 긴장감이 서려 있다. "쑥대머리/애원성을/임방울만 울었다더냐"고 초장에서 질문을 던진다. 질문자는 '우리'로서, 권력에 동상입거나 권력에서 한 걸음 비켜선 민초다. 이 질문에서 벌써 민초들의 설움이 배어나기 시작하는 것이다.

　그 구체화는 제2편부터 제6편 -「2 私僮짓소리」 「3 비황정책」 「4 壬午夜乘」 「5 고구마」 「6 개펄」- 까지 나타난다. 이들 텍스트는 일종의 실험시조로서 역사적 사건을 끌어와 패러디화하거나 인유하면서 과거를 통렬하게 비판하는 듯 하지만, 실상은 현대사회와 상호텍스트 관계에 놓여 있는 것으로써 현대 민중의 서러움을 우회적으로 표상한다. 이 시편들은 중장의 '한 세상 오만 시름'의 은유인 '시궁'의 구체화다. 민중은 시궁에 처박혀 절망하는 존재가 아니라 시궁을 딛고 서서 '우리네 연꽃'을 피우는 진보적 역사관을 지닌다. 화자인 민초들은 제목에서 '청맹과니'로 비유된다. 청맹과니는 눈은 뜨고 있지만 세상을 보지 못하는 존재다. 그들은 청맹과니처럼 지배계층의 억압에도 그냥 모른 채 무심한 듯 하지만, 이들이야말로 역사를 이끌어 가는 주체다. 그들은 지배계층의 부당한 억압에 대해 스스로 저항하며 유토피아를 이땅에 구현하기 위해 진보적 역사의식을 지니는 것이다. 여기서 아이러니가 발생한다.

제1편의 지배적 이미지는 '우리네 연꽃'이다. 이 꽃은 설움의 극복으로서의 상징체가 된다. 현재 설움이 극복된 것이 아니라 "여보게/우리네 연꽃/살 비비고 오리라."처럼 설움의 극복은 미래에 도래할 것이다. '우리네 연꽃'은 일반이 바라는 미래의 유토피아다. 미래에 도래할 유토피아를 위해 제7편과 제8편에서 설움풀이로서 탈놀이와 사물놀이가 행해지고, 마지막 제9편에서는 鎭魂巫歌로서 천지신명에게 하소연하는 구조를 취한다. 진인사 대천명을 연상케 하는 구성이다. 사람의 할 도리를 다하고는 마지막에 신의 뜻을 기다리는 자세다.

프롤로그에 해당하는 제1편 「1 쑥대머리」는 장편시조 「청맹과니의 노래」를 어떻게 읽어야 할 것인지에 대해 두 가지 논점을 제공한다. 하나는 '우리네 연꽃' 피우기가 이 시조의 테마를 함의한다면, 이제까지 현대시조단에서 소극적으로 다루었던 정치담론에 대한 저항성 논의, 다른 하나는 제1편 프롤로그만 평시조의 골격을 취하고 나머지 편은 다양한 시조형식의 변조가 자유롭게 구사되고 있다는 점에서 시조형식의 새로운 지평에 대한 논의의 가능성이다. 그렇다면 내용과 형식에 걸쳐 드러난 윤금초 시조의 실험성이 주목의 대상이 될 것이다.

2

민중시가 70년대를 화려하게 수놓았다. 김지하, 신경림, 고은 등은 민중시인으로 우뚝 서 있다. 모두 자유시를 쓰는 시인으로 70년대 시사의 주요 지형을 구축한다. 이들은 근대화라는 정치담론의 그늘에 놓인 서민들의 궁핍이나 소외, 나아가 저항의지를 역사의 전면으로 끌어내었다. 80년대에는 민중시가 박노해를 필두로 하는 노동문학으로 계승 발전된다.

그러면 민중시와 견줄 만한, 정치담론에 맞선 저항성을 보인 현대시조는 없었던가? 70년대 이후 최근까지 시조는 자유시에 비해 현실인식에 있어 유약성을 드러낸 것처럼 보인다.

윤금초의 「청맹과니의 노래」는 70-80년대의 시대상황을 투사한다. 성공적인 참여시 못지 않게, 정치담론에 대한 저항성을 효과적으로 드러냄으로써 현대시조도 현실인식에 있어 자유시와 비견될 수 있음을 확인시켜준다.

> 두들겨라
> 지게 장단,
> 어서 노를 휘저어라.
> 그 무슨 젓대를 불어
> 이 아픔을 하소연하랴,
> 환장할 경치를 지고
> 떼거지로 그렇게.
>
> ― 「2 私僮짓소리」 첫수

제1편에서 예고한 서민들의 설움이 제2편 「2 私僮짓소리」부터 구체화된다. '私僮'이 만적의 호이고 '짓소리'가 부처에게 재를 올릴 때 길게 읊는 게송임을 전제하고, 제2편을 만적의 혼을 달래는 진혼곡으로만 한정해서 읽어서는 안된다. 단순한 만적의 진혼곡이라기보다 오히려 우리 역사상 대표적 노비해방운동인 '만적의 난'의 주동인물인 만적 자신의 하소연에 가깝다.

> 조지고, 비비틀고, 작신작신 할킨 세월.
> 　더러는 혼을 챙겨 공출 나간 아수라장, 도솔천 차양을 드린 그 마름 속에 모가지 얼레에 감긴 참혹한 생애던가.
> 　어이어, 어여하 어이. 어이 어이 어여하.
> 　　　　　　　　　　　　　　　— 「2 私僮짓소리」 둘째 수

만적 개인이 처한 상황이 아니라 이것이 조선시대이든 일제시대이든 현시대이든 간에, 일반대중이 처한 "조지고, 비비틀고, 작신작신 할킨 세월"이다. 이같은 정황은 만적의 난이 일어날 수밖에 없는 당위성이기도 하다. 만적의 난은 고려 중기 무신의 난이 일어나고서 문무의 지위가 바뀌고 신분계급에 혼란이 가중되던 때를 배경으로 한다. 만적은 당시 집권자인 최충헌의 私奴이다. 「2 私僮짓소리」가 만적의 난을 배경으로 하고 있지만, 실상은 70년대 시대상황을 투사한다. 그렇다고 현실을 생경하게 옮겨놓은 것은 아니다. 현실을 기계적으로 반영하기보다 구조적 상응관계 하에 놓여 있다.[2] 70년대는 군사정권이 확고하게 지배체체를 구축하면서 정치적 억압체제가 그 실체를 드러낼 즈음이다. 만적의 난이 무신 집권기라면, 70년대는 역시 군사정권이 유신을 감행하던 때임을 상기할 필요가 있다.

---

2) 널리 알려진 바와 같이, 골드만은 현실을 생경하게 옮겨 놓은 작품이 우수한 시가 될 수 없다고 보고, 현실과 작품의 상응관계를 그 양자의 구조화하는 범주에서 찾는다.

만적의 난은 일종의 객관적 상관물로서 70년대를 상징적으로 재현한 것이다. 역사적 사건을 통하여 70년대 현실을 간접적으로 환기시킨다. 이것은 역사상의 민중항거를 도입한 70년대 민중시(자유시)에서와 같이, 투쟁적 전통을 환기함으로써 현실의 모순을 극복하는 힘을 얻고 그 투쟁의 정당성과 방향성을 확보하려는 노력으로 볼 수 있다.3)

제3편은 「3 비황정책」이다. '비황정책'의 사전적 의미는 기근이나 흉년 또는 재액에 대한 준비를 해두는 정책이다. 그렇다면 제3편은 제2편 「2 私僮짓소리」에 나타난 만적의 하소연에 대한 관의 정책적 대응인 셈이다.

> 아전님. 진액을 핥는 아, 송충이 아전님아.
> 날개 돋친 산 귀신의 시뻘건 머리칼에 구천 그루 소나무가 단 손에 덜미 잡힌, 기름 말라, 피가 말라, 뼈골마저 하비인 몸. 옴 딱지 이파리의 문둥병 줄거리네.
>
> — 「3 비황정책」 마지막수

'비황정책'은 실패임이 드러난다. "보두청 그물코의/호구에 걸려든 내 피조개 살점들아./상전이 게워낸 칼날,/얼레발을 보는가."(「3 비황정책」 제2수 중장과 종장)처럼, 여전히 서민들은 포도청 그물코의 호구에 걸려든 '피조개 살점들'로 비유되면서 수탈의 대상일 뿐이다. 아전은 서민들의의 상전으로서 진액을 핥는 송충이다. 서민들의 현실인식의 표출이 제2편 「2 私僮짓소리」라면, 제3편 「3 비황정책」의 '비황정책'은 그들의 불만을 무마하기 위한 임시방편일 뿐이고 오히려 민초들을 수탈하는 것으로 드러난다.

제4편 「4 壬午野乘」는 임오년 野史이다. 윤금초는, 그의 자전에

---

3) 朴大鎬, 「근대화의 중층성과 70년대 시의 민중지향성」, 『한국 현대시사의 쟁점』(시와 시학사, 1992) P.485.

의하면 임오년(1943) 태생이다. 「4 壬午夜乘」은 시인의 野史이기도 하다. 시인은 일제 말기에 태어난 것이다. 시인이 처한 상황은 만적의 경우와 마찬가지로 개인적 상황이면서 민족이 처한 암울한 상황을 투사한다.

제2편 「2 私僮짓소리」와 제3편 「3 비황정책」은 외연적 의미로 보면 조선시대다. 「청맹과니의 노래」의 구조상, 여기서 일제에게 우리나라가 왜 강점될 수밖에 없었는가를 상징적으로 보여준다. 조선시대에 무신 집권세력은 대중의 정당한 욕구 표출의 표상인 만적의 난을 역시 무력으로 진압했다. 그러고서 비황정책도 실패하고, 결국 일제에게 민족의 주권마저 빼앗기게 되는 상황을 유발한 것이다.

> 걸신든 임오년의 벌거숭이 등신들아.
> 혀에 달던 송피죽도 거덜난 모가지의 어시새끼 흙 묻은 부리 죽지에 사려 묻는, 볏가리 헐린 자리 비에 할퀸 쇠똥처럼 고사병 풀꽃 위에 재로 시든 무명바지, 그 찌든 골마리 속을 비집고 온 몰골들아.
> 부황난 하늘이 타는 아, 섬뜩한 세월에.
> ─「4 壬午夜乘」 제1수

아무 죄없는 목숨들이 "부황난 하늘이 타는 아, 섬뜩한 세월", 곧 일제에게 주권을 강탈당한 조국에 태어나게 되었는가. 다시 상고하거니와 일반의 정당한 권리(만적의 난)를 무력으로 짓밟으면서 권력의 안전판을 마련했던 무신정권의 실정이 민족의 운명을 이지경으로 내몬 것 아닌가. 이것이 제5편 「5 고구마」에서는 궁핍만이 문제가 되는 것이 아니라, 일반대중을 괴롭히는 '거간꾼'이나 '鄕愿'이의 횡포까지 가중된다. 따라서 민초들은 자신을 제6편 「6 개펄」에서는 "유배지 무지렁 땅에 뿌리 뽑힌 질경이"로 인식하는 것이다.

누런 바람, 마파람의 세월 또한 흉흉해라.
비린내 저잣거리 거적 쓴 난장판에, 관아 후직이 손에 멱살 잡혀 끌려왔다.
이에 저에 딩굴러서 모지라진 隱者같이 누더기, 헌 누더기 죽살이 친 파장 마당, 수령 방백 호미 끝에 찍힌 이마 진물 자국…… 아직도 그 물것 개평 떼는 주둥이로 거간꾼 오빠시떼 징 치고 날아들 때, 뜬벌이 鄕愿이도 한통속 놀아날 때 천지에 살가죽 썩는 어질머리, 어질머리

— 「5 고구마」 마지막 수

세월도 뒷짐지고 저만큼 물러선 자리
밀물에 부대껴서, 썰물 북새에 떠밀려서
유배지 무지렁 땅에 뿌리 뽑힌 질경이다.

— 「6 개펄」 둘째 수

제2편 「2 私僮짓소리」부터 제6편 「6 개펄」까지는 무신의 집권을 배경으로 한 '민중의 난/비황정책/황폐한 민중의 삶'의 구조다. 이 구조는 우리 민족에 있어 지속적으로 이어지는 원형이다. 일제시대에는 '3.1운동/문화정치/황폐한 민족의 현실'로, 군사정권시절에는 '민중운동/경제개발/농민 노동자의 황폐한 삶'으로 각각 탈바꿈하여 나타난 것이다. 이같은 억압구조 하에서 일반대중이 처한 상황은 최악이다. 유배지 그것도 무지렁 땅에 뿌리 뽑힌 '질경이'가 바로 민초의 표상임을 다시 확인해 둔다.
일반대중은 어떻게 대처해야 하는가. 제7편부터 제9편에는 '탈놀이', '사물놀이', '지노귀새남' 등의 민중연희가 격렬한 가락으로 펼쳐진다. 이들 중 제7편 「7 탈놀이」와 제8편 「8 사물놀이」는 민초들의 설움풀이 연희다. 이같은 연희는 제6편까지 나타난 억압구조의 속박에서 벗어나겠다는 대중의식의 표출이다. 70년대의 대표적 민중시인인 신경림의 「農舞」와 비교하여 읽어보면 그 의미가 더욱 선명

해진다.

> 산구석에 처박혀 발버둥친들 무엇하랴
> 비료값도 안 나오는 농사 따위야
> 아예 여편네에게나 맡겨두고
> 쇠전을 거쳐 도수장 앞에 와 돌 때
> 우리는 점점 신명이 난다
> 한 다리를 들고 날나리 불거나
> 고갯짓을 하고 어깨를 흔들거나

―「農舞」 일부

농악이나 탈춤 같은 서민의 전통적 연희로서의 농무가 이 텍스트 내에서 풍년을 구가하는 제의적 의미체가 아니라 민초의 설움이나 한 풀이, 나아가 지배계층에 대한 투쟁적 의미를 함의함은 널리 알려진 바이다. 저항의식이 '농무'가락에 실려 힘차게 분출되고 있다. 그러나 "산구석에 쳐박혀 발부둥친들 무엇하랴", "비료값도 안 나오는 농사" 등과 같은 대목에서 그 의도가 직서적 형태로 드러나기도 한다. 이것은 민중시가 현실인식에 있어 전통 서정시나 모더니즘시에 비해 탁월한 면모를 보이면서도 아쉬움을 갖게 하는 대목이다. 직서적 표현이 극단화될 때, 메시지의 구호화로 전락하여 심미성을 훼손할 수 있기 때문이다.

윤금초의 제7편의 「7 탈놀이」나 제8편의 「8 사물놀이」는 민중시적 경향을 지니면서도 저항의식을 직서적으로 표출하지 않은 점은 미덕으로 보인다. 신경림의 「농무」와 같은 시대의 산물로서 지배계층에 대한 일반대중의 저항의지를 노래한 것이지만, 비유나 상징, 혹은 객관적 상관물에 의탁함으로써 민중시의 결함을 지양한다.

> 날라리 웅박캥캥 덧뵈기춤 신명 난다.
> 말뚝이, 비비양반, 취발이, 귀팔이야.

차라리 참혹한 정상을 탈로 가린 풍물잽이.
전라도 막막골의 개발코 주걱턱 탈마른 모가지 여위어 궁항벽지
따오기 그것처럼 돌아라. 살풀이 장단, 관솔불도 휘돌아라.

　　　　　　　　　　　　　　　　　— 「7 탈놀이」 제3,4수

돌아라, 휘돌아라. 숨이 가쁜 종이 고깔.
더러는 눈칫밥에 한뎃잠 설쳤기로, 논틀 밭틀, 한을 묻고 거리죽
음 뜬쇠야.
아픔의 응어리로 북을 때려 시름 푸는, 풍물잡이 시나위는 민초들
앙알대는 목소리다. 짓밟고 뭉갤수록 피가 절로 솟구치는, 투박한
그 외침은 뚝배기 태깔이다.
앙가슴 풀어 헤쳐서 열두 발 상모를 돌려라

　　　　　　　　　　　　　　　　　— 「8 사물놀이」 마지막 수

　　탈놀이나 사물놀이는 개인의식이 아닌 집단의식의 표출이다. 민초
들의 억압적 상황에 대한 설움풀이는 일반대중 스스로 힘을 모아
그 해법을 마련하는 것이다. 「농무」와 같이 "날라리 웅박캥캥 덧뵈
기춤 신명 난다"고 외치는 소리는 "실꾸리 가닥을 풀 듯 아, 아픔의
끈을"(「7 탈놀이」제1수 종장) 푸는 민초의 설움풀이다. 이것이 「8 사
물놀이」에서는 더 격렬한 가락으로 펼쳐진다. 게다가 제9편(마지막
편) 「9 지노귀새남-우리네 鎭魂巫歌」가 덧붙어, 서민의 설움을 천지
신명께 아뢰는 것으로 대미를 장식한다. "그 누가 아픈 혼백 다 거
두어 수렴할꼬, 거두어 수렴할꼬"(「9 지노귀새남-鎭魂巫歌」 종장) 같
은 탄식은, 천지신명에게 아뢰는 민초들의 간절한 염원인 것이다.
　　제7편부터 제9편까지는 앞에서 드러난 억압구조에 대한 대중의
집단대응 의지를 탈놀이, 사물놀이, 그리고 진혼무가를 빌어 표출한
것이다. 탈놀이와 사물놀이가 그들 자신의 한풀이라면, 진혼무가는
천지신명에게 한풀이를 호소하는 것으로 밝혀졌다. 진인사 대천명을
다시금 떠올려도 좋다.

　민초들의, 억압구조에 대한 제7편과 제8편의 한풀이는 80년대 일
어났던 다양한 민중항쟁과 겹쳐 읽어도 무리는 없다.
　의미구조를 중심으로 「청맹과니의 노래」를 읽어보았다. 프롤로그
에 해당하는 제1편 「1 쑥대머리」에서 예표된 대로 제2편부터 제6편
까지는 '시궁'으로 은유된 것의 구체화로서 일반대중이 처한 억압구
조였고, 제7편부터 제9편까지는 억압구조를 벗어나고자 하는 그들의
열망이 다양하게 표출되었다. 그렇다면 이런 의미구조를 지탱하는
표현형식에 대한 또다른 텍스트 읽기가 요구된다.

3

　70-80년대 우리 시조도 다양한 실험을 해왔지만, 자유시는 더욱
왕성한 실험의지를 보여주었다. 이 시기에 자유시 쪽에서는 기존의
시의 개념을 뒤집을 만한 새 지평을 끊임없이 열어 왔다. 시가 시대
상황에 따라서 시적 대상은 물론이고 형식까지 변화하는 것임을 자
유시단에서는 보여준 것이다. 김지하나 신경림이 민요의 운율을 도
입하여 건강한 민중의식을 풍자한 것을 필두로 70년대 민중시가, 민
요는 물론이고 노동요나 각설이 타령 같은 기층연예 형식을 모방하
면서 장르 패러디를 감행했고, 80년대 황지우나 박남철이 신문광고
같은 현실의 조각을 꼴라주나 몽따주 기법을 구사하면서 시형식 자
체를 해체하면서까지 불온한 현실에 대한 시적 대응을 했다. 이런
시도들이 극단화 될 때에 문제가 없는 것은 아니다. 전자는 메시지
편중주의로, 후자는 과격 실험주의로 전락할 수 있음도 유의할 만하
다. 여기서 이런 것의 시시비비를 가질 여유가 없다.
　70-80년대 우리 시에 있어서 새로운 미학이라 할 수 있는 여러
실험적인 시들이 왜 나타나게 되었는가. 그것은 모더니티를 바탕한

모더니즘 미학의 한계점이 드러났기 때문으로 본다.4) 즉, 70-80년대
는 한국의 근대화의 한계가 여실히 드러나는 시기로 이 시대에 새
로운 미학으로 실험적인 시가 등장한 것이다.

윤금초의 「청맹과니의 노래」는, 현대시조가 자유시 못지 않는 시
대상황에 민감하게 대응할 수 있는 장르임을 강력하게 시사한다. 장
경렬은 윤금초 시집 『해남 나들이』의 해설에서,

> 그의 시에서는 시조형식이 단순한 형식적 장치로서 기능을 하지
> 않고, 시의 내용과 함께 살아 있는 통제 장치로서 역할을 하고 있는
> 것이다. 윤금초 시인의 시를 읽으면서 시조가 이렇게 쓰여질 수도
> 있구나라는 느낌을 갖게 되는 것은 이 때문이다.

라고 지적했다. 이같은 지적은 타당하다. 이것이 윤금초 시조에게만
적용되어서는 안될 것이다. 의미가 형식을 규정해내어야 그것이 시
로서의 생명을 지님은 두말할 여지가 없다. 그러나 장경렬의 온당한
지적에 준거가 될만한 시조가 얼마나 있는지, 아니면 시조시인이 시
조를 쓸 때 이런 기본적 인식이라도 하고 쓰는지 다시 한번 시조시
인들이 반성해 볼 일이다. 시조의 경우 3장 6구라는 형식적 틀에 내
용을 담기만 하면 시조가 되는 줄로 알고 안일하게 시조짓기를 하
는 것이 오늘의 현실이 아닌가 하는 비관적인 생각도 든다.

윤금초는 시조라는 형식을 고집하면서, 한편 시조형식의 제약성을
뛰어넘으려는 의도를 「청맹과니의 노래」에서 분명히 보여준다. 우리
시조가 외형률의 제약을 받는 닫혀 있는 문학양식이 아니라, 내재율
을 중시하는 열린 마당으로 거듭하기 위해 "한편의 시조 속에 우리

---

4) 모더니스트의 시적 가치가 언어경제, 몰개성, 형식의 완벽성 등처럼 폐쇄적
  형식(closed form)이라면, 포스트모더니즘의 미학은 개방적 형식(open form)으
  로 요약된다. 형식의 폐쇄성과 개방성은 모더니즘과 포스트모더니즘을 가르
  는 기본개념이다. 이승훈, 『포스트모더니즘시론』(세계사, 1993) pp.70-82.

정형시의 각종 형식(평시조, 엇시조, 사설시조 등)을 아우르는" 옴니버스 형식의 새로운 시조를 선보인 것이다.

그러면 앞서 살펴본 의미구조와 새로운 시조형식이 어떻게 하나의 구조로 통합되어 살아나는가를 살펴보아야 한다. 자유시 쪽에서 여러 실험적인 시를 70-80년대의 새 미학으로 구사한 것처럼 윤금초가 구사한 새 미학에 관심을 가져볼 만하다.

윤금초는 이제까지 아무도 시도한 적이 없는 새로운 시조의 외형을 선보인다. 제2편 「私僮짓소리」는 평시조+사설시조+평시조+사설시조+엇시조+사설시조+사설시조+평시조, 제6편 「6 개펄」은 평시조+평시조+사설시조+해녀노래+평시조+평시조, 제8편 「8 사물놀이」는 평시조+평시조+정읍사 한절+평시조+사설시조 등으로 구성되어 있다. 게다가 다양한 각각의 편들은 완결된 한편의 장편시조로 짜여져 있다. 시조문학사에서 처음 보이는 새로운 시조형식임이 틀림없다. 어쩌면 조선후기에 평시조와 다른, 사설시조가 시조의 한 종류로 정착하여 오늘에 이른 것처럼 윤금초가 시도한 장편시조는 앞으로 시조의 새로운 종류로 정착될 수 있을지 모른다. 나아가 자유시와 현대시조의 장점을 변증법적으로 지양한 제3의 장르로서의 가능성도 검토해 볼만하다.

80년대 이후 자유시가 그림이나 도형을 시에 끌어와 시가 언어예술이라는 한계에 종지부를 찍으려 했듯이, 윤금초는 시조형식에 해녀노래나 백제가요인 정읍사를 끌어들임으로써 시조형식에 변화를 꾀한다.

> 「혼백 상자 등에다 지곡
> 가슴 앞에 두렁박 차곡
> 한 손에 비창을 쥐곡
> 한 손에 호미를 쥐곡
> 허위적허위적 들어간다」

— 「6 개펄」 일부

「돌하 노피곰 도드샤
 어긔야 머리곰 비취오시라
 어긔야 머리곰 비취오시라
 어긔야 어강됴리
 아으 디롱디리」

얼마나 오랜 날을 움츠린 목숨인가.
관솔불도 흥에 겨워, 흥에 겨워 글썽이는
「어긔야 어강됴리
 아으 다롱디리」

— 「8 사물놀이」 일부

해녀노래나 백제가요를 도입한 「청맹과니의 노래」는 기존의 시조
형식의 한계를 넘어선 것이 분명하다. 자유시에 그림이나 도형을 도
입한 경우처럼 「청맹과니의 노래」 또한 간단없는 형식상의 실험을
구사한다.

시조이면서 시조형식을 뛰어넘는 것은 어떤 의미를 지니는가. 우
리는 예술가가 현실이 병든 사회라는 것을 증언하는 두 가지 방법
이 있음을 알고 있다. 하나는 사회가 병들었다고 외치면서 직접적으
로 저항하는 것이다. 다른 하나는 예술가 자신이 스스로 병들어버림
으로써 사회가 병들었다는 것을 간접적으로 증언하는 것이다. 이런
점에서 시조형식을 의도적으로 뛰어넘는 것도 후자와 같은 저항의
식의 한 표출 방식이 된다.

윤금초가 시조형식을 뛰어넘는 형식의 변조를 꾀한 의도는 그렇
게 단순한 것 같지는 않다. 현대시조가 그동안 구사한, 고시조 형식
에서 볼 수 없었던 양장시조의 실험이나 다양한 배형방법 등은 시
조의 새로운 지평을 위한 몸부림이었지만, 자유시에서 보인 실험성

에 비하여 소극적이었음은 이미 드러났다. 일반적 인식은 더이상 시
조의 새로운 형식적 실험은 이제 이루어지지 않을 것 같은 예감을
갖게 하는 것이었다.

이같은 한계상황의 탈구로서 윤금초가 시도하는 것이 실험시조다.
시조형식을 뛰어넘는 윤금초의 실험성은, 한계에 도달한 현대시조에
새로운 지평을 여는 것이다. 윤금초는 타 장르를 패로디함으로써 길
터기를 효과적으로 한다. 해녀노래나 백제가요를 패로디 기법으로
시조형식에다 끌인 것이다. 제6편 「6개펄」은 억압구조의 마지막 편
에 속한다. 이 편은 민초들이 최악의 한계상황 하에 놓인 것을 그렸
다. 최악의 상황에서 해녀노래를 패로디 기법으로 도입하여 시조형
식의 변조를 감행한 것이다. 제1편부터 제5편까지는 사설시조나 엇
시조가 구사되었을지라도 시조형식의 질서가 와해되지는 않았다. 억
압구조의 마지막 편인 제6편에서 형식의 변조가 이루어진 것은 바
로 민중의 삶의 터전이 붕괴되었음을 상징하는 것이기도 하다. 물론
이런 의도로만 변조가 이루어진 것도 아니다.

이 편에서 서민들이 처한 상황이 최악에 도달했다는 것을 보이기
위해서 몇가지 전략을 구사하고 있다. 배경이 전라도 막막한 골 땅
끝 어느 외딴 섬으로, 이곳은 유배지다. 이 갯가에서 민초들은 목숨
을 부지하기 위해 물질을 한다. 여기에다 슬픈 사연을 담은 해녀의
노래를 패로디함으로써 리얼리티를 확보할 수 있게 된다. 제8편 「8
사물놀이」에서 백제가요인 정읍사 한절을 패로디함으로써 드러나는
효과도 해녀노래의 도입과 마찬가지다.

> 김종수 80년 5월 이후 가출
> 소식 두절 11월 3일 입대 영장 나왔음
> 귀가요 아는 분 연락 바람 누나/829-1551
>
>   — 황지우, 「심인」 일부

「심인」은 신문광고의 꼴라주를 통하여 패로디한 예를 보인다. 황지우가 현실의 조각을 시속에 도입하는 효과를 살리면서 리얼리티를 고조시킨 것과, 윤금초가 해녀가사를 끌어와 궁핍한 삶의 모습을 현장감 있게 드러낸 것을 비교해 볼 만하다. 자유시가 도형이나 그림, 혹은 신문조각을 패러디 기법으로 구사하면서 나름의 시적 효과를 거두고 있지만, 그것이 비시적인 상황을 시속에 끌들인 점에서는 아쉬움을 갖게 한다. 황지우는 언어예술의 한계까지 넘어서는 극단적인 실험을 감행한 것이다. 윤금초 또한 실험성을 보이지만, 시라는 기본양식을 파괴하는데까지는 나가지 않았다. 윤금초가 시는 언어예술이며, 나아가 산문과 구분된다는 기본인식에서 결코 벗어나지 않은 점은 상찬할 만하다.

의미구조에서 드러난 것처럼 제2편 「2 私僮짓소리」부터 제6편이 억압구조로서 나타나고, 나머지 제7편 「7 탈놀이」부터 제9편 「9 지노귀새남」이 억압구조를 깨뜨리고자 하는 저항의식의 표출이었다. 그렇다면 후자(제7편-제9편)에서는 제6편 「6 개펄」에서 나타난 형식의 변조와 또다른 차원에서의 변조가 이루어진다. 이것도 의미구조와 연계되어 있음을 알 수 있다. 후자는 억압구조를 깨뜨리고자 하는 저항의식의 적극적 표출이므로, 그 제목부터 탈놀이, 사물놀이, 무가로, 시조가 아닌 다른 장르 명칭을 붙여 변조의도를 제목에서부터 드러내는 것이다. 그리고 8편에서 백제가요, 9편에서 사설로 무가를 도입한 것은 제6편 「6 개펄」에서 보인 변조보다 한 걸음 더 진전된 것이다.

윤금초가 구사한 시조형식의 변조는, 과격한 자유시의 실험과는 달리 시라는 기본적 명제만은 준수하려는 의도 아래에서 구사되었음을 확인했다. 제9편 「9 지노귀새남－우리네 鎭魂巫歌」도 무가를 패러디하고 있지만, 도입된 무가는 사설시조 속에 유입되면서 전체적으로는 이 작품도 한 수의 사설시조가 되는 것이다. 윤금초가 구

사하는 시조형식의 변조의 시도가 시조라는 장르를 포기하는 것이
아님을, 이 부분에서도 알 수 있다.

윤금초가 탈놀이나 사물놀이, 무가 형식, 즉 민중연희를 패로디
기법으로 구사한 의도가 무엇인지도 알아야 한다. 민중연희는 조국
근대화라는 정치적 담론에 대한 반대 담론이다. 즉, 널리 알려진 바
대로 민중연희 형식은 민중적 담론인 것이다. 조국 근대화라는 정치
적 담론은 이농현상과 도시 근로자 문제를 야기시켰고, 재야 지식인
들을 탄압하는 결과를 유발했다. 그런 측면에서 민중의 연희양식인
탈놀이나 사물놀이 무가 등은 일반대중의 담론으로서 그 자체가 정
치적 담론에 대항하는 상징성을 드러내는 것이다.

「청맹과니의 노래」는 의미구조가 형식구조를 이끌어가고 있음을
보였다. 다시 말하면 내용이 형식이고, 형식이 내용이 되는, 그야말
로 이 작품은 하나의 구조로 수렴됨이 여실하다. 시조라는 형식에
시대의식을 담은 것이 아니라, 시대의식은 이 작품의 형식이 필요했
던 것이다. 의미와 형식이 하나의 구조로 수렴되면서 이 속에서 구
사되는 리듬도, 의미나 형식과 별개가 아니다. 이 작품의 리듬을 거
시적 구조로 파악하면 폐쇄/개방/변조로 나타난다. 폐쇄는 평시조,
개방은 사설시조(혹은 엇시조), 변조는 실험적 형식(해녀노래, 백제
가요 등)의 리듬으로 볼 수 있다. 평시조의 리듬, 사설시조의 리듬,
변조형식의 리듬은 서로 다르다. 「청맹과니의 노래」는 평시조/사설
시조(혹은 엇시조)/변조의 형식을 반복과 변화의 기법으로 적절하게
구사하면서 저항의식의 분출에 따르는 리듬의 구조를 획득한다.[5]

---

5) 제1편이 평시조의 리듬이고, 제2편은 평시조/사설시조/평시조/사설시조/엇시조
  /사설시조/사설시조/평시조, 제3편은 평시조/엇시조/사설시조/평시조/사설시조,
  제4편은 사설시조/사설시조/사설시조, 제5편은 평시조/평시조/평시조/사설시
  조, 제6편은 평시조/평시조/사설시조/변조형식/평시조/평시조, 제7편은 평시조/
  사설시조/평시조(2)/사설시조, 제8편은 평시조/평시조/변조형식/사설시조, 제9
  편은 사설시조다.

이것이 리듬의 전체구조라면, 각 편마다 또한 색다른 리듬의식이 드러난다. 제1편이 폐쇄형식으로서 정연한 리듬이라면, 마지막인 제9편은 무가 형식의 사설로서 격렬한 리듬이 펼쳐진다. 여기서도 의미와 리듬의 상관성을 확인할 수 있다. 「청맹과니의 노래」는 의미와 형식과 리듬이 별개가 아닌, 하나의 구조로 통합된 것이다.

4

자유시에서 보인 실험시가 극단화될 때 내용 편중주의나 과격한 형식파괴로 치달을 소지가 있음을 이미 확인했다. 앞서 예시한 신경림의 「農舞」와 황지우의 「심인」에서 그 부정적 징후를 어느 정도 감지할 수 있었다. 윤금초의 장편시조 「청맹과니의 노래」는 자유시단에서 보인 실험시의 장점을 두루 살리면서도 과격 실험주의의 맹점을 극복하고 있었다. 이 작품은 70-80년대의 부당한 억압구조 하에 놓인 서민들의 저항의지를 직설적으로 노래하지 않고, 민중연회를 패러디하거나 아니면 시조형식의 변조를 통해 간접적·우회적으로 표출한 것이다. 그러나 어떤 경우에도 시의 영역을 결코 벗어나지는 않았다.

「청맹과니의 노래」는 형식과 내용, 양면에 걸쳐 실험성이 돋보인다. 현대시조사에서 그 유래를 찾아 볼 수 없는 시조의 새로운 형태 미학을 선보인 것이다. 자유시가 산문화 경향을 취하면서 시의 리듬을 차츰 잃어 왔고, 현대시조가 정형시로서 형식과 아울러 내용상의 제약을 받아왔다면, 이 작품의 형태는 자유시와 현대시조 양쪽 모두에게 시사하는 바가 큰 것이다.

「청맹과니의 노래」는 열린 구조다. 연작인 「漁樵問答」이 완성품이 아니듯이 이 작품은 70년대에 시작하여 80년대를 거쳐 90년대 중반에 놓여 있을 뿐이다. 제1편의 "여보게/우리네 연꽃/살 비비고 오리라", 즉 '연꽃 피우기'가 설움극복의 상징체라면, 90년대 중반인 문민시대에 우리네 연꽃 살 비비고 왔는가? 우리들이 바라는 유토피아는 도래했는가? 유감스럽게도 일반대중의 설움은 아직도 계속된다. 윤금초는 '연꽃 피우기' 노래를 지속적으로 불러야 한다. 앞으로 이 작품의 에필로그를 쓰기 전에, 현대인의 교양으로는 해득하기 힘든 난삽한 어휘가 독자의 상상력을 자극하고 시인의 고전적 소양을 돋보이게 하면서도 독자와의 커뮤니케이션을 방해하는 것과, 저항의식의 표출이 당대현실을 반영한 것임에도 작품은 현실에 비해 다소 遠景에 놓여져 있는 것 등은 이 작가가 해결해야 할 과제로 보여진다.

생명과 외경

— 이광석론

생태위기에 대한 우려는 날로 확산된다. 생태시학은 최근 들어 시단의 핫 이슈다. 근간에 우리는 인간중심주의 사고로 유발된 자연과 문명의 이원대립 구조하에서 자연을 파괴, 훼손하는 것이 결국 인간 생명을 위협하는 국면으로 전개됨을 목격한다.

이광석 시집 『잡초가 어찌 낫을 두려워하랴』(동학사, 1996)는 생태시학의 관점에서 논의해 볼 만하다. 그러나 이 시집을 생태시학으로 한정하여 읽는다면, 이광석의 시세계를 어떤 유파에 귀속시킬 소지가 있다. 이광석은 시류에 따라 시를 써온 시인이 아니다. 그는 제1시집 『겨울나무들』(74), 제2시집 『겨울을 나는 흰새』(80), 제3시집 『겨울산행』(87)을 통해서 일관되게 '겨울 이미지'를 천착해 왔다. 이번 제4시집에서도 '잡초'를 통해 기존의 겨울 이미지를 고수하고 있는 것이다.

이번 시집에는 '잡초 앞에서', '바람', '은유', '세상 사는 일', '뉘우침' 등의 부제를 단 25편의 연작시 「잡초는 낫을 두려워하지 않는다」가 제1부로 등장한다.

너는 언제나 태풍주의보가 내려진 막막한 바다였다.

낫을 들면 성난 파도가 내 키를 넘어 발목까지 칙칙 감아 당겼다.

무성한 잡초의 바다에 떠 다니는 작은 뗏목 같은, 무기력한 낫 한 자루

차라리 너와 나 사이에 화해의 작은 섬 하나 만들고 싶었다.

베어도 베어도 쓰러지지 않는 곧고 바른 단당한 是非 하나 키우고 싶었다.

낫을 두려워하지 않는 잡초들 자존심 바다보다 깊다.

　　　　　　　　 ─ 「잡초는 낫을 두려워하지 않는다·1」 전문

연작시 「잡초는 낫을 두려워하지 않는다」는 시인이 30년 언론 생활을 마감하고 강과 들판이 있는 한적한 야산을 개간해 다듬은 1천 평의 텃밭에 감나무, 대추나무를 심으면서 얻은 마음의 안정, 자연에의 회귀, 인간과 삶에 대한 그리움과 고독을 살붙이 삼아 시의 새로운 둥지를 턴 것이다. 이런 과정에서 잡초는 겨울에도 잠들지 않는 푸르디 푸른 홀씨임과, 잡초의 생명력은 바로 이 땅 흙속에 깊이 뿌리내린 우리 치열한 삶의 한 단면임을 확인한다. 이 연작시는 시인이 자연과 친화하면서, 흙을 딛고 강인한 생명을 이어가는 잡초의 생태를 통해 생명에 대한 외경심을 갖게 되는 경위를 구체화시켜 놓고 있다.

여기서 '잡초'와 '낫'은 기표로서 '生命'과 '危害'이라는 기의를 각각 함의하는 기호이다. 이 두 기호의 상호작용을 통해 이 연작시의 가장 중요한 의미구조를 구축한다. 텃밭에 무성하게 자라나는 잡초를 낫으로 베어도 베어도 잡초는 낫을 두려워하지 않는다. 시의 제목 '잡초는 낫을 두려워하지 않는다'는 이 연작시의 주된 메시지다. 연작시 전편에는 잡초의 끈질긴 생명성이 危害 함의하는 '낫'의 존재를 압도하는 것으로 나타난다.

낫으로 찍어 넘길 수 없는 잡초들의 완강한 저항과 그 위에 실린

편안한 자유
> — 「잡초는 낫을 두려워하지 않는다 · 3」

저 잡초들의 끝없는 생명의 끈
태어남도 죽음도 자유자재
> — 「잡초는 낫을 두려워하지 않는다 · 6」

새파랗게 눈썹을 세우고, 빗속에서도
뙤약볕 아래서도 언제나 여유만만하게 버티고
서서 제 몫의 자유를 지키고 있다.
> — 「잡초는 낫을 두려워하지 않는다 · 12」

　제 몫의 품삯을 거부당한 낫 한 자루 패잔병처럼 잡초앞에 쓰러
진다.
> — 「잡초는 낫을 두려워하지 않는다 · 20」

이 연작시는 관념 속에서만 형상화한 것이 아니라 시인이 터밭을 가꾸면서 베어도 베어도 살아나는 잡초의 생명성을 실체험으로 육화한 것을 바탕으로 시화했기에 견고한 리얼리티를 확보한다. 생명을 危害하려는 온갖 시도들 앞에서 언제나 여유만만하게 버티고서 생명의 자유를 누리고 있는 잡초 앞에 낫은 패잔병처럼 쓰러지는 것이다. "지난날 너와 나 밀고 당기던/눈물과 사랑, 고독과 회한 모두 벗어버리고,/저문 노동의 들판에 마지막 남은/우리들 삶의 편린들/외경심으로 맞이하리라./긴긴 겨울의 하얀 잠 속으로 걸어가는/부르트고 피멍든 잡초들의 상처를/어루만지리라."(「잡초는 낫을 두려워하지 않는다 · 8」) 생명 앞에 패배를 시인한 낫, 그 낫으로 인한 잡초들의 상처를 어루만지는 화자는 이제 잡초의 생명성을 외경심으로 맞이한다. 잡초는 여기서 우리들 삶의 편린이기도 하다.

세기말은 혼돈의 시대다. 도처에 위기의식이 팽배하다. 생명을 危害하는 것으로 가득찬 현실에서 미래에 대한 전망이 불투명하다. 그

러나 시인은 잡초의 생명성에 주목하면서 우리의 삶도 쉽게 소멸될 수 없음을 보여주고 있다. 파란만장한 이 땅에서 우리네 삶이 영속되고 있음을, 시인은 잡초와 낫의 대응을 통해 실감하면서 또한 경탄하고 있다. 危害을 일소하고 생명력을 뽐어내는 '잡초'는 사회적 맥락 속에서 무한한 의미의 확장이 이루어진다. 이런 것을 두고 시의 내포성이라 할 것이다.

> 봄비가 대지에 푸른 파일을 박고 있다.
> 쑥·민들레·개망초 그리고 이름 없는 들풀들이 불임의 암반을 깨고 치솟는다.
> 강으로 더 다가갈 수 없는 목마른 이름들은 잡초로 돋아나 제 자신의 몸에 또 하나의 파일을 박고 있다.
> 갈증을 모르는 저 풀씨들의 노래가 멎으면, 들판은 다시 고요의 강물이 될 것이다.
> 어둠이 내려도 잡초는 자리를 떠나지 않는다.
> 휘지도 꺾이지도 뽑히지도 않는 수직의 파일로 꼿꼿이 서서 어둠 다음에 오는 절망과 맞선다.
> ─ 「잡초는 낫을 두려워하지 않는다·18」 전문

잡초는 낫을 두려워하지 않는다. 그렇다. 잡초는 희망의 파일로 꼿꼿이 서서 어둠 다음에 오는 절망과 맞설 뿐이다. 인용시는 '어둠 다음에 오는 절망'이란 부제를 달고 있다. 잡초는 절망과 당당히 맞선다. "쑥·민들레·개망초 그리고 이름 없는 들풀들이 불임의 암반을 깨고 치솟는다"처럼 생명의 역동성에 한없는 신뢰를 보내는 것이다. 이 시는 "봄비가 대지에 푸른 파일을 박고 있다"와 같은 빼어난 이미지를 구사하면서 시적 완성도 보인다.

이광석은 연작시에서 낙관적인 세계관을 보여 준다. 이는 이 땅 위에 살아가는 사람들에게 보내는 신뢰에 다름 아닐 것이다. 생명을 억압하는 존재가 낫처럼 날카로울지라도 우리의 생명성 또한 그만큼 견고한 것임을 확인해 준다. 시인은 이 땅에서 파란의 세월을 보내면서 나름으로 터득한 삶의 진경을 이 연작시를 통해 증언한 것이다.

이번 시집에는 앞에서 살펴본 연작시 외에도 생명성을 함의하는 많은 시편들이 등장한다. 그것들은 주로 겨울바다나 겨울산행 같은 겨울 이미지로써 푸른 생명이 빛난다.

> 저 겨울 흰 새들이 쳐 대는 삐삐 소리의 행방을 찾아, 내 관념의 서랍 속에 표류하는 섬 하나 불러 내리라. 아직은 짜디짠 자존심으로 닫혀 있는 겨울 바다에 木船 하나 띄우리라.
>
> ― 「서랍을 열며」

이광석의 시에 나오는 겨울 이미지는 죽음이나 허무의식보다 오히려 강인한 인동과 생명력이 깃들여 있다. "가슴 속에 불덩어리를 지니고 있는 겨울 산"(「겨울 山」), "겨울은 흰 새처럼 날고 싶다"(「환절기」), "겨울이여, 이 모진 추위 속에서는 차라리 너는 불씨다"(「겨울 산행」). 이처럼 겨울이 환기하는 고난은 생명의 문일지언정 결코 절망이나 허무로 귀결되는 것은 아니다.

『잡초가 어찌 낫을 두려워하랴』(동학사, 1996.12)에서, 잡초의 생명성과 아울러 겨울바다에 띄우는 배의 이미지나 어둠을 뚫고 비상하는 새의 이미지가 주목의 대상이다. 이들은 한결같이 생태 위기시대에도 인동과 생명력을 꿋꿋이 보여 주고 있다. 생명조차 물화되는 물질주의 시대에 시인이 띄우는 생명에 대한 신뢰와 외경의 메시지에 귀기울여 보면, 생명을 억압하는 것과의 싸움도 중요하지만, '먼저 생명의 존재성에 대한 외경심부터 지녀야 한다'라는 미세한 음성을 들을 수 있다.

외로운 섬, 날지 못하는 학
— 이근배론

60년대 벽두에, 이근배는 시조와 시를 아울러 신춘문예를 석권하며 가장 화려하게 시단에 진입했다. 우리 시사상 이근배만큼 현란하게 문단을 노크한 이가 있었던가. 60년대 시조단이 이근배라는 걸출한 시인을 배출했다는 것은 자랑스러운 일로 기억될 것이다. 현대시조사에 있어서, 1950년대 후반과 60년대 초기는 매우 중요한 시기로 기록되고 있다. 동족상잔의 비극이 일제치하가 끝나기가 무섭게 드러나면서, 시조시인들도 조국의 현실에 깊은 관심을 표명했다. 이은상의 「고지가 바로 저긴데」, 육당의 「피난길」, 가람의 「내 고장」, 이호우의 「바람과 별」 등은 전시 및 전후의 실상을 묘사한 조국애와 휴머니즘 사상을 드러내고 있다. 한편, 박재삼을 비롯한 일군의 시인들은 인간사의 애환과 전통적 자연정서로서 한국적 서정세계를 재현하며 시조의 전통을 계승하고 있었다.[1] 다시 말해, 이 시기에는 전후의 현실의식과 한국적 서정세계가 주류를 이루었던 것이다.

그는 이같은 중요한 시기에 등장하여, 정제된 언어와 운율의 묘한 결합을 통해 시조의 현대시적 위치확보[2]에 기여해온, 60년대 시조

---

1) 김재현, 『시조문학론』, (예전사, 1992), pp.277-278.

단의 대표적인 시인이라는 기왕의 평가에도 불구하고, 그의 시조세
계에 대한 구체적 논의는 매우 소략한 것이 아니었던가.
 이근배 시조의 주된 정서는 설움이나 슬픔으로 유발되는 눈물이
나 통곡이다. 왜 그렇게 울음이 절절히 배어 있는지.

> 돌하나 피가 돌 듯 울음으로 감싸안은
> ― 「가을의 서(書)」 일부

> 그 삭정이 둥지 삭정이진 슬픔
> ― 「까치집」 일부

> 상현달 가슴에 띄워 울먹이는 반개화(反開花)
> ― 「꽃」 일부

> 단정학 피울음 속에 꽃은 홀로 지는가.
> ― 「꽃과 입상(立像)」 일부

> 다시는 울지 않게 천의 현을 다 울리고 싶다
> ― 「내가 왜 산을 노래하는가에 대하여」 일부

> 달같아 아, 눈물로 뜨는 눈물 어린 달같아.
> ― 「노을의 성(城)」 일부

 이근배의 대표작을 읽으면서, 그 중 눈물 그렁그렁한 시편을 찾아
보면, 거의 전편이 그러하다는 생각이 들 정도이다. 시는 정서의 표
출이라는 점에서, 그의 시조는 시의 본질에 가장 밀착되어 있는 듯
하다.
 그의 눈물은 어디서 기인하는 것인가. 이것을 탐구해보는 것이,
이근배 시학을 해명하는 첩경일 것 같다.

---

2) 이우걸, 『憂愁의 地坪』(동학사, 1989), p.30.

잠들면 머리맡은 늘 소리 높은 바다
내 꿈은 내 물구비에 잠겨들고 떠오르고
날 새면 뭍에서 멀리 떨어진 아아 나는 외로운 섬

철썩거리는 이 슬픈 시간의 난파
내 영혼은 먼 데 바람으로 밤 새워 울고
눈 뜨면 모두 비어있는 홀로뿐인 부침의 날……
— 「부침(浮沈)」 전문

　'외로운 섬'이야말로 시인의 이근배의 초상이 아닐까. 그가 끊임
없이 설움에 잠기는 근원을 이 외로운 섬이라는 이미지에서 찾을
수 있을 듯하다. '뭍'과 '섬'의 물리적 거리는 바로 외로움의 정서적
거리일 것이다. 잠들면 머리맡은 늘 소리 높은 바다라고 노래하는
것에서, 우리는 시인의 고뇌와 외로움, 그리고 절망을 읽을 수 있다.
뭍과 섬 사이에 존재하는 망망한 바다, 이것을 건너려 하지만, 철썩
거리는 이 슬픈 시간의 난파를 체험할 뿐이다.
　꿈과 현실, 뭍과 섬, 밤과 낮 등의 대립적인 이미지로 인하여 드
러나는 갈등, 이에서 슬픔의 정서가 파생한다. 인용작품에서는 이상
(꿈)과 현실의 불일치에서 일어나는 좌절이나 설움이 발생하는 것을
막연하게 짐작할 수 있을 뿐이다. 그러나 확실하기는, 이상과 현실
의 틈이 매우 크고 그것은 쉽게 극복할 수 없는 것이다.
　시인은 왜 자신을 '외로운 섬'이라는 이미지로 표상하고 있는지,
그것을 구체화할 필요가 있다. '뭍'이 표상하는, 시인이 도달하고자
하는 이상, 혹은 꿈이 무엇인지, 상호텍스트적 관점에서, 그가 처한
현실이 어떠하기에 외로운 섬이라는 현실적 자의식을 갖고 있는 것
인지, 확인할 수 없을까.

　　밤이면 나의 꿈은 피 흐르는 강

상하지 않게 자구 바다에 이끌리면서
그대를, 그대의 가슴께를 끝없이 돌아갑니다.

맑은 정신병의 달빛속에서 나는 외롭고
욕망의 날개 파닥이다 쓰러져
그대의 머리맡으로 나는 떨어져 갑니다.

아, 아, 눈물과 눈물 어린 꽃을 보면서
내 살면서 죽고 싶은 허영의 가지 끝에
그대가 조용한 미소로 살아 계심을 봅니다.
　　　　　　　　　　　　　　　　　─「사랑하는 그대에게」 전문

　이근배의 시조에는 연가류의 작품들이 다수 존재한다. 연가에 있
어서, 사랑의 대상으로 '그'가 등장한다. 그는 화자에게 있어, 현실
공간에서는 함께 하지 못하는 존재로 나타난다. 그래서, 화자가 그
대를 만나는 공간은 꿈의 공간이다. "밤이면 나의 꿈은 피 흐르는
강/상하지 않게 자꾸 바다에 이끌리면서/그대를, 그대의 가슴께를 끝
없이 돌아갑니다."라고 노래하는 대목에서 쉽게 확인된다. 꿈의 공
간에서 만나기를 고대하는 것은 현실공간에서 그대는 부재하는 님
이거나 이별한 님일 것이다. 이 시에는 화자가 그대를 갈망하고 그
대에게 도달하기 위한 처절한 몸부림이 나타난다. 그것은, 제2연에
서 욕망의 날개 파닥이다 쓰러져 궁극으로 그대의 머리맡에 떨어져
가는 것, 혹은 죽고 싶은 허영의 가지 끝에 어린 꽃의 이미지가 그
대의 이미지로 존재하는 것은 그의 연가가 단순한 이성간의 사랑을
노래하는 것으로 그치는 것 같지는 않다. 사랑하는 그대가 보다 근
원적인 것, 삶의 궁극적인 무엇인가를 표상하는 것이다. 욕망의 날
개 파닥이다 쓰러진다는 것은 세속적 삶의 방식을 의미하는 것이고,
그 결과 그대의 머리맡에 떨어지는 이미지는 역시, 세속성을 초월하
는 절대성까지 엿보인다. 한편, 허영의 가지 끝에 그대가 조용한 미

소로 살아 계심이 눈물과 눈물 어린 꽃과 병치됨으로써, 여기서 그
대도 범속성을 초월하는 자리에 있음을 보이는 것 아닌가. 이근배의
연가류는 범속성이나 통속성에 머무르는 것 같지는 않다. 그만큼의
그의 연가는 애절하고, 절실하다. 그렇다고 마냥, 연가를 너무 확대
재생산하여 신비화하거나 현실일탈적으로만 파악하는 것도 능사는
아니다.

> 학같이 깃을 뽑아 짜내는 비단 한 폭.
> 그대 앞에 바쳐 다한(多恨)을 씻을래도
> 몸 닳아 홀로만 우는 내 한생이 밉다야.
>
> — 「한—J에게」 제3수

> 정일레 사랑일레 애절한 가슴이사
> 여윈 님 고운 눈매 그리어 타는 노을
> 퉁기면 꽃처럼 겨워 맺히우는 울음이여.
>
> — 「향비파 산조(鄕琵琶 散調)」 궁조(宮調)

　위의 두 작품은 그대의 실체가 보다 분명히 드러나는 연가이다.
전자는 'J에게'란 부제를 붙인 것으로 알 수 있고, 후자는 '여윈 님
고운 눈매'로 님인 '그대'를 밝혀둔 것이다. 이들 시편은 이별의 정
한을 노래한 것이다. 이승에서의 이루지 못한 정, 그 극한의 설움을
노래하되, 그것은 매우 전통적인 서정성을 유지하고 있다. 전자처럼
설화를 비유로 구사한 것이나 후자의 비파의 음률을 토대로 하는
것 등은 그 정한이 한국적 정서를 토대로 하고 있음을 입증하는 것
이다. 여기에다 그가 구사하는 독특한 어조에서 풍기는 가락은 한국
적 서정의 가락을 이상적으로 재현해내고 있다. 즉, '—일레',—다
야', '—이사' '—더란다' 등의 어미나 조사의 다양한 구사는 한국적
정조를 더욱 풍성하게 하는데 이바지하는 것이다.
　이근배 시조의 주된 정서가 설움이나 슬픔으로 유발되는 눈물이

나 통곡이라고 밝혔는데, 그 주된 이유가 연가류에서 나타나는 님인 '그대'와의 이별에 기인하고 있음은 물론이다. 그의 님인 그대가 이성적인 사랑의 대상으로만 한정되는 것은 아니지만, 역시 주된 정조는 연모의 지순함에 터를 두고 있다. 사랑하는 그대가 현실 공간에 존재하지 않으므로 시의 정조가 설움이나 슬픔으로 가득한 것이다.

이근배의 시조에 나타나는 주된 정조가 한결같이 설움이나 슬픔으로 일관하지만, 그 대상은 결코 단순하지 않음을 잊지 말아야 한다. 그가 늘 이성적 사랑에 한정하여, 눈물짓기만 했다면, 어쩌면 통속적 연가류의 감상성에 빠져버렸을지도 모른다. 이런 점에서 그의 연모의 대상이 다양하게 나타난다는 것은 유의할 대목이다.

> 시인 박용래(朴龍來) 눈이 젖어 바라보던
> 그 삭정이 둥지 삭정이진 슬픔.
> 한 줄 시 고독을 품던 새는 지금은 날아가고 없다.
>
> ― 「까치집」 전문

빈 까치집을 바라보면서 눈물의 시인 박용래를 추억한다. 둥지를 비우고 어디론지 날아가버린 새의 이미지에 박용래 시인를 투영하고 있다. 이 시에서 님인 그대는 박용래 시인이다. 님에 대한 그리움, 안타까움, 서러움의 정서가 직접적으로 표출되지 않고, 비유적 언어를 취한 것이다. 무릇 그대가 연인이든 친구든 누구이든 간에, 그의 그리움은 사람에 대한 애정에서 비롯된 것이다. 이 시는 소품이지만, 정서를 양식화해 낸, 참 아름다운 서정시이다.

이근배는 정이 많은 시인임에 틀림없다. 그의 님은 연가류에서는 애간장을 끊어 놓을 듯 절절하되, 「까치집」에서 확인되듯이, 그의 애정은 이성적 사랑을 넘어 인간 자체의 사랑으로 나아간다. 그의 님이 단수가 아니라 복수이기에, 눈물 마를 날도 없을 것이다.

목 잘린 병에 갇혀 날지 못하는 한 마리 학
그 조선왕조의 울음 끼룩끼룩 울고 있다.
그렇지 또 한 번 바스라져도 목청이야 살을 테지.

나이가 들수록 새살 돋는 청화백자
어둠을 씻고 나면 말갛게 뜨는 하늘
역사는 금이 갈수록 값을 되려 더 받는다.

— 「골동가 산책」 전문

이근배 시조의 한 축이 연가류로 나타난 인간 사랑이라면, 또 하나는 조국의 역사와 현실에 남다른 사랑이다. 사랑하는 사람과의 이별로 나타나는 설움이 외로운 섬의 이미지로 자아를 투영했다면, 조국의 현실은 목 잘린 병에 갇혀 날지 못하는 학의 이미지로 형상화하고 있다. 골동가에서 만나는 골동품에서 비극적이었던 조국의 역사적 상황을 읽는다. 골동품가를 배회하면서 조국의 역사적 정황을 되새기고, 나아가 오늘의 조국을 생각하는 화자의 고뇌를 엿볼 수 있다.

병 속에 갇힌 날지 못하는 학의 이미지는 다양하게 변용되면서 조국의 현실태로서 나타난다.

하늘도 찢긴 조국 가로 막힌 벽을 두고
통곡은 소용치어 사계(四季)에 꽃피는가.
외로운 모국어를 타고 흐느끼는 압록강.

— 「압록강」 제2수

상잔의 피가 스민 돌이며, 나무 바위,
외로운 모국어로 새겨진 비명일레
남몰래 풀어보는 미학 노을 비긴 의미여.

— 「산하일기」 제3수

꽃빛 노을처럼 지맥(地脈)에 타는 강물
비극의 골짜기를 기어온 종소릴레.
조국의 눈먼 외로움으로 깊은 밤을 흐르고.

— 「한강교」 제2수

　　이근배의 연가류에서 나타나는 자아의 이미지는 외로운 섬이었다.
그런데, 조국의 현실을 노래하는 이들 시편에서도 '외로운 모국어'
나 "눈먼 외로움'이 주된 정조로 자리하고 있다. 연가류의 주체가
시적 자아라면, 역사와 현실의식을 드러내는 시편의 주체는 조국이
다. 이들 두 시적 주체들이 느끼는 정조가 '외로움'으로 일치하는
것은 우연이 아니다. 현실의식을 드러내는데 있어서, '조국'과 '자아'
는 분리되는 것이 아니다. 분단된 조국을 먼 거리에서 감상적으로
바라보는 것이 아니라, 조국과 자아는 하나이다. 조국이 자아이고
자아가 조국이 되는 일체까지 나아가고 있다. 연가류에서 드러나는
슬픔이나 울음, 혹은 외로움은 조국의 현실을 노래한 것에서도 꼭같
이 나타나는 것이다. 그렇다면, 연가류와 조국의 현실을 노래한 것
을 굳이 분리하여 운위할 성질이 못된다. 그의 시편에 나타나는 설
움, 슬픔, 울음 혹은 외로움은 이근배 퍼소나의 정서이다. 그것이
'외로운 섬'의 이미지로서의 자아의 표출이거나 '날지 못하는 학'의
이미지로서의 조국의 현실을 노래하거나 간에, 그것들은 등가를 이
룬다.
　　이 글에서는 구체화시키지 않았지만, 간혹 감정의 양식화나 관념
의 감각화에 실패한 것처럼 보이는 작품이 없는 것은 아니다. 그럼
에도 불구하고, 50년대 후반과 60년대 초기에 나타난 전후의 현실의
식과 한국적 서정세계라는 현대시조의 두 줄기를, 이근배는 동질화
시키거나 통합함으로써 보다 양질의 작품세계를 열어 보였다. 정서
와 사상의 균형감각을 대체로 잃지 않음으로써 편벽한 세계를 두터
움으로 껴안아 현대시조의 질적 수준을 높이는데 기여한 것이다.

거대담론과 생명시학
— 정규화론

　정규화 시인은 『창작과 비평』 출신이다. 현실인식에 있어 전위에 섰던 80년대를 대표하는 『시와 경제』 동인이기도 하다, 그는 81년 시단에 진입한 이후, 역사와 민족을 껴안으면서 관념이 아니라 몸으로 삶으로 빚은 시를 일관되게 써왔다. 네 권의 시집—『농민의 아들 『스스로 떠나는 자』『지리산 수첩』『풀잎』—은 조국, 민족, 그것도 억눌린 자의 편에서 피 토하듯이 뿜어낸 그의 시력을 한결같이 보여준다. 따라서 우리는 그를 민중시인이라 부른다. 그가 이번에 제5 시집 『지리산과 인공신장실과 詩』(경남, 1996)를 출간했다.

　　　　이제 그 이름
　　　　불러도 될까,
　　　　경희경희라고 부르면서
　　　　사랑했다는 말을 해도 될까

　　　　많은 세월이 흐른 지금
　　　　이렇게 돌아와서
　　　　되씹는 분노는,
　　　　그러나 사랑에 대한 회한만은 아니다

이제 말할 수 있다, 흘러가는 것은
그리움이라는 것을
사랑을 고백하듯이
고백할 수 있다
가슴 깊은 곳 지워지지 않는
이름까지도

하필이면 이런 날
그 이름을 부르고 싶다, 경희 경희라고
부르면서 쳐다보는 하늘마다
별은 빛나건만
그리운 그 얼굴 다시 볼 수 없다

이런게 아니었다
젊은 날 우리가 저 별과 함께
나누었던 약속은
사랑과 그리움으로 끝나는게 아니었다

— 「가을에 부르는 이름」 전문

정규화 시인이 어느날 하늘을 쳐다보며 "눈물이 난다", "눈물이 난다"고 중얼대면서 실제로 눈물을 뚝뚝 흘리는 광경을 바라본 적이 있는 K기자가 "정규화 부장님이 정말 시인임을 확인했다"고 나에게 진지하게 말하던 기억이 안다. 「가을에 부르는 이름」을 읽다보면 K기자의 말을 상기하지 않더라도 정규화의 투명한 감성을 확인할 수 있다.

정규화는 타고난 서정시인의 기질을 타고났다. 서정시를 쓰면 어느 서정시인 못지 않게 잘 쓸 수 있는 시인이다.

그러나 도시로 내몰린 농민이나 변두리 철거민의 뼈저린 삶, 허리 짤린 산하, 여기에 더해지는 포악한 정권의 폭거, 곧 80년대라는 광포성이 그를 민중시인의 길로 가게 했던 것이다.

죽음이 슬픔을 먹고 살아가는 동안
나의 희망이 확정적이다
죽음에 대한 희망,
내 몸 속은 그것으로 들끓고 있다
그래서 나는 50을 바라보는 나이에
병을 앓게 되었고
일주일에 세 번씩, 한 번 갈 때 네 시간씩,
병원의 인공신장실을 드나들게 됐다
이날까지 내가 다니던 골목길과 뛰놀던 풀밭과
봄날 막 피어난 분홍의 복사꽃까지
나의 희망과 죽음에 경의를 표하고 있다
고민이다, 내가 그것들과 어떻게
갈라서야 하는가.
흔들리고 바스락대며 안절부절 못하는 시간들이
희망으로 쓰러졌다가
죽음으로 거듭나고 있다
햇볕이 따사롭고
신록이 천지에 물결치는 날
나는 그것을 죽음이라 부르리라
내 고단했던 삶의 마지막 귀착지
내 여인의 슬픈 얼굴에서
언뜻 언뜻 스쳐가고 있다
그러나 나는
살고 싶다, 미치도록 사랑하는 조국의 남쪽에서
다 부르지 못한 사랑의 노래
목이 쉬도록 부르고 싶다
이제 희망에서
또는 멋 모르고 따라간 죽음 앞에서
해방되고 싶다
아, 나는 살아야 한다, 나는 일주일에
세 번씩 나를 살려내야 한다

— 「인공신장실에서」 전문

　시인은 언제부턴가 '죽음에 대한 희망'으로 몸 속이 들끓어 있었다. 그래서인지 50를 바라보는 나이에 죽음에 이를지도 모르는 신장병을 앓고 있다. 일주일에 세 번씩, 한 번 가면 네 시간씩 인공신장실에서 투석 치료를 받고 있다.

　여기서 그의 죽음과 희망에 대하여 그가 다니던 골목길과 뛰놀던 풀밭과 봄날 마지막 피어난 분홍의 복사꽃까지 경의를 표한다고 노래한다. 도대체 이게 무슨 말인가. 새봄의 온갖 자연물들이 그의 죽음에 경의를 표한다는 의미가.

　햇볕 따사롭고 신록이 물결치는 날을 죽음이라고 부른다. 그렇다면 그가 인식하는 죽음은 '생명의 유토피아'이다. 생명의 가장 지순한 상징체인 새봄의 복사꽃같은 자연물이 더 큰 생명체인 '죽음'에 경의를 표할 수 있겠다.

　그는 민중시인으로서 조국의 생명체 - 풀밭, 복사꽃 - 를 억압하는 모든 권력에 대하여 몸으로 삶으로 저항하는 노래를 불렀다. 저항해도 저항해도 변할 줄 모르는 이 땅의 온갖 부조리로부터 떠나고자 하는 열망을 '죽음에 대한 희망'으로 노래한 것이다.

　그것이 이제 현실화되고 있음을 직시하면서 "내가 그것들과 어떻게/갈라서야 하는가"를 고민한다. 부조리한 이 땅에 살아 있는 순수 생명들과 갈라서기가 힘든 것이다. 새봄의 자연물은 그가 사랑해왔던 이 땅을 딛고 선 민초인 민중의 표상임을 알 수 있다.

　그는 조국을 미치도록 사랑한다. 이 땅에 생존하고 있는 민초들을 두고 떠날 수 없음을 깊이 인식한 것이다. 살아있는 모든 생명체를 사랑하게 된 것이다.

> 산은 뒤에서 기다리고
> 강은 앞에서 손짓하네
> 바람은 저 산으로
> 뒤돌아가자 조르고

> 구름은 강으로 가서
> 물결따라 흘러가자 하네
> 산을 보고 왔다가
> 남가람에 낚시 드리우고 앉았으니
> 밉게도 강태공은 저를 닮았다고 야단이네
>
> — 「남가람에서」 전문

　정시인은 인용시에서 화자가 남가람에 정착한 것처럼 조국의 부조리한 현실을 버릴 것인가, 아니면 사랑하는 조국에 남을 것인가를 오랫동안 망설이다가 죽음 아닌, 생명 편에 섰음을 보인다.

　시세계 변모는 눈 여겨 볼만하다. 여기서 그가 몸으로 삶으로 썼던 거대담론과 생명시학을 구체화할 필요가 있다.

　「부활을 위하여」는 메시아의 모습을 풍자하여 왜곡된 현실을 비판한다. "조선 누렁소 구유 강보에 싸인 그 어린이로 오시렵니까", "푸른 제목에 별까지 주렁주렁 달고 북악 마주치는 곳으로 달려 오시렵니까", "재계 총수가 된 뒤에 매판자본도 나라살림이라 외치면서 밀수선을 타고 오시렵니까"라고 질문하고서,

> 이 땅에는 조선고구마를 닮은
> 울퉁불퉁한 농민도 많고
> 산업현장에서 쇠처럼 달구어진
> 노동의 건장한 팔다리가 많습니다
> 행여 그런 모습으로
> 오시지 않으시렵니까
> 오실 때는 아리랑 가락에
> 어깨춤 추며 오십시오
> 남을 받들어 주기 위해 오실
> 당신을 기다리고 기다립니다
>
> — 「부활을 위하여」 일부

라고 노래한다.

그가 지속적으로 관심을 환기시킨 기득권층/소외계층의 대립국면이 「부활을 위하여」에서도 두드러진다. '조선고구마를 닮은 울퉁불퉁한 농민' '산업현장에서 쇠처럼 달구어진 노동의 건장한 팔다리'는 이 땅을 기름지게 하는데 실질적 역할을 한 민중·민초의 대유다.

그는 민중을 사랑한다. 그의 목숨보다 민중은 상위개념이다. 미치도록 사랑하는 조국에 뿌리박은 민초 때문에 "아, 나는 살아야 한다. 나는 일주일에/세 번씩 나를 살려내야 한다."(「인공신장실에서」에서)라고 절규한다. 여기서부터 정규화의 생명시학이 탄생한다. 기득권층에 대해 적대적 어조로 그의 현실인식을 표출하면서 죽음을 지향하는 것보다는, 미치도록 사랑하는 조국, 민중과 더불고자 하는 열망이 불같이 일어나 거대담론 위에 생명의식이 포개진 것이다.

부연하고 싶은 것이 있다. 거대담론일 때 정규화가 민중시인이라면, 최근 거대담론이 생명시학으로 겹쳐지는데 이 경우 생명시인이 된다. 그래서 이 글은 '민중시인에서 생명시인으로' 변모하는 정규화의 시적 편력이 관심의 대상이다.

문학의 테마가 私人化되어 극히 사변적인 국면을 보이는 것이 90년대다. 이것은 80년대가 조국, 민족, 민중 같은 거시적 담론이 주된 문학적 관심이었음을 상기해보면 더욱 자명해진다. 많은 문인들이 80년대 민중들의 삶의 문제를 공론화시키면서 문학적 성과를 거둔 바 있지만, 이제는 후일담 문학이나 성담론 혹은 사이버 문학 등으로 방향전환을 이루면서 대부분 90년대의 대중매체시대의 상업주의 물결로 흘러가 버렸다.

> 결국 90년대에도
> 내 수첩 속에는
> 죽은 새들의 노래가 그칠 날이 없을거다
> ― 「기자 수첩·2」 일부

산은 파헤쳐지더니
호텔과 별장이 들어섰고
멀쩡한 논밭은,
곳곳이 쑥대밭이다

                                    ──「고향」일부

일본 핵탄두가
금수강산 어디를 겨누든
괜히 우리가 나설 게 아니다, 혈맹인
미국이 있으니까

                                    ──「미국이 있으니까」일부

더러는 플래카드를 내다걸며
철새와 함께 살기를 원하지만
병든 사람이 더 많이 몰려들자
저수지는 바닥까지 썩기 시작했다

                                    ──「주남 저수지·1」일부

내 사랑하는 조국의 서울에서
빼앗기고 잃어버린 것들의 잔영까지
던져버리고 싶은 저 거리를
오직 저주할 뿐이다

                                    ──「1991년, 서울에서」일부

자유란 군인이 총칼로 지키는 것이 아니라
민중이 맨손으로 지키고
민중이 부라린 두 눈으로 지키고
민중이 허리띠 졸라매고 지키며
민중이 이빨 악물고 지키는 것이라고
이제 말할 수 있다.

                                    ──「이제 말할 수 있다」일부

이번 시집에서 무작위로 뽑아내어 보아도, 그의 시선은 전과 같이 조국의 현실문제에 초점을 맞춘 것이 많다. 사랑하는 조국의 제반 문제에 대하여 하나하나 간섭하고 들추어내고 공론화시키려는 의미가 80년대부터 90년대에 이르기까지 변화가 없다. 시종 그의 시는 거대담론을 지향한다. 90년대 많은 시인들이 80년대의 담론을 버리고 미시담론으로 변모하면서 가슴이 아닌, 손끝에서 만들어내는 현란한 수사적 말놀이에 침윤된 경우를 상기할 때, 그의 거대담론 지향의지는 한층 빛난다.

정규화는 최근 신장병을 앓고 있다. 그의 시에도 나타나듯이 한 주에 세 번씩 투석을 해야만 생명을 이어갈 수 있을 만큼 심각한 지경이다. 그런데 그는 예나 지금이나 변화가 없다. 그의 기개가 여전하다.

영어로 길들여진 놈은
영어로 하는 명령만 따른다
개의 입장은 사람의 입장과 달라서
주인이사 누가 되어도 알 바 아니다
먹이를 던져 줄 때마다
열심히 꼬리 흔들어 주면 그만이다
부티나는 동네에서는 개끼리
아메리카의 순종임을 우기는데
따지고 보면 우리 모두가
영어로 하는 명령에 충실한 개인 것을

— 「개」 전문

정규화의 기개와 더불어 그의 시의 어조 또한 격렬성을 띤다. 인용시처럼 다소 직설적인 메시지가 전면에 표출되는 경우도 있다. 이런 경우에도 그의 시는 우의법에 해당한다. 감정의 분비물이 미적 정서로 순화되지 못하는 듯해도 통렬한 풍자가 발생함으로써 독자

가 카타르시르를 맛볼 수 있다. 그러나 인용시 같은 것으로만 일관
했다면, 정규화는 '생경한 민중시인', 곧 목소리만 높고, 예술성은
배제된 현실참여 시인으로 규정될 뻔했다.

   80년대의 민중시보다 한 걸음 진전된 면모를 보이는 「지리산가」
를 살펴볼 필요가 있다. 정규화는 『지리산 수첩』.(1989)이란 시집을
묶을 만큼 '지리산'에 대한 애착이 강하다. 지리산은 그의 태어난
고향이면서 동시에 시적 고향이라 할 만하다. 정규화 시에서 지리산
은 현실세계와 대비되는 이상세계이면서 그 꿈을 이루려고 간 자들
이 잠든 곳이기도 하다. 지라산은 늘 양면성을 지닌다. "한번 웃으
면/청학이 와서 놀았고/한번 성을 내면/산비탈마다 즐비하게 해골이
뒹굴었다"(「지리산가·1-서시」 일부)처럼 평화로울 때가 있는가 하
면, 죽음이 널브러질 경우도 있다. 유감스럽게도 우리 민족사를 통
시적으로 살펴볼 때 지리산이 함의하는 것은 후자에 속하는 경우가
더 많다.

   정규화가 시집 『지리산 수첩』의 연작시 「지리산 수첩」에서 광복
공간부터 종전 이후까지 벌어졌던 분단 이데올로기의 충돌로써 비
극적인 민족역사를 주로 그렸다면, 이 「지리산」(전8수)는, 『지리산
수첩』의 연작시 「지리산 수첩」보다 더 포괄적인 테마를 그리고 있
다.

> 왕의 겁탈을 피해 달아난 백제 여인,
> 마고할멈이 됐다고 했다.
> 학병을 피해 숨어들어야 했고
> 그 이전에는,
> 아전을 피해 숨어들어야 했고
> 숨어버린 김지회와 이현상을 잡기 위해
> 토벌대가 목숨 걸고 숨어들어야 했다
>
> ─ 「지리산가·2」 일부

> 1951년 2월 11일, 박산 골짜기에서
> 미쳐버린 총소리
> 미쳐버린 아군의 총소리
>
> — 「지리산가 · 3」 일부

> 양수발전소의 인공호수에 수몰되고 나면
> 사라지고 말 민족의 이상향,
>
> — 「지리산가 · 4」 일부

> 1990년 5월에,
> 산을 안다는 것은
> 어리석은 사람의 어리석은 몸짓이다
>
> — 「지리산가 · 5」 일부

전 8수인 「지리산가」는 서시에서 "이제 지리산이 대답할 차례다" 라고 전제하고서 나머지는 지리산의 의미를 하나하나 천착함으로써 그 대답을 화자 스스로 마련하고 있다. 고대국가 시대의 절대 왕권의 횡포에서 일본제국주의의 주권침탈, 광복공간과 동족상잔의 이데 올로기 대립, 그리고 90년대의 환경문제에 이르기까지 지리산을 중심으로 우리 민족의 생존권 문제를 총체적으로 형상화한 것이다. 그렇다고 이것으로 지리산 대한 화두가 종결된 것이 아님을 정규화는 암시하고 있다.

> 골짜기로 등성이로
> 한 발자국 옮기면서 이빨 한 번 깨물었지만
> 아무래도 노루가 될 수는 없었다
>
> — 「지리산가 · 6」 일부

지리산과 화자는 아직까지 동화되지 못함을 '노루'가 될 수 없었 다고 노래함으로써 시인의 의중을 우회적으로 표출한다. 그렇다.

지어미 한 번 모르는 일은
지리산이 무너져도
모르는 일이다

— 「지리산가·7」 일부

할머니 무덤가에 다북쑥을 키우는
아픈 세월의 내력을 기다린다

— 「지리산가·8」 일부

'지어미의 수모'와 '할머니의 한'이 풀리기 전에는 지리산의 문제, 곧 우리 민족사의 문제에서 자유로울 수 없다. 이 문제가 속시원히 해결되고 나서야 시인은 지리산의 노루처럼 마음껏 뛰놀 수 있을 터이다.

「지리산가」는 역작이다. 이 시대 민족문제를 총체적으로 형상화하고 있다는 점에서 그렇다. 80년대의 민중시가 분단 이데올로기나 노동문제, 인권문제 따위에 편향되었던 점을 상기할 때, 정규화의 「지리산가」는 90년대의 환경문제까지 포괄함으로써 민중시의 발전적 계승임이 분명하다.

정규화는 「지리산가」로 만족하지 않는다. 「지리산가」는 민족문제를 총체적으로 다루었지만, 문제를 제기한 것에 그친다. 현대사의 비극의 종지부를 찍는 것은 역시 민족통일에 있음을 제시한다.

한에 사무친 세월은
흘러가는 게 아니라 흘러오는 것이다
해마다 흘러온 제주도에
한 송이씩 피어나는 4월,
유채꽃 무리지어 함성 되는 줄 언제 알았을까
아아, 제주도
노오란 4월의 유채꽃 무더기에 묻힌 채

하늘은 너무 높고
백두는 너무 멀다
외로움은 저렇게
한라의 몫으로 남겨둔 채

— 「유채꽃」 전문

「지리산가」의 근원적 대답이 「유채꽃」 같은 시다. 「유채꽃」은 미적 정서와 사상(이데올로기)이 이상적으로 통합된 시다. '유채꽃'의 서정성과 '백두' '한라'의 거리가 내포하는 분단 이데올로기가 어우러지면서 민족의 '염원'이고 '한'인 통일의 열망이 함성되어 울린다. 「유채꽃」은 민족문제의 해결방안을 제시하는 작품으로 규정해도 손색이 없다.

정규화 시는 거대담론으로 일관하고 있다. 그러면서 최근의 담론에는 생명이 포개어져 나타난다. 그 대표적인 시가 앞서 읽어본 「인공신장실에서」이다. 부조리한 현실에 터 두고 생존한 민초들의 생명성에 주목한 것이었다.

이제부터 정규화를 생명시인으로 부르고자 한다. 그것은 자신의 목숨보다 민초의 생명성에 더욱 절규하기 때문이다. 그의 시적 화자는 자기의 가족보다 조국, 자신의 목숨보다 민중을 우선시한다. 따라서 정규화의 생명시학은 거대담론에 생명성이 부가된 더 깊은 담론에 다름 아니다.

내 사랑하던 이웃에는
밤은 깊은데
그리움 속에 노래를 묻고
외로움 속에 슬픔을 묻는다
이제 병든 몸으로
별빛 영롱한 밤 하늘을 노래하지 말아야지
사방이 축촉히 젖어가고

제가 만났던 많은 별빛 속으로 날아갔다
지금 헤어진 저것들과
언제 어디서 다시 만나랴, 행여
이대로 별이 되면…….

— 「밤은 깊은데」 전문

    정규화의 최근 시적 관심이 '생명'에 관한 것으로 전이되고 있음을 확인했다. 무릇 생명체는 신생, 성장, 사멸의 과정을 거친다. 따라서 생명과의 만남은 언제나 이별을 예비해 둔다. 정규화의 생명시학은 '내 사랑하는 이웃' '내 사랑하는 조국'과의 이별을 테마로 한다. "이제 병든 몸으로/별빛 영롱한 밤하늘을 노래하지 말아야지"는 최근의 시작 태도의 일단을 밝힌 것이다. "별빛 영롱한 밤하늘"은 그가 이제껏 목숨처럼 사랑한 조국현실의 표상이다. "이대로 별이 되면" 사랑하는 조국과 이별하는 것이다. 그의 고민이 여기에 있다.

    정규화는 지금 신부전증으로 투병 중이지만 생명시인으로 거듭 태어나고 있다.

    최근에 보여주는 거대담론에다 덧씌운 생명의식, 곧 그의 '생명시학'은 사그라져가는 민중시에 생명을 불어넣은 것이다. 그는 민중시인으로 출발하여 생명시인으로 나아간다. 정규화 시인은 민중시를 계승·발전시키면서, 민중시의 새 지평을 열어가고 있다.

절망과 희망의 변증법

— 탁영완론

1. 허무와 절망, 그리고 탈구

인간은 물리적인 세계에 갇힌 존재다. 물리적 공간은, 부조리한 세계에 속한 인간이 실존하는 공간이다. 아무리 장미빛으로 치장한다 하더라도 물리적 세계 내에서의 인간은 궁극적인 허무와 절대적무의미 속에서 불안과 고내를 안고 살아가는 실존자로서의 숙명을지닌다. 인간의 정신은 상상의 날개를 달고 시공을 초월할 수 있기는 하다. 그러나 정신도 육체를 옷처럼 입고 있다는 점을 상기해 보다면, 사유공간도 위축될 수밖에 없다. 물리적 공간 내에서 육체 없이 정신만이 존재할 수 없다는 한계상황은, 늘 인간을 압박하는 하나의 요인으로 작용한다. 육체는 시간과 공간의 한계 속에 갇혀서, 옷처럼 쇠하고 낡아간다. 청춘은 찬란하지만 노년은 쓸쓸하다. 익히이를 가슴으로 채득한 전도자는 해 아래서 하는 일들이 헛되고 헛되고 헛되다고 했다. 본질적으로 한계상황에 갇힌 존재자로서의 인간은 쉽게 허무와 절망의 나락에 빠져들게 되어 있다.

오늘의 우울한 풍경은 인간존재의 한계적 상황을 실감케 한다. 이 글을 쓰면서, '우울한 「IMF 自殺」'이라는 기사를 접했다. 아내도 떠나고 살길도 막막한 가장이 일가족 5명과 함께 목숨을 스스로 끊었다는 보도였다. 최근 들어 생활고를 비관한 자살이 잇따르고 있다. 실존주의자들은 한계상황을 실감하지 못하는 평화시대에는 본래적 자기가 아니라 중화자의 세계에서 자기를 상실하고 평균적 대중이 되어 깊은 회의나 심각한 모순을 느끼지 못한다고 한다. 현존재가 평균적 대중이 되면 거기에는 깊은 회의나 심각한 모순을 인식하지 못한다는 것이다. 그러나 위기시대를 직면하게 되면 인간은 실존에 대한 깊은 인식을 갖는다. IMF 시대라는 특수 상황을 고려하지 않더라도, 20세기말의 풍경은 우울하고 쓸쓸하다. 텅빈 이념의 시대, 허무의 공간을 사이버 공간이 지배하기 시작한다. 어쩌면 사이버 인물에 밀려 인간은 점점 아웃사이드로 전락할 것처럼도 보인다. 여기서 더이상 진부하게 21세기의 전야의 풍경을 늘어놓지 않아도 세기말의 허무와 절망의식이, 이 시대를 지배하는 주된 기류임을 누구나 읽을 수 있을 것이다.

물리적 세계에 갇힌 실존자로서 두 가지 몸짓을 보일 수 있다. 하나는 절망과 허무의식에 젖어 스스로를 주체하지 못하여 파멸의 구덩이로 함몰되는 것이라면, 다른 하나는 어둠의 터널을 벗어나기 위해 무한세계로 이행하고자 하는 열망을 가지는 것이다. 최근 젊은 시인들이 죽음과 섹스에 과도하게 탐닉하는 것도 세기말적인 절망과 허무의식에 젖어 스스로를 파멸로 몰아가는 징후로서 전자의 예가 될 것이다. 다행스럽게도 시인 탁영완은 전자와 후자를 변증법적으로 아우르고 있다. 탁영완의 제6시집『또 다른 말 배우고 있었네』(전망, 1997)는 유한/무한, 어둠/빛, 밤/새벽, 순간/영원, 절망/희망의 변증법이다. 이는 유한→무한, 어둠→빛, 밤→새벽, 순간→영원, 절망→희망으로 나아가는 구도의 길로 나타난다. 이같은 절망과 희망의 변증법은 구도의 길, 혹은 인생길의 원형이기도 하다.『또 다른 말

배우고 있었네』는 물리적 공간에서의 절망적 언어를, 희망의 언어로
옮겨놓으려는 시도가 돋보인다. 이는 시인의 농익은 포에지를 창출
하는 동력으로써 허망의 말을 버리고 또 다른 말 배우기를 시작하
는 신생의 언어로 가득하게 하는 것이다.

　서시로 읽어도 좋을, 다음 작품은 이번 시집이 구축하는 절망과
희망의 변증법을 해명할 수 있는 길잡이 구실을 한다.

　　　　고만고만한 상식, 손에 움켜쥐고 산
　　　　감동이 죽어버린 국정교과서에서
　　　　떠나고 싶었어.

　　　　다시 주어부 서술부로 너를 분석하던
　　　　내가 진저리쳐지데.

　　　　격식과 규격밖에 비켜서고 싶었어
　　　　이미 다 알아버린 이름들과 꼭 같은 글귀안에 갇힌
　　　　두터운 예의, 그 겨울 옷을 벗고 싶었어

　　　　제일로 너에게서 좀 벗어나고 싶었어
　　　　은유인지 사랑인지 시인지
　　　　아아 그런 애매모호한 관계에서
　　　　놓여나고 싶었어, 배반하고 싶었어.
　　　　세상에서 처음 만나는 경이로
　　　　반짝 눈 뜨는 이름모를 들꽃들
　　　　사는 법을 새로 배우고 싶었어.
　　　　매임 없는 구름과 바람과 강 따라
　　　　쫄래쫄래 낯선 곳으로 그냥 가보고 싶었어.

　　　　　　　　　　　　　　　　　— 「이유」 전문

　「이유」는 서시의 기능도 갖지만 시론시라 해도 좋을 듯하다. '고
만고만한 상식', '감동이 죽어버린 국정교과서', '주어부 서술부로 너

를 분석', '격식과 규격', '두터운 예의' 같은 '겨울 옷'을 벗어나는
것, 그래서 '세상에서 처음 만나는 경이로/반짝 눈 뜨는 이름모를 들
꽃들/사는 법을 새로 배우'는 것, 나아가 '매임 없는 구름과 바람과
강 따라/쫄래쫄래 낯선 곳으로 그냥 가보고 싶'은 것이 바로 탁영완
의 인생법이자 시법이다. 탁영완은 자서에서도 "내 삶이 내 詩가 그
토록 오래 열망하던 것, 그 허망의 말을 버리기로 했다. 그리고 텅
빈 충만을 만나기 위해 또 다른 말을 배우지 않을 수 없었다"고 밝
혔다. 탁영완은 기존의 시법이나 인생법은 겨울옷과 같은 것이어서
벗어버려야 하는 것이고, 새옷 입듯이 새로운 것으로써 새로운 세계
에 눈뜨고 싶은 것이다.

> 그대, 진작 말을 버리고
> 또 다른 세계의 말
> 배우고 있었네
>
> — 「또 다른 말 배우고 있었네」 일부

그래서 그는 허망의 말을 버리고 또 다른 말 배우기를 열망하는
것이다. 이것이 이번 시집의 핵이고 주제다. 그렇다면, 시인의 제6시
집은 앞서 출간한 5권의 시집과 다른 중요한 의미를 지니는 것이다.
탁영완이 새롭게 추구하는, 또 다른 말 배우기가 함의하는 미의식을
탐색해보는 것, 이것이 이번 시집읽기의 핵심이 되어야 한다.

왜 또 다른 말을 배워야 할까? 「이유」에서도 이미 드러났지만, 시
인이라면 누구나 숙명적으로 일상의 언어가 아닌 색다른 언어, 개성
적인 언어, 새로운 언어로 노래하게 되어 있다. 다른 사람이 익히
말하지 않았던 신생의 언어로 말하고자 하는 욕구가, 그가 시인이라
면 본능적으로 가슴 속 깊은 곳에서 분출하게 마련이다. 그러나 이
같은 상식적이고 개인적인 이유보다, 90년대라는 연대기적 입장이나
세기말적 입장에서 느끼는 실존자로서의 한계의식이, 시인을 더 압

박하는 요인으로 작용했을 것이다.

개인적 입장이든 집단적 입장이든 간에 한계적 존재의식으로부터 탈구를 마련해야 한다는 실존적 인식은, 탁영완에는 절대세계에 대한 갈망으로서의 또 다른 말 배우기로 나타난다.

> 처음부터 암자를 찾아 나선 것은 아니었다.
> 영선암 호젓한 길목에 앉아 내려다보면
> 바다는 십 수척의 배를 가슴에 띄우고도
> 흔들리지 않는 고요를 그려두고 있었다.
> — 「영선암 오르는 길」 일부

또 다른 말 배우기는 무의식적이지만 구도적 자세로 출발한다. 시집 『또 다른 말 배우고 있었네』의 제일 첫머리에 「영선암 오르는 길」를 배치해둔 것은, 이 시집이 구도의 여정을 내재하고 있음을 드러낸 것이다. "처음부터 암자를 찾아 나선 것은 아니었"지만 화자는 어느새 영선암 오르는 길목에 있다. 암자를 찾아나서는 행위는 의도하든 아니든 그것은 구도의 길과 분리될 수 없다. 화자는 자신도 모르는 사이에 구도의 도정에 놓여 있는 셈이다. 인간은 어쩌면 모두가 구도자인지도 모른다. 종교가만이 구도자가 아니라 어느 직업에 종사하든지 그는 나름대로 구도의 길을 가고 있는지도 모를 일이다. 그렇다면, 인간이 각자의 길에서 추구하는 것, 그것이 무엇이든지 그것은 도라 할 것이다. 정작 화자는 그 도를 '영선암'에서 구한 것이 아니라 그것과 대척지점에 있는 '바다'에서 본다.

> 바다는 십 수척의 배를 가슴에 띄우고도
> 흔들리지 않는 고요를 그려두고 있었다.

이것은 영선암 오르는 길에서 한 순간 표착한 '도'의 한 조각이다. 편린에 불과하지만 아름다고 찬탄하고 싶은 대목이다. 늘 가까이에서는 보이지 않던 것이 멀리서 바라보니 보인다. 역설적이면서 영롱한 진리를 담고 있는 이미지, 이것도 이번 시집에서 보이는 묘미의 하나다.

> 오래 침묵하며 사는 당신, 아득한 수평을 펼치며
> '이제 세상이 훤히 보여'라고 하실 때
> 내게는, 입다문 바다
> 당신이 비로소 보이기 시작했네.
> ― 「침묵의 여정3」

「'이제 세상이 훤히 보여'」는 이전의 보던 세상과 다른 세계를 보는 것이고, 그것은 '입다문 바다', 침묵하는 당신의 세계다. 화자가 보는 세계는 '바다'라는 이미지로 표현되듯이 침묵하지만 존재하는 무한성의 절대세계로서 도의 세계다. 그것은 물리적인 세계가 아니라 보이지 않는 세계인 것이다. 따라서 절대존재는 '바다'나 '침묵'으로 표상되고 있다. 탁영완은 현상적인 세계와의 대화가 아니라 절대 존재자와의 대화를 위해 또 다른 말이 필요한 것이다.

2. 절망의 터널을 지나

이같은 새로운 인식에 도달하기까지 절망이라는 긴 터널을 통과한 것처럼 보인다. 삶의 허망성, 덧없음을 매우 깊게 체험한 듯한 표정이 곳곳에 나타나 있다.

> 전망이 트인 해변의 묘지
> 이곳까지 데이트를 나선 그들도 아마,

친숙한 무덤 한 둘 쯤 가슴 한켠에 봉긋이 간직한 채
또 서서히 잊어가며 사는
한때 내 사랑의 모습과 닮았으리라는 생각을 해본다.
— 「해변의 묘지」 일부

'오래 침묵하며 진작부터 나를 잊은 그대를/나 역시 편안히 잊어
갈 때' 해변의 묘지까지 와서 데이트하는 연인을 본다. 화자는 그들
이 '한때 내 사랑의 모습과 닮았으리라는 생각을 해본다.' 탁영완은
이제 제6시집을 출간할 만큼 시법도 인생법도 그 절정으로 치닫고
있다. 그의 퍼소나는 남녀의 사랑처럼 빛나던 것도 해변의 묘지처럼
언젠가 어둠에 드리울 것임을 예고한다. 청춘의 보석인 사랑도 종국
에는 한낱 무덤으로 화하는 것임을 체험한 화자는, 그의 가슴에 사
랑의 무덤 한 둘 봉긋이 간직한 채 '그대'를 잊어가고 있다. 화자에
게는, 잊어가는 '그대'가 한때 데이트 하는 '그들'처럼 화자의 '당신'
일 때가 있었을 것이다. 가슴에서 빛나던 '당신'이 가슴 한 켠의 무
덤 속의 '그대'가 된 것, 그것이 허무고 절망이다.

욕망은 식은 채 내 몸 안에 가득하다
타액 스친 흔적이 말라 있다.
머리 끝에서 발 끝까지 속속들이 들이마신
더 이상 쥘 수 없어 놓아버린 사랑의
새끼 손마디 있다.
— 「재떨이에 관한1」 일부

"욕망은 식은 채 내 몸 안에 가득하다"는 화자가 인식한 재떨이
에 대한 이미지다. 재떨이에 쌓인 잔해물을 '허무의 흔적들'이라고
이 작품의 또 다른 부분에서 노래하고 있다. 이렇듯 빛나는 사랑을
'묘지'나 '재떨이'의 이미지로 표현함으로써 그 허망성을 짙게 드러
내고 있다.

　내게는, 입다문 바다
　당신이 비로소 보이기 시작했네.

　홍분된 어조의 이 대목과 비교하면 사뭇 다르다. 「해변의 묘지」나 '재떨이에 관한1'에서 구사하는 어조는 얼마나 담담하고 쓸쓸한가? 화자는 이제 더 이상 물리적인 세계, 현상적인 세계에 대해서는 감격하지 않는다.

　　내 몸 벼랑에서 뛰어 내리듯 프롬라이드를 타다. 인생이 그렇데. 처음 시작은 그렇데.
　　곧은 물길 따라 쪽배는 흐르고 우리는 뱃전에 웃음을 달고 손을 흔들지. 인생이 그렇데.
　　협곡의 길이 거꾸로 일어서고 긴장한 손아귀로 우우 물방울이 몰려와 기우뚱대고 두 발 단단히 붙맨 몸둥이가 공중으로 떠오르고 폭포의 잔발에 매달린 일엽편주, 아득히 나를 던져 눈을 감지. 인생이 그렇데. 비명만으로 죽지 않고 다시 눈을 떠 사방 둘러 보게 되지. 정신이 들었을 때 이미 우리는 거센 물살에 옷 젖고 이마며 머리가 후줄근 젖어서 안도의 숨 들이키지. 하지만 인생은 방심할 수 없는 모험의 항해라지.
　　다시 한 번 더 치솟아 아래로 미끌어져 내릴 때 더 이상 두렵지 않아. 하지만 아쉽게도 종착점이 눈 앞에 들어오고 그곳이 바로 우리 설레던 첫 출발점이었지 미련없이 족배에서 내릴 때에야 우리는 인생이 한순간이란 걸 문득 깨닫게 되지
　　　　　　　　　　　　　— 「인생이 그렇데-프롬라이드를 타고」

　여기서는 프롬라이드 타기를 인생에다 비유하면서 삶의 덧없음을 더욱 구체적으로 그리고 있다. "우리는 인생이 한순간이라는 걸 깨닫게" 된다. 해변의 묘지에서 데이트하는 연인들의 빛나는 눈빛도 한순간이라는 걸 이미 깨달은, 탁영완의 퍼소나가 추구하는 것은 물

리적이고 한정적인 세계가 아니라 그것이 비가시적인 것이라 해도
무한성의 절대세계가 된다. 물리적인 것, 지상적인 것, 가시적인 것
에 대한 권태와 허망감이 새로운 세계에 대한 갈망으로 이끈 것이
다.

시집 『또 다른 말을 배우고 있었네』가 또다른 말을 배우기 위하
여 지상적인 것, 물리적인 것의 허망성이나 절망성을 토대로 하고
있다는 관점을 드러내었다. 절망의 언어가 희망의 언어로 나아가기
위해서, 물리적인 세계에서 절대적인 세계로 진입하기 위해서 통과
제의가 필요했다.

> 묵은 피를 버리고 비로소 피가 돈다
> 옛날의 눈을 버리고 비로소 눈을 뜬다
> 몸을 벗어나 비로소 몸이 보인다
>
> 내가 그대를 벗어나 물끄러미 바라볼 때
> 참 아름다운 순간을 살았구나
> 몸으로 나를 각인했던 고통이더라니
> 살 흘려 보내고 이제 보니
> 내가 자유로이 돌 속을 헤엄쳐 다닌다
>
> ― 「화석2」 일부

그것은 절망과 희망 사이에 「화석」이 놓여 있는 것에서 나타난다.
'화석'은 절망에서 희망으로의 긴 거리이고 물리적인 세계에서 절대
적인 세계에로의 중간지대로서의 시간과 공간 개념이다. 여기서 '묵
은피'/'새피', '옛날의 눈'/'새 눈'의 교환이 이루어지면서 일종의 거
듭남의 체험이 이루어진다. '어둠'/'빛', '속박'/'자유'의 경계를 뛰어
넘었다. "살을 흘려 보내고 이제 보니/내가 자유로이 돌 속을 헤엄
쳐 다닌다"는 이제 더 이상 고통과 절망의 언어가 아닌 자유와 생
명의 언어로 출렁인다.

3. 존재의식의 확대와 우주적 상상력

고통과 절망의 시학이 희망의 시학으로 전이된 것은, 존재의식의
확대와 우주적 상상력을 바탕으로 하고 있다.

> 꿈꾸는 날, 나는 또 다른 내 사랑을 사네
> 내가, 꿈이라 불리는 다른 세상에 한밤을 살다오는 것
> 한방에 자고 있는 당신도 알지 못하네
> 어쩌면, 그 쪽 꿈 속에서 함께 사는 이도
> 그렇게 생각할지도 모르겠네
>
> — 「나는 꿈꾼다2」 일부

"꿈꾸는 날, 나는 또 다른 내 사랑을 사"는 것은 물리적인 갇힌
공간 의식에서 벗어난 상태다. 탁영완은 물리적 공간을 벗어나는 자
유로운 상상력을 펼쳐 보인다. 허무와 절망의 공간을 사유공간의 확
충을 통하여 극복한다. 이런 물리적 세계를 뛰어넘는 자유로운 상상
력을 통하여 무한 절대세계를 탐색하는 것이다. '묘지'나 '재떨이'의
이미지로 그려지는 물리적 유한적 사랑을 "꿈이라 불리는 다른 세
상"으로 확장하는 것이다. 「나는 꿈꾼다2」의 또 다른 부분에서는
"어느 곳에서 몇생을 살다 온지 모를 나/어찌 온전한 오늘의 나, 내
것만이라 할 것인가/어찌 온전히 그대만의 사랑이라 우길 것인가/꿈
꾸는 날 나는, 또 다른 내 삶을 보네"라고 노래한다. 이는 물리적
공간에 갇힌 현존적 실존의식에서 무한히 확장되고 있음을 보이는
것이다. 무한 존재로 확장된 자아는 그가 존재하는 물리적 공간을
훨씬 넘어서고 있다.

> 온 몸이 율동만으로 아름다운 삶이 되는
> 바다에 꽃을 피웠어라

내 몸 오려 천지에 별을 뿌렸어라.

투명한 물 그대로 살이 되고
살 그대로 물이 되는 그 때
환상인 듯 너는 실체였으며
실체인 듯 나는 환상이었어라.

— 「해파리1」 일부

확장된 공간에서 무한 존재의식으로써 열린 시야로 사물이나 현상을 인식할 때는 물리적 경계나 한계를 넘어선다. 「해파리1」는 '해파리'/'물'의 경계가 지워져있다. "물 그대로 살이 되고/살 그대로 물이" 된다. 환상/실체의 경계도 지워져 있다. "환상인 듯 너는 실체였으며/실체인 듯 나는 환상"이 된다. 즉 너/나의 경계가 지워졌다. 구획을 지우고 경계를 자유자재로 넘나드는 시적 상상력의 폭이, "온 몸이 율동만으로 아름다운 삶이 되는/바다에 꽃을 피웠어라/내 몸 오려 천지에 별을 부렸어라" 같은 아름다운 이미지를 창출한 것이다.

앞에서 탁영완의 제6시집이 시인의 농익은 시세계를 보이면서 허망의 말을 버리고 또 다른 말을 배우기 시작하는 신생의 언어로 가득하다고 지적했다. 이렇게 말할 수 있었던 근거는 여러 가지로 제시될 수 있겠지만, 주된 것이 바로 무한히 확장된 시적 자아가 무한 공간으로 인식의 폭을 펼치면서 사물이나 현상을 구획짓는 모든 것에서 자유로운 시적 상상력을 확보했기 때문으로 보인다.

어쩌면 그는 본디 존재한 적이 없었는지도 몰라
아무것 없는 허공에
암호인 듯 별들은 흐르고
익명의 소리 무성했네

아무것 없는 허공에
파장인 듯 꽃잎 지는 마음 파르르 떨구고
동그라미 엮듯 교신 했네
— 「릴스에 관한2」 일부

    탁영완의 시적 상상력은 우주적일 만큼 그 범위가 넓고 웅장하다. "무질서 속의 질서, 우주의 조화를 듣네./너와 내가 있고 또 들러 온 갖 무수한 것들이 있네/네가 먼저 소리가 되어 울리고/덩달아 내가 따라 소리가 될 때/세상 만물을 움직여 곡조가 되네./너를 떠받치는 기운, 너를 돋구는 기운/사소한 것도 이런 우주 속에 들면/총총한 별 빛 눈부신 한바탕/세상의 그 어울림이네."(「시나위 합주」 전문) 시나 위의 울림처럼 시적 상상력의 폭은 우주적 리듬을 타고 무한성을 지향한다. 우주적으로 무한히 확장된 시적 상상력은 무한 존재에 대 한 탐구로 나아간 것이다. 「릴스에 관한2」의 '그'는 시인이 관심을 갖고 탐구하는 시적 대상을 한마디로 규정한 것으로 보아도 좋다. '그'는 물리적 공간에 존재하는 '나'의 연인같은 유한적 존재가 아니 라 "아무 것도 없는 허공에/암호인 듯" 별이 흐르는 무한 공간에서 도 그 실체를 다 인지할 수 없고 드러낼 수도 없는 절대적 존재자 에 가깝다.

갈라지는 바다 사이로 신성(神性)의 속살 보여 주겠네.
해변의 모래나 핥는 조요로운 습성의 바다가 아닌
미처 깨닫지 못한 깊이로 빨려
문득 뛰어들고 싶은 저 만유(萬有)의 바다
가운데로 그대를 유인해
처음으로 수장(水葬)을 치러낸 싱싱한 팔뚝,
그 검푸른 피를 수혈케 하겠네
— 「혹 이곳에 오게 된다면」 일부

절대적 존대자로서의 '그'는 '신성(神性)의 속살'이라는 이미지에서도 나타난다. 그것은 '만유(萬有)의 바다' 속에서도 내재해 있다. 탁영완이 추구하는 시적 대상은 '그'나 '만유(萬有)의 바다'처럼 무한 존재의 세계이다. 탁영완은 이번 시집에서 무한 존재와의 교감이나 대화를 추구하는 것으로만 그치는 것이 아니라, 적극적으로는 「혹 이곳에 오게 되면」에서 자신이 교감한 무한 존재를 다른 이에게로 확대시킬 의도까지 보인다. 즉, 무딘 가슴, '그 검푸른 피를 수혈케' 하여 신생의 기쁨을 맛보게 하겠다는 것이다.

물리적 세계에 갇힌 실존자로서의 한계의식으로 허무와 절망으로의 추락과, 과도한 세속적 욕구의 무한 팽창으로 질주하는 것이, 21세기 전야의 칙칙한 풍경이다. 여기서 탁영완은 이번 시집을 통해 구도적 몸짓으로, 물리적 세계에 갇힌 실존자로서 허무와 절망의 구덩이에 함몰되지 않고, 존재의식의 확대로 우주적 상상력을 펼치면서 어둠의 긴 터널을 지나 무한세계로의 지향과 탐색을 보인다. 그는 최근 젊은 시인들이 보이는 세기말적인 절망과 허무의식을 극복할 수 있는 희망의 시학을 열어가고 있다. 그의 절망과 희망의 변증법은 물리적 세계에 갇힌 실존자의 정신적 해방을 가져다준다. 그것은 자아의 확대와 우주적 상상력으로 인식의 폭을 넓힘으로써 가능한 것이었다. 그러나 탁영완이 궁극적으로 지향하는 희망의 시학은 아직 완제품이 아니다. 단지 또 다른 말 배우기로서의 첫발걸음을 내딛는 것이다.

정신의 깊이
― 황선하론

　황선하 시인은 생래적 시인이라는 생각이 든다. 맑고 깨끗하고 투명한 이미지가 먼저 떠오른다.

　날로 속화되어가는 시대에 시인은 어떤 존재여야 할까.

　한마디로 규정할 수 없지만, 늘 시인은 시대에 동화하지 못하는 어쩌면 아웃사이드일 수밖에 없지 않을까. 시대의 물살을 거슬러 올라가는 시인의 역동적인 삶은 아름답다. 아웃사이드로서 투사적 이미지도 시인답지만, 섬처럼 외따로 떨어져서 조용히 격리된 삶을 살아가는 것도 시인답지 않은가. 황선하는 시대에 대하여 날세운 목소리로 노래하는 투사적 시인은 아니지만, 누구보다 이 시대의 조류에 역류하는, 결코 시대와 타협하지 않는 순결성이나 정결성을 지닌 시인이다.

　맑고 정결한 양심은 존재의 본질을 투시하는 힘이 있다. 오염된 영혼이 볼 수 없는 본원적 이데아의 세계를 현상 속에서 읽어낼 수 있다.

　존재가 깨어져 상처투성이고 온통 피멍으로 얼룩질 때, 그 때 영혼이 흘러나오는 것이 아닐까.

오늘처럼 혼탁한 시대에는 날세운 투사형의 시인보다 다정다감한 눈물의 시인이 더 소중하게 여겨진다. 날로 광포한 시대에 금속음의 소리는 그것이 무엇이든 소음을 덧보태는 것 아닐까. 시대와 구별되어 서 있기만 하는, 그냥 눈물 그렁그렁하는 맑은 정감의 시인도 시인답지 않은가.

> 이승이 아닙니다
> 저승도 아닙니다
> 공중 높이 떠 있는
> 바다 한가운데
> 하얀 바위 섬입니다
> 나 말고는
> 물새 한 마리 날지 않습니다
> 까마득히 내려다 보이는
> 땅 위에는
> 개미처럼 부지런히 움직이는
> 수많은 사람들
> 나만 동떨어져 있습니다
> 창틀이 덜컹거립니다
> 문득 떨군 눈물 한 방울
> 때마침 소나기가 내립니다
> 땅위의 사람들이
> 비에 젖지 않으려고
> 내 슬픔에 젖지 않으려고
> 이리 뛰고 저리 뜁니다.
>
> ― 「암병동 1123호에서―슬픔」 전문

황선하의 자전적인 작품 「암병동 1123호에서」는 생래적 시인인 그를 더욱 시인답게 만들어 가는 계기를 선명하게 보여준다.

시인은 암병동에서 자신의 실존을 깊이 있게 응시한다. 이 작품의 창작은 97년 6월 15일임이 밝혀져 있다. 당시 시인은 암병동 1123호에서 투병생활하는 중에 쓴 것이다. 암은 아직까지 현대의학으로 완치가 어렵다. 시인은 삶과 죽음의 경계에서 절박한 심정으로 자신의 실존을 들여다 볼 수 있는 계기가 마련됨으로써 당시의 심경을 진솔하게 노래한 것이다.

　이승도 저승도 아닌 공중 높이 떠 있는 바다 한 가운데 하얀 바위 섬이 바로 암병동이라는 인식이다. 메타포이다. 일반적으로 불치의 병이라는 암과 싸우고 있으니, 언제 생명이 꺼질지 모르는 매우 위급한 정황이다. 살아 있으나 살아 있다고 할 수 없는 그래서 이승과 저승의 중간지대에 놓였다고 인식하면서 그것을 하얀 바위섬이라고 이미지화하는 것은 설득력이 있다. 바위섬에는 사람들은 없다 할지라도 물새 한 두 마리는 날아다닐 법한데, 새 한 마리 날지 않는 적막한 섬이다. 당시 시인이 처한 극한의 고독, 외로움의 정서를 바위섬이라는 이미지에 적확하게 반영한 것이다. 극한의 절연의 인식에서, 바위섬 같은 암병동에서 아래로 바라본다. 삶의 공간에는 개미처럼 부지런히 움직이는 수많은 사람들이 있다. 그런데 그 사람들은 시인과 동떨어져 있다. 시인과 일상인들의 삶의 공간 사이에 드리워진 간극, 그 거리는 병동에 유폐된 자신의 처지를 더욱 비관적으로 느끼게 만드는 것이다.

　　나만 동떨어져 있습니다

라고 고백하는 시인의 음성은 슬픔에 젖어 있다.

　　창틀이 덜컹거립니다

라는 표현도 자신의 정서를 청각적 이미지로 실감나게 반영한다. 청각적 이미지는 시인 정서의 등가물이다. 창틀의 덜컹거림은 시인의 급박하게 뛰는 심장의 고동과 일치하는 것이다. 그 때, 시인의 눈에서 눈물 한 방울이 떨어지고, 동시에 소나기가 내린다. 눈물은 시인의 슬픔의 표상이고, 그 슬픔은 소나기로 인하여 더욱 큰 파장을 드리운다. 시인의 슬픔은 소나기의 쏟아짐으로써 더욱 고조되는 것이다. 소나기가 내리자 사람들은 젖지 않으려고 이리저리 뛰어간다. 시인은 그같은 행위에 새로운 의미를 부여한다. 즉, 내 슬픔에 젖지 않으려고 이리저리 뛰어서 피하는 것으로 인식한다. 시인 자신의 슬픔에 동화되지 못하는, 자신의 슬픔을 함께 공유하지 못하는, 자신의 슬픔을 아무도 알아주지 못하는 것에 대한 아타까운 마음이 드러난다. 시인의 깊은 슬픔, 사람들이 위로해줄 수 없는 혼자만의 슬픔을 처절하게 체험하고, 그것을 실감있게 비유적 이미지로 형상화한 것이다.

자아의 발견이다. 어느 시점에서는 누구나 만날 수 있는 비극적 정황을 시인은 자신의 암병동에서 리얼하게 그리고 있는 것이다. 존재를 솔직하게 바라보고, 솔직하게 반응하는 시인의 정서적 반응은 황선하 개인적 체험이지만, 우리 모두의 것이기도 하다.

이 작품은 인간이면 누구나 결국 인지하게 되는 개인적 종말론적 비극적 인식을 실감나는 비유적 이미지로 제시한 것인데, 어쩌면 상투적이고 전형화된 것이어서, 별로 색다른 느낌이 없다고 질책할 수도 있을 것이다. 그렇다. 그럴 수도 있다. 그러나, 오늘의 문학이 「암병동 1123호에서」 같은 근원적 존재인식을 형상화하는데 너무 소홀했던 것이 아닌가. 형이상학적 인식이 우리 시단에 폭넓게 다루어졌으면 하는 바람을 다들 갖고 있지 않은가.

삶이란 무엇인가.

죽음이란 무엇인가.

죽음 저편의 세계는 존재하는가.

본원적 근원적 존재론적 고뇌와 갈등, 탐구 등을 시인들이 더욱

천착하면 어떨까. 황선하 시인이 생사의 기로에 서서 존재의 무게를
느끼며, 눈물짓는 진지한 캐릭터를 제시하는 것에 공감할 수 있다.
 어떻게 부요하게 호화스럽게 사느냐보다는 어떻게 인간답게 사느
냐에 더 관심을 기울이는 시인의 존재인식에 경의를 표한다. 그는
계속 삶의 성찰을 보여준다. 그 결과 그의 시는 잠언이나 경구 같은
삶의 예지를 드러내는 데로 나아가고 있다.

> 슬픔에 젖어 있는 이에게는
> 슬픔의 노랠 들려주세요.
> 슬픔에 젖어 있는 이에게
> 기쁨의 노랠 들려 줌은,
> 잔잔한 물낯을 마구 휘젓는
> 짓궂은 장난과 같아요.
> 피에다 피를 섞듯이,
> 슬픔은 슬픔으로써 달래야만 해요.
> 슬픔을 감당하기 힘들 땐,
> 눈 딱 감고
> 슬픔 속에 풍덩 뛰어드셔요.
> 슬픔에 잠겼다 떠올랐다 해도 두려워하지 마셔요.
> 슬픔은
> 깊은 데서 얕은 데로 흐르니까요.
> 슬픔에 몇 번 잠겼다 떠올랐다 하다 보면,
> 슬픔과 친숙해져,
> 슬픔을 누이고
> 다독거리지요.
> 그리하고,
> 배꼽까지 얕아진
> 슬픔의 밑바닥에서,
> 천만 뜻밖에도
> 반짝이는 보석을 발견할 거예요.
> ― 슬픔에 대하여-슬픔은 슬픔으로써 달래야」 전문

피에다 피를 섞듯이 슬픔은 슬픔으로써 달래야 해요처럼 경구화
되어 나타난다. 그의 삶의 체험에 깨달은 생의 지혜이다. 이 작품은
역설적 의미구조로 나타난다. 슬픔에 젖어 있는 이에게 슬픔의 노래
를 들려 주세요라고 권한다. 기쁨의 노랠 들려줌은 잔잔한 물낯을
마구 휘젓는 장난과 같다고 비유한다. 여기서 물낯을 마구 휘젓는
이라는 비유가 아름답다. 하지만, 이 시는 비유의 아름다움으로 형
상화한 시는 아니다. 앞서 지적한 바대로 그의 체험의 절실함에서
나온 역설의 구조가 이 시를 지탱하는 힘이다. 슬픔의 밑바닥에서
반짝이는 보석을 발견한다는 것이 이 시의 주된 메시지이다. 이 시
는 메시지를 전달하는데, 상당히 설명적 어법을 쓰고 있다. 그래서,
시의 형상화 측면에서 보면, 성공한 것 같지는 않다. 그러나 메시지
의 역설적 의미구조가 앞의 작품 「암병동 1123호에서」 같은 존재인
식의 깊이를 통과해 드러난 경구화이기 때문에 상당한 설득력을 확
보한다.

황선하는 1962년 『현대문학』지로 박두진 시인에게서 천료받았다.
그리고는 1988년에서야 『이슬처럼』이라는 시집을 창비시선으로 단
한 권 출간한 바 있다. 1931년생인 시인은 경남여자상업고등학교 국
어교사로 재직하다가 정년퇴임한 후에도 용지호수를 산책하며 시심
에 불을 계속 지피고 있다.

수십권의 개성 없는 시집을 출간하는 것보다 황선하 시인처럼 자
신의 색깔이 분명한 한 권의 시집을 출간하는 것이 더 바람직한 것
이 아닐까. 황선하 시인의 맑고 깨끗한 시심이 1997년 병상 체험이
후 깊이를 더하고 있다. 그의 존재의식은 이제 형이상학적인 세계로
진입한 듯하다.

아름다운 상처의 시학

인쇄일 초판 1쇄 1999년 10월 25일
       2쇄 2015년 03월 20일
발행일 초판 1쇄 1999년 10월 30일
       2쇄 2015년 03월 23일

지은이 이 상 옥
발행인 정 찬 용

발행처 **국학자료원**
등록일 1987.12.21, 제17-270호

서울시 강동구 성내동 447-11 현영빌딩 2층
Tel : 442-4623~4 Fax : 442-4625
www. kookhak.co.kr
E- mail : kookhak2001@hanmail.net
ISBN 978-89-8206-850-8 (93800)
가 격 18,000원

★저자와의 협의 하에 인지는 생략합니다.